Markus Heidl

Schrödingers Kasten

MARKUS HEIDL

Schrödingers Kasten

Ein Laufkrimi

Kaisas erster Fall

„Schrödingers Kasten" gibt es als Buch und eBook direkt beim Verlag unter ampelpublishing.de und in jeder Buchhandlung sowie deren Webshops.

Impressum

Bibliografische Information der Deutschen Nationalbibliothek:
Die Deutsche Nationalbibliothek verzeichnet diese Publikation in der Deutschen Nationalbibliografie; detaillierte bibliografische Daten sind im Internet über http://dnb.dnb.de abrufbar.

ISBN: 978-3-98207819-9

1. Auflage 2023

Verlag und Distribution im Auftrag des Autors: Ampel Publishing, Am Kapellchen 18, 56283 Nörtershausen, Deutschland

Coverdesign: BLINKFEUER Mediendesign, Dietzenbach, Deutschland

Titelfoto: Roland Heidl & Markus Heidl

Karten: openstreetmap.org

Lektorat: Johannes Licht

Korrektorat: Regina & Roland Heidl, Sabrina Höfer

Druck und Herstellung: UAB Overprintas, Vilnius, Litauen

Für Jesper.

Laufen hilft.

Prolog

HÄNDE HOCH!

Donnerstag, 01. September
Neu-Isenburg, Hessen

„Notruf Polizei."

„Ja, hallo. Äh – hallo!", Elisabeth Büchler war schon jetzt außer Atem. „Hallo, äh, hier spricht Elisabeth Büchler. Sie müssen ganz schnell jemanden schicken bitte, hier passiert gleich was. Da hat einer eine Pistole!"

„Hallo Frau Büchler, ich schicke sofort jemanden vorbei. Wo befinden Sie sich denn gerade?

„Danke, vielen Dank! So schnell wie möglich bitte, ich habe das Gefühl, der meint es wirklich ernst!"

„Frau Büchler, wo sind Sie gerade?"

„Ach so, ja. Ich bin zuhause. Ich schaue jeden Abend nochmal aus dem offenen Fenster, bevor ich zu Bett gehe. Und da habe ich sie erst gehört und dann gesehen, diese merkwürdigen Gestalten. Also – äh – ich habe Stimmen gehört, laute Stimmen, ganz aggressiv waren die und, ja, da habe ich genauer hingeschaut..."

„Ich unterbreche Sie nur ungern, Frau Büchler, aber..."

„Ja, Entschuldigung! Ich wohne in der Friedensallee in Neu-Isenburg. Nummer 136, gegenüber vom Waldspielpark Tannenwald. Wissen Sie, dort, wo man so schön mit den Kindern unter den Wasserfontänen spielen kann."

„Den Waldspielpark kenne ich tatsächlich. Die Kollegen sind schon unterwegs, aber noch eine wichtige Frage, Frau Büchler: sind Sie selbst in Sicherheit, falls dort wirklich Schusswaffen verwendet werden?"

„Das ist gut. Ja, ich bin in Sicherheit. Ich wohne im zweiten Stock, müssen Sie wissen, deshalb kann ich auch so weit sehen, wenn ich aus dem Fenster schaue. Das mache ich abends gerne, nochmal aus dem Fenster zu schauen. Der Wald hat etwas Beruhigendes, obwohl…"

„Frau Büchler? Entschuldigung, ich muss Sie unterbrechen. Kann man die bewaffnete Person von den anderen unterscheiden?"

„Das macht doch nichts, ich rufe ja nicht zum Spaß an. Obwohl Sie durchaus eine beruhigende Art haben, da fühle ich mich wohl, mit Ihnen zu sprechen. Ja, also ob man ihn unterscheiden kann. Puh – ich fürchte nicht. Ich zumindest. Die sind alle dunkel von hier oben. Das hatte ich ja eben schon gesagt, dass man es im dunklen Wald ganz schön mit der Angst bekommen kann. Besonders, wenn man im Dunkeln hindurch marschiert. Mittlerweile wird es ja schon wieder früher dunkel. Haben Sie… ah!"

„Frau Büchler? Hallo, Frau Büchler? Sind Sie noch dran?"

Ein lautes Knacken, dann Rascheln in der Leitung.

„Entschuldigung, Frau Kommissarin, ich habe vor lauter Schreck das Telefon fallen lassen. Dabei ist nur die Katze hereingekommen. Ich bin ganz durch den Wind."

„Gar kein Problem, Frau Büchler. Ich brauche bitte noch weitere Informationen zur Situation. Können Sie die Personen noch sehen, die sich streiten? Wie viele sind es?"

„Warten Sie, ich gehe zurück zum Fenster. Vorhin bin ich fast noch gestolpert, als ich so schnell zum Telefon gelaufen bin, nachdem ich die Pistole gesehen hatte. Was ein Glück, dass die Telefone heutzutage auch ohne Schnur funktionieren. Mit Kabel wäre das jetzt schwieriger, da müsste ich Sie auf der Kommode liegen lassen. Moment, jetzt bin ich da. Ja, ich sehe sie noch. Wobei es jetzt nochmal dunkler ist. Moment, ich zähle nach: rechts steht der eine, der immer noch mit der Pistole fuchtelt. Das ist doch gefährlich! Und gegenüber stehen drei, äh, nein, vier andere Personen. Warum müssen die sich auch so dunkel anziehen! Etwas Farbe wäre doch schön."

„Im System kann ich sehen, dass die Kollegen gleich ankommen sollten. Nur noch eine, höchstens zwei Minuten."

„Das ist gut, das beruhigt mich ungemein."

„Verstehen Sie, was die Stimmen sagen? Erkennen Sie die Sprache?"

„Nein, das leider nicht, Frau Kommissarin. Dafür sind sie zu weit weg. Erst habe ich sie weder gehört noch wahrgenommen, als ich aus dem Fenster geschaut habe, auf dem Weg sind ja immer Leute unterwegs, meist mit ihren Hunden, da habe ich nicht darauf geachtet. Bis sie mit dem Schreien angefangen haben. Moment! Jetzt passiert was! Oh je, ich bin so aufgeregt."

„Ganz ruhig, Frau Büchler. Ich verstehe Ihre Aufregung, brauche aber ein paar weitere Informationen. Was sehen Sie?"

„Ich glaube nicht, dass er geschossen hat. Haben Sie einen Knall gehört? Ich nicht. Er kann doch nicht geschossen haben?"

„Was ist passiert?"

„Entschuldigung. Da geht gerade alles durcheinander. Ich bin für diese Berichterstattung nicht gemacht. Ich war früher Bäckereiverkäuferin – oder Fachverkäuferin im Lebensmittelhandwerk, Fachrichtung Bäckerei, wie es dann irgendwann offiziell hieß –, ..."

„Frau Büchler, was ist passiert?"

„Na das erzähle ich doch gerade. Zumindest versuche ich es. Das ist nicht so einfach, wenn alles gleichzeitig passiert, das können Sie mir glauben. Nun gut, äh, also zumindest ist der mit der Pistole jetzt weg."

„Das verstehe ich jetzt nicht, warum ist er plötzlich weg?"

„Also – Moment, ich muss mich setzen, diese Aufregung! – irgendwas muss die alle ziemlich erschreckt haben. Auf einmal haben sich die vier ohne Pistole geduckt oder auf den Boden geworfen während gleichzeitig der andere weggerannt ist. Von der anderen Straßenseite, also quasi von unter mir, kam ein weiterer Mann, den ich vorher noch nicht gesehen hatte, über die Straße gerannt. Ziemlich schnell war der, nur nicht für lange. Schon auf der anderen Straßenseite hat er angefangen, auf einem Bein zu hüpfen, um abzubremsen, und hat sich gleichzeitig mit der rechten Hand das andere Bein gehalten.

Die anderen vier haben erst nur geschaut, wie der Mann mit dem Bein angerauscht kam, haben sich dann aber zusammengerauft und sind abgehauen. Auch in den Wald, aber nicht schräg rechts wie der mit der Pistole, sondern eher schräg links.

Und dann kamen, auch noch gleichzeitig, ihre Kollegen. Ohne Blaulicht, aber mit quietschenden Reifen. Die unterhalten sich jetzt mit dem Mann mit dem Bein. Der sitzt jetzt auf der Bank."

„Vielen Dank, Frau Büchler. Da scheint ja alles gut ausgegangen zu sein. Ich bespreche mich mit den Kollegen und komme dann noch einmal auf Sie zurück. Vielleicht kommt ein Kollege vorbei, um ihre Zeugenaussage aufzunehmen."

„Ist gut, ich muss das sowieso erstmal sacken lassen. Auf Wiederhören!"

„Ja, tschüss, Frau Büchler!"

Eins

EIN FUẞMARSCH

Acht Tage zuvor. Mittwoch, 24. August
Dietzenbach, Hessen

An diesem Abend war es ungewöhnlich dunkel. Es war einer jener Spätsommertage, an denen man bereits sicher war, dass der Herbst längst Einzug gehalten hatte. Schon am Morgen hatte sich der Nebel ungewöhnlich lange über den Feldern gehalten und diesen nasskalten Eindruck hinterlassen, der einem in den Knochen steckenblieb, auch wenn es später noch sonnig wurde. Alsbald würde man die Sommerjacke wieder gegen einen Mantel tauschen müssen.

Es war also bereits wieder die Zeit im Jahr, wenn die Tage merklich kürzer und vor allem auch kühler werden. Wer abends unterwegs war, merkte vor allem an den Fahrradfahrern, dass sich Jahr um Jahr viele von der wieder früher einsetzenden Dunkelheit überraschen ließen. Da war es keine Seltenheit, dass dunkle Gestalten zu Schatten wurden, weil sie ihr Licht zuhause vergessen hatte. Auch Fußgänger waren auf den dunklen Teilstücken zwischen den Straßenlaternen einfach nicht auszumachen.

Ihm allerdings war das recht. Zwar war auch er auf seinem abendlichen Marsch von der früher einsetzenden Dämmerung überrascht worden. So musste er aber weniger lang auf seine Freundin, die Dunkelheit, warten. Im Schutz der Nacht fühlte er sich sicher. Wenn er, wie an diesem Spätsommerabend, noch im Hellen losging, freute er sich darauf, mit der tiefer sinkenden Sonne bald einer dieser dunklen Umrisse zu werden. Obwohl er fest davon überzeugt war, dass sich auch im Hellen niemand an ihn erinnern würde, musste es Nacht sein, um wie beim Unterschied zwischen Tag und Nacht auch das Dunkle im Menschen hervorzulocken. Je mehr sich ein Tag dem Ende entgegen neigte, desto größer wurde das Aggressionspotential in den dunklen Ecken. Und danach suchte er.

Für seinen heutigen Marsch hatte er sich die Kreisstadt Dietzenbach als Ziel ausgesucht. Die bereits untergehende Nachmittagssonne, die nach dem nebligen Morgen eine unerwartete Kraft entfaltet hatte, ließ er sich beim Hofgut Patershausen ins Gesicht scheinen. Dort hinten fühlte er sich fast wie im Urlaub, so fern fühlte er sich der Zivilisation. Die von Wald eingerahmten Wiesen wirkten immer so entrückt, als wäre dort die Welt noch in Ordnung. Dabei wartete das Unheil schon hinter der nächsten Kurve.

Kaum hatte er nämlich das nächste Waldstück durchquert, hatte er Dietzenbach schon erreicht. Auf der Waldstraße lief er nach rechts weiter, um nach dem Logistikcenter einer Einkaufskette links in Richtung S-Bahn abzubiegen.

Bereits an der kleinen Brücke über die Bieber standen die ersten potenziellen Zielobjekte. Eine kleine Gruppe Halbstarker, mal mit einer Flasche, mal mit einem Glimmstängel in der Hand. Und alle zu cool, um gerade stehen zu können. Gänzlich ohne Körperspannung hingen sie am Brückengeländer. Für ihn war die Wortherkunft des gemeinsamen „Herumhängens" damit eindeutig geklärt. Aggression hing allerdings nicht in der Luft, vielmehr dieser ganz bestimmte blumige Geruch, den er jetzt, da er ihn wieder in der Nase hatte, sogar ein wenig vermisste.

Und weil die Jungs keinerlei Anstalten machten, ihn zu belästigen, schritt er weiter seines Weges. Sie fragten ihn sogar nach seinem Empfinden. Höflichkeit, das lobte er sich. Zu mehr als der Standardfloskel „Jo, läuft. Und bei euch?" ließ er sich aber nicht herab. Schließlich hatte er noch etwas vor.

Also ging er weiter. Durch die Unterführung und anschließend den Bach begleitend an den Schienen entlang. Nachdem der Schotterweg zu einem asphaltierten Sträßchen zur Kläranlage wurde, merkte er, wie schnell es dunkel geworden war. Auf diesem Stück gab es keine Beleuchtung. Wenn alle Viertelstunde die S-Bahn vorbeihuschte, warfen die hell erleuchteten Fenster ihre Kegel auf die Straße, sodass man Hindernisse hätte entdecken können. Trotz Ablicht des Industriegebiets war ansonsten aber die Nacht hereingebrochen.

Nach diesem Abschnitt wurde es wieder etwas heller, als er die Straße am Bahndamm erreichte. Mitten auf dem verlassenen Wendehammer in Richtung der nächsten S-Bahn-Station laufend, war er unverhältnismäßig lange von den Hunden, die jenseits des Zauns bellend hin- und herliefen, abgelenkt. So erschreckte er sich und zuckte gar zusammen, als sich drei Gestalten kurz vor ihm aus dem Schatten eines LKW schälten.

Die jungen Männer lachten über diese Reaktion seines Körpers und meinten, ein hilfloses Opfer gefunden zu haben. Ein schwerer Fehler – der Zufall meinte es gut mit ihm. Zunächst blieb er wie angewurzelt stehen und starrte.

„Alter, was glotzt du so blöd. Verzieh dich! Aber lass Handy und Kohle hier."

„Ja Mann, die können wir viel besser gebrauchen als du. Reden kannst du ja offensichtlich eh nicht!"

„Hast du dich schon nass gemacht?"

Er gab sich eingeschüchtert: „Bitte nicht! Lasst mich einfach zufrieden, ich will nur kurz vor zum Einkaufen."

Aber das kümmerte sie nicht. Ohne Mitleid im Blick kam ihm der Wortführer einen Schritt entgegen, die Hand fordernd ausgestreckt. „Was laberst du jetzt noch hier rum? Her damit! Und dann Abflug. Sonst müssen wir dir noch Manieren beibringen."

„Lasst mich bitte in Ruhe."

Er machte einen Schritt rückwärts, nahm die Hände allerdings nicht schützend nach oben, sondern steckte sie in die Jackentasche und wartete stoisch die nächste Beleidigung ab. Die auch prompt folgte. Während sich der eine abfällig zur Größe seines Gemächts ausließ, lachten die anderen beiden und nannten ihn Muttersöhnchen in weit despektierlicheren Synonymen.

Das reichte ihm.

In einer einzigen, flüssigen Bewegung machte er drei schnelle Schritte nach vorne und zog gleichzeitig die Hände aus den Taschen. Beide hatte er in die dort wartenden Schlagringe geschoben, was sein überraschtes Gegenüber aber nicht bemerkte, sondern nur zu spüren bekam. Der Wortführer hatte noch sein dreckiges Lachen im Gesicht, als er mit einem geraden Schlag mitten ins Gesicht getroffen und der Länge nach niedergestreckt wurde.

Noch im Fallen folgten zwei weitere, schnelle Hiebe ins Gesicht. Dafür brauchte er keine besondere Kampftechnik wie einst die Inder mit ihrem Vajra mushti oder die Sikhs mit ihrem Sher Panja, die sich auch mit Schlagringen bewaffnet hatten. Er nutzte das Überraschungsmoment. Ohne Vorwarnung, mit voller Kraft. Direkt auf die Zwölf.

Trotz des Schutzes, den ihm sein Schlagring bot, spürte er sehr genau, wie Joch- und Nasenbein brachen. Mit einer Mischung aus Ekel und Wohlwollen genoss er den Moment, der genauso plötzlich vergangen war, wie er angefangen hatte: der eben noch so aufmüpfige Möchtegern landete mit einem satten Schlag rittlings auf dem Asphalt. Er ließ ihn ohnmächtig liegen. Seine Aufmerksamkeit galt den anderen beiden, denen er den gewünschten Schreck ihres Lebens eingejagt hatte. Deren einzige Reaktion bestand aber nach kurzem, ungläubigen Starren in der Flucht. Feiglinge. Da rannten sie, nahmen ihre Beine in die Hand, ohne sich um ihren Kumpanen zu scheren.

Jetzt musste er auch noch den Notruf absetzen. Anonym, mit der Andeutung, dass zwei Männer einen dritten niedergeschlagen hätten. So schnell würden sie hoffentlich niemanden mehr belästigen.

Für ihn hatte sich die Wanderung damit gelohnt. Mit den Schlagringen wieder gut getarnt in den Taschen und dem beruhigenden Gefühl, erneut einen Dämon losgeworden zu sein, stieg er wenige hundert Meter weiter in die S-Bahn und ließ sich nach Hause chauffieren. Wie zufällig war sein Gesicht dabei stets von den Kameras abgewandt.

Zwei

EIN ANFANG

Mittwoch, 24. August
Offenbach, Hessen

So hatte er also begonnen, der neue Lebensabschnitt. Mittlerweile war es schon viereinhalb Monate her, dass Kaisa kräftig durchgeatmet hatte, sich Hermann Hesses Zitat „Jedem Anfang wohnt ein Zauber inne" ins Gedächtnis gerufen und mit der Tür des Polizeipräsidiums auch das nächste Kapitel ihres Referendariats aufgestoßen hatte.

Damit war die nächste Stufe erreicht. Bis dorthin war es ein langer Weg gewesen, sie bereute ihre Entscheidung allerdings nicht, vor viereinhalb Jahren ihr bisheriges Studium abgebrochen und an die Goethe-Uni in Frankfurt gewechselt zu haben. Nach ihrem unfreiwilligen Abenteuer in Frankreich hatte sie nicht anders gekonnt, als all ihre zur Verfügung stehende Energie der gerechten Strafverfolgung zu widmen, um die Welt zumindest ein kleines Stückchen besser zu machen.

Und so war sie jetzt also in Offenbach gelandet. Die dortige Kriminalpolizei war bereits ihre dritte Station des Referendariats, nachdem sie ihr Studium der Rechtswissenschaften in

Regelstudienzeit absolviert hatte. Seit April absolvierte sie ihre sogenannte Verwaltungsstation, die zehn Monate in Anspruch nahm. Direkt nach dem Studium sowie dem ersten Staatsexamen hatte sie bereits die Zivilrechtspflege sowie die Strafrechtspflege absolviert. Mit jeweils vier Monaten waren sie genauso schnell vergangen wie die erste Zeit bei der Offenbacher Kriminalpolizei. Dennoch lag nach Kaisas Empfinden noch ein langer Weg vor ihr, bis sie schließlich Staatsanwältin wäre. Nach der Verwaltungsstation würden noch neun Monate bei der Rechtsanwaltschaft folgen, anschließend stand das Examen an, bevor schließlich die Wahlstation das Ende des Referendariats einläuten würde, das schließlich mit der mündlichen Prüfung einen hoffentlich guten Abschluss bedeuten würde. Aber das war Zukunftsmusik!

Es hatte sehr sympathisch begonnen, dort in Offenbach. Es gab zwar nur unglaublich schlechten Kaffee, dafür aber umso nettere Kollegen, bei denen sie sich von Beginn an sehr gut aufgehoben gefühlt hatte. Joshua Grimm, der sie von Anfang an bildlich gesprochen an die Hand genommen hatte, zitierte bezüglich des schwarzen Zaubertranks immer seine Astérix-Comics: „Je schlechter das Essen, desto besser die Soldaten!" – vielleicht war etwas Wahres dran.

Nach den ersten gemeinsamen Fällen war es in den letzten Wochen sehr ruhig zugegangen. Viele Kolleginnen und Kollegen waren im Urlaub; gleichzeitig gab es nur sehr wenige Verbrechen. Vielleicht wegen der August-Hitze, die bekanntlich träge macht. Deshalb war Joshua mit ihr vor allem alte Fälle durchgegangen und hatte sich sehr für ihre Sicht der Dinge interessiert, schließlich blickten Juristen noch einmal ganz anders auf die Welt als Menschen ohne einschlägiges Studium. Dabei verstanden sie sich gut und hatten sich sogar durch neue Aspekte in gleich zwei Fällen hervorgetan, denen gerade parallel nachgegangen wurde.

Aber man wusste nie. Auch früher schon waren Kaisa oft Leute, die ihr erst sympathisch vorkamen, auf längere Sicht deutlich unsympathischer geworden als andere, die sie zunächst nicht gemocht hatte. In einem Schuljahr war dieses Phänomen so deutlich gewesen, dass sich ihr Empfinden den Lehrenden gegenüber innerhalb weniger Wochen um 180 Grad gedreht hatte.

Joshua machte aber einen gänzlich anderen Eindruck. Kaisa hatte von Beginn an das Gefühl gehabt, mit ihm könne sie Pferde stehlen und es fast schon wieder bereut, den Weg in die Staatsanwaltschaft eingeschlagen zu haben. Die Zusammenarbeit mit Joshua war im Rahmen ihres Referendariats auf wenige Monate beschränkt, danach stünde für sie die nächste Station an, während man für Joshua hoffentlich eine neue Partnerin gefunden hätte. Antonia Niederstedt, von der er während ihrer Zusammenarbeit viel gelernt hatte, hatte sich nach 45 Arbeitsjahren in den wohlverdienten Ruhestand verabschiedet. Nach Joshuas Erzählungen hätte Kaisa sie gerne kennengelernt.

Weil Mittwoch war, gingen sie in der Mittagspause am Dreieich-Park entlang und unter den Schienen hindurch ins ess:zimmer. Kaisa freute sich mittlerweile jede Woche darauf, insbesondere, weil ihre Erwartungen übertroffen worden waren. Von einer

Vereinsgaststätte – darauf hatte sie geschlossen, weil die Gaststätte mit „Restaurant am OTC“ titelte – hätte sie kaum mehr erwartet als von der Kantine. Direkt neben den Tennisplätzen konnte man aber sehr schön im Grünen sitzen, von pavillonähnlichen Zelten vor der Sonne geschützt, und aus einer modernen Speisekarte wählen. Bisher hatte es ihr immer sehr gut geschmeckt.

„Warum habt ihr euch eigentlich den Mittwoch ausgesucht, um auswärts essen zu gehen?“, hatte sie Johannes, einen anderen Kollegen, einmal gefragt. Neben dem leckeren Essen war das Networking, wie es heutzutage hieß, der schönste Nebeneffekt dieser Routine.

„Zur Feier der Mitte der Woche, ist doch klar. Bald müssen wir schon wieder traurig sein, weil Freitag ist und wir zwei Tage nicht kommen dürfen.“

„Und was, wenn samstags gearbeitet wird?“

„Mittwochs ist immer Mitte der Woche. Deswegen heißt er ja Mitt-woch. Ab unserem mittwöchlichen Mittagessen sind wir dem nächsten Wochenende per Definition näher als dem vergangenen. Du musst mir doch zustimmen, dass das ein Grund zum Feiern ist!“

Ja, sie hatte wahrlich Glück mit den Kollegen. Johannes hatte sich selbst so sehr in Feierlaune geredet, dass er nach dem Essen für alle eine Runde Espressi ausgab.

Ein weiterer Glücksfall bei ihrer neuen Arbeitsstelle war Tina. Sie kannte Kaisa schon länger, einfach, weil sie beide Läuferinnen waren. Bei verschiedenen Volksläufen waren sie sich immer wieder über den Weg gelaufen. Da kam man wie von selbst ins Gespräch.

Entsprechend hatten sich die beiden gleich für Kaisas zweite Arbeitswoche zum Laufen vor der Arbeit verabredet. Auch am Mittwoch. So hatte Kaisa eine nette Ablenkung von ihren schweren Beinen, die am Tag nach einem Tempotraining eher für Inaktivität plädiert hätten. Tina wiederum, die im Wettkampf noch nie länger als 10 km gelaufen war, hatte mit dem gemeinsamen Lauf ihre lange Einheit für die Woche bereits abgehakt. Weil sie sich außerdem sehr gut verstanden, hatten sie den frühen Mittwochmorgen als Regeltermin vereinbart.

Bisher waren sie immer am Main gelaufen. Der Dreieich-Park war schlicht zu klein, da wären sie beim Zählen der Runden nicht hinterhergekommen und im Stadtwald war es ihnen so früh am Morgen einfach zu dunkel.

Von der Kriminalpolizei Offenbach in der Geleitstraße liefen sie also beim Deutschen Wetterdienst vorbei bis hinunter an den Hafen, so waren sie bereits nach anderthalb Kilometern am Ruderverein und damit am Main. Von dort bogen sie dann nach rechts ab, weg von Frankfurt, am Mainbogen entlang bis an Bürgel vorbei. Hinter dem Arthur-von-Weinberg-Steg wurde es dann an den Mainwiesen sehr schön, besonders, wenn gerade die Sonne aufging. Erst am Schloßpark Rumpenheim ging es schließlich wieder Retour und den gleichen Weg zurück, wobei aus der anderen Richtung alles wieder ganz anders aussah. Mit einem 20 km Dauerlauf kommt man sehr weit. Aufgeladen mit all den Eindrücken konnten dann beide in den Tag starten. Das Training war bereits erledigt. Kaisa würde nur noch am Abend mit dem Rad zurück nach Hause fahren.

Überhaupt war das Laufen einmal mehr ein Türenöffner. Etwa jedes halbe Jahr gab es während der Arbeitszeit ein gemeinsames Training all jener Polizistinnen und Polizisten, die bei Polizeimeisterschaften starteten, seien es nun die Deutschen oder gar Europa- oder Weltmeisterschaften. Ihr Chef, Herr Papendorff, hatte sie direkt mitgeschickt. Zum einen, weil sie schneller liefe als ein paar der Jungs, zum anderen, um „ein paar Leute kennenzulernen."

Das Laufen betreffend war der Chef der Kriminalpolizei Offenbach leicht zu begeistern und immer für eine Anekdote zu haben. Schon bei ihrem ersten Treffen, als noch gar nicht wirklich klar war, ob Kaisa nun in Offenbach eine Station ihres Referendariats absolvieren würde oder nicht, hatte Werner Papendorff sie bereits nach ihren Bestzeiten ausgefragt und selbst von alten Abenteuern erzählt. 1983 war er den Frankfurt Marathon gelaufen und ein Jahr später gar nach New York geflogen, hatte dort aber wegen einer Erkältung nicht starten können. Als Ersatz ging es ein halbes Jahr später nach London, wo er seine Zeit aus Frankfurt mit „drei Stunden und sechs Minuten pulverisiert" habe. Dann habe er leider aufgehört, „wegen der Kinder", das Geschehen aber immer sehr interessiert verfolgt.

Wie es der Zufall so wollte, war Christoph Lampe Teil dieses Laufteams. So lernte Kaisa endlich jenen Herrn Lampe persönlich kennen, der fünf Jahre zuvor maßgeblich zu ihrer Rettung beigetragen hatte. Da hatte sie auch verstanden, wen Herr Papendorff mit „Leute" gemeint hatte.

Drei

FEIERABEND

Dienstag, 30. August
Darmstadt, Hessen

Als Peter schließlich Feierabend gemacht hatte und sich durch den immer noch anhaltenden Nieselregen zur Bushaltestelle quälte, dachte er einmal mehr an die Ereignisse der Morgenstunden zurück. Wie jeden Morgen war er trotz Dunkelheit und Regen mit dem Fahrrad los. Nicht nur wegen seines Gewissens dem Klima gegenüber stand sein Transportmittel fest, auch weil er damit Zeitersparnis und die tägliche Sporteinheit unter einen Hut bekam.

Nach dem ersten Unbehagen ob der Wetterverhältnisse hatte er schnell seinen Rhythmus gefunden und nur seinen Gedanken nachgehangen. Den Weg fand er auch im Schlaf – im Wald ging es eigentlich nur geradeaus. Erst in der Stadt musste er für das letzte Stück rechts abbiegen. Dort war der Fahrradstreifen aber so komfortabel breit und rot gekennzeichnet, dass er sich keine Gedanken zu machen brauchte. Wegen des schräg von vorne kommenden Regens nahm er den Kopf herunter, sodass die Sonnenblende des Helms zumindest ein wenig Schutz bot. Wie schön die vielen kleinen Tropfen glitzerten, wenn sie gerade durch den Lichtkegel seines Vorderlichts fielen!

Nässe und Gegenwind, das konnte man als Radfahrer einfach nur lieben.

Und dann tat es einen mächtigen Rumms!

Ehe sich Peter versah, lag er auch schon auf dem Boden. Das Rad neben sich, dessen Vorderrad sich weiterhin drehte, sowie mit mächtig schmerzendem rechten Oberschenkel. Sonst schien glücklicherweise alles heile zu sein. Ganz plötzlich war das Hindernis direkt vor ihm aufgetaucht. Er hatte kaum Zeit, auch nur den Lenker herumzureißen und war mit voller Geschwindigkeit gegen die Heckklappe des großen, schwarzen Boliden gedonnert.

Der schwarze Lack hatte dazu beigetragen, dass Peter das Auto erst so spät entdeckt hatte. Warum musste dieser Depp hier auch mitten auf dem Fahrradweg parken? Mit einem plötzlichen Anflug von Aggression rappelte er sich mit schmerzverzerrtem Gesichtsausdruck auf und ließ seinen Emotionen freien Lauf: begleitet von einem „Scheißkerl!"-Schrei trat er dem Auto den Außenspiegel ab. Wie zur Strafe tat ihm der Oberschenkel augenblicklich noch mehr weh.

Eigentlich waren solche Ausbrüche so gar nicht seine Art, weshalb er sich auch schnell wieder fing. Die Sachbeschädigung bereute er dennoch nicht, wahrscheinlich hatten sich zu viele Konflikte mit Autofahrern angestaut.

Also hob er sein Rad auf und schob es das letzte Stück zur Uni, wo er am Fachbereich Physik arbeitete. Sein leichtgewichtiger treuer Begleiter war zum Glück unbeschadet davongekommen. Dennoch stellte er seinen Drahtesel nach einem Arbeitstag mit möglichst wenig Bewegung über Nacht ins Büro. Noch schmerzte sein Oberschenkel zu sehr, um mit dem Rad nach Hause zu fahren.

Entsprechend ging es mehr humpelnd als gehend im Feierabend zur Bushaltestelle, um sich nach Hause kutschieren zu lassen. Die dichten Wolken ließen den Abend noch später wirken, als es ohnehin schon war. Und zu allem Überfluss – neben der Nässe von oben, dem schmerzenden Bein und dem Verdruss über den Zeitverlust – warteten auf seinem Weg kurz vor der Haltestelle auch noch drei dubiose Gestalten, denen Peter am liebsten aus dem Weg gegangen wäre. Zum Glück würde der Bus laut Fahrplan schon in fünf Minuten ankommen, weshalb Peter sich dafür entschied, seine Geschwindigkeit zu halten, den Blick zu senken und seine unangenehmen Mitmenschen einfach unbeteiligt zu passieren.

Doch just auf deren Höhe passierte es. Er wurde angerempelt oder geschubst – so genau konnte er es nicht sagen – und stolperte in der Folge auf die Fahrbahn, wo glücklicherweise gerade kein Auto fuhr. Sein schmerzendes Bein musste aber die zusätzliche Energie abfedern, sodass ihm ein verärgertes „Verdammt!" entfuhr. Wahrscheinlich hätte er sowieso nichts daran ändern können, die drei waren auf Ärger aus. Seinen Aufschrei zumindest deuteten sie als Provokation, woraufhin gleich der nächste Stoß folgte. Peter landete rücklings auf dem Hosenboden. Ob sie wegen seines Humpelns davon ausgingen, dass er ihre Nobelkarosse demoliert hatte? Das musste doch jemand anderes gewesen sein.

Noch während er sich aufzurappeln versuchte, um sich, wenn irgend möglich, zu verteidigen, geschah aber etwas Unerwartetes. Ohne dass Peter dessen Kommen wahrgenommen hatte, rauschte eine dunkle Gestalt daher, die durch seine Angreifergruppe fegte. Den Vordersten der drei erwischte es so heftig, dass er auf den Boden fiel und dort regungslos liegen blieb. Die anderen beiden steckten wohl leichtere Hiebe ein, nahmen sie doch nach der ersten Abwehrreaktion schnell die Beine in die Hand und waren verschwunden.

Schon war auch sein Retter wieder wie vom Erdboden verschluckt. Läge nicht noch ein niedergeschlagener Mann direkt vor ihm, Peter hätte alles nur für einen Spuk gehalten.

Doch er besann sich eines Besseren und krabbelte zu seinem jüngsten Peiniger. Was ein Glück! Er atmete noch. Sollte er ihn an Ort und Stelle, mitten auf der Straße, in die stabile Seitenlage bringen? Zunächst aber zückte er sein Handy und wählte die 112. Und schon kam auch endlich der Bus mit genügend Hilfe. Winkend machte er die Busfahrerin auf die Gefahrensituation aufmerksam, die auch sofort die Warnblinker aktivierte und schon auf die Straße gesprungen kam. Gemeinsam kümmerten sie sich um die Erstversorgung, bis nach wenigen Minuten der Krankenwagen angefahren kam.

Wie würde er diesen Schlamassel nur erklären?

Vier

WORK-RUN-BALANCE

Sechs Tage später, zwei Tage vor dem Prolog.
Dienstag, 30. August
Neu-Isenburg, Hessen

„Hi Kaisa, was passt sich jedem Zimmer an und bellt?", war seine Frage noch vor dem Willkommenskuss. Michael liebte Flachwitze.

Sie musste schon lächeln. „Was denn?"

„Ein Einwauschrank!"

Sie gab ihm einen Kuss. Es war schön, mit guter Laune empfangen zu werden. Michael hatte mal in einem Beziehungsratgeber gelesen, dass Frauen auf Männer mit Humor stehen. Er hatte es sich entsprechend zur Aufgabe gemacht, Kaisa mindestens einmal am Tag zum Lächeln zu bringen. Seine Ausdauer und Kreativität waren diesbezüglich beeindruckend.

„Bist du schon bereit?", rief sie einmal quer durch die Wohnung. Ihre Freundin Tina beschrieb die Ehe so, dass man die meisten Unterhaltungen führe, während man in unterschiedlichen Räumen sei. Laut dieser Definition wären Michi und sie schon jahrelang verheiratet.

„Klar, hast du eben nicht gesehen, dass ich die Laufsachen schon anhabe?“

Das hatte sie tatsächlich nicht. Sie war mit den Gedanken halb bei seinem Einwauschrank und bereits halb beim Training gewesen. Gleich stand noch eine harte Einheit an, da war sie froh, dass Michi sie unterstützte und mitlief. Denn alleine würde es ihr deutlich schwerer fallen. Aber sie befand sich bereits im Endspurt: ihr großes Ziel, der 48. Berlin-Marathon am 25. September, war keine vier Wochen mehr entfernt.

Dass sie jetzt überhaupt wieder regelmäßig und ambitioniert lief, war lange nicht abzusehen gewesen. Nach dem Rennen in Heidlberg, als sie im Stadionoval nicht nur eine unglaubliche Bestzeit aufgestellt, sondern scheinbar auch ihre Dämonen besiegt hatte, folgte eine harte Zeit. Die Vergangenheit schien sie auch Wochen später nicht loslassen zu wollen, sodass sie die Lust am Laufen komplett verloren zu haben schien.

Zum Glück hatte Michi stets zu ihr gehalten. Er brachte sie dazu, wieder hinauszugehen und andere Sportarten auszuprobieren. Sie versuchten sich an Bouldern und Crossfit, an Karate und Bogenschießen. Und blieben schließlich doch wieder beim Ausdauersport hängen: dem Radfahren. Gemeinsam hatten sie wunderschöne Touren unternommen und ihre Heimat im größeren Radius mit ganz anderen Augen gesehen. Jetzt kannten sie viele schöne Wege abseits des Autoverkehrs. Wenn der Wind einmal von hinten blies oder es leicht bergab ging, liebte Kaisa das Gefühl, wie all die Hindernisse und Nichtigkeiten am Wegesrand nur so an ihr vorbeiflogen. Auch liebte sie es, unterwegs für einen Espresso, ein Stück Kuchen oder ein Eis – oder auch alles zusammen – anzuhalten. Beim Radfahren konnte sie so viel essen, dass sie sich beim Umziehen vorher manchmal fragte, ob sie eigentlich radeln oder essen gingen.

Das Witzigste blieben für Kaisa aber die Fußgänger, bei denen sie stets das gleiche Phänomen feststellte: wenn man hinter einer Gruppe klingelte, gingen stets die rechts Spazierenden auf die linke und die links Gehenden auf die rechte Seite. Nicht selten kam es dabei zu kurzfristigem Chaos, besonders, wenn eine Hundeleine im Spiel war.

Dennoch war Kaisa mit ihrem Fahrrad nie so richtig warm geworden: irgendwann taten ihr immer Nacken und Rücken weh, allzu oft hatte sie kalte oder gar taube Finger und Fußzehen. Scheinbar war es auch das ganze Jahr über durchgängig windig, wobei es außerdem stets aus der falschen Richtung blies. Und schließlich gab es immer irgendetwas zu reparieren, sei es auch nur das Reinigen der Kette oder das Richtigstellen des Reifendrucks.

Schon da hatte sie schließlich erkannt, dass das Laufen das Richtige für sie war. Nichts war einfacher, nie fühlte sie sich freier, mutiger und stärker als in Laufschuhen.

Aber dann war sie ungeplant schwanger geworden.

Jetzt hieß es aber erst einmal: Espresso und los! Dass Michi viel Geld in eine Siebträgermaschine mit zugehöriger Kaffeemühle und einigem weiteren Schnickschnack investiert hatte, hatte Kaisa erst überhaupt nicht gefallen. Wie konnte man nur so viel Zeit und Geld investieren, um bittere, braune Suppe zu kochen? Mittlerweile war sie aber überzeugt davon, dass sich jeder Euro gelohnt hatte. Ohne ihren doppelten Espresso vor den Tempoeinheiten, der übrigens überhaupt nicht bitter schmeckte, lief sie einfach langsamer. Schwarzes Gold, legales Doping!

Kurz darauf waren Michael und Kaisa schon mit leichtem Gepäck in Richtung Sportpark unterwegs. Dort gab es eine jederzeit frei zugängliche, nagelneue Tartanbahn. Kaisa dachte jedes Mal, dass sie sich, wenn die Bäume nicht nur außen, sondern genauso auch inmitten der ovalen Rundbahn stünden, vorkäme wie in Oregon. Entsprechend trainierten sie auch effektiv. Sehr exakt durch die Bahn mit exakten Markierungen, sodass sie sich nicht auf das GPS-Signal ihrer Uhren verlassen mussten. Einen Kilometer schnell, einen Kilometer einen Hauch langsamer, immer im Wechsel. Runde für Runde für Runde.

Fünf

FRÜHER WAR ALLES BESSER

Zwei Tage später, am Tag des Notrufs.
Donnerstag, 01. September
Neu-Isenburg, Hessen

Lars Klingauf saß sehr lässig in seinem Caddy. Er fühlte sich als Besitzer des Autos, obwohl es genau genommen gar nicht seines war, sondern das der Dienststelle. Er benutzte ihn aber einfach am häufigsten, alles war auf ihn eingestellt: der Sitz, die Spiegel, die Radiosender, die Bluetooth-Verbindung zu seinem Smartphone. Es war einfach sein Blitzer-Flitzer, mit dem er regelmäßig für mehr Sicherheit im Straßenverkehr sorgte. Vor Schulen, Kindergärten, gefährlichen Kurven oder in verkehrsberuhigten Straßen. Seine Kollegen blitzten nicht gern, er meldete sich da immer freiwillig. Lars mochte diese Tage.

Die Seitentür hatte er aufgeschoben, halb saß er auf dem Rücksitz, halb hing sein Bein heraus. Einen Großteil des Tages hatte er so verbracht, während durch die Heckscheibe des Zivilfahrzeugs körnige Bilder der zu schnell fahrenden Verkehrsteilnehmer aufgenommen wurden. Und das, obwohl er die erste Radiomeldung seines Standorts bereits vor acht Uhr gehört hatte. Im Auto hatte der gemeine Deutsche ein anderes Regelverständnis.

Morgens hatte Lars aufgebaut, dann ganz gemütlich gefrühstückt, um schließlich seinen Platz auf dem Rücksitz einzunehmen. Mit offener, von der Straße abgewandter Seitentür, er selbst in entspannter Sitzposition, mal mit offenen, mal mit geschlossenen Augen, während ihm die Sonne wohlig warm ins Gesicht schien. Ein herrlicher Tag! Man musste es auch mal genießen, nichts zu tun.

Neben seinen Tagträumereien beobachtete er auch gerne Passanten. Die gehetzten und die entspannten, die fröhlichen und die grimmigen, die Alleingänger und die Gruppen.

Hin und wieder blieb jemand für eine kurze Unterhaltung stehen. Lars beantwortete gerne Fragen, die man immer schon einmal der Polizei hatte stellen wollen. Sich selbst verkaufte er das als Öffentlichkeitsarbeit. Einmal hatte sich daraus sogar ein Praktikumsplatz für eine motivierte Schülerin ergeben. Ob sie mittlerweile allerdings im Dienst welcher Ordnungshüter auch immer angekommen war, wusste er nicht.

Häufiger als sonst verließ er an diesem Tag seinen gemütlichen Caddy, um sich die Beine zu vertreten. Das Klassentreffen am Vorabend hatte ihn schwer mitgenommen. Grund waren die begrüßenden Worte von Sebastian. Wer hatte noch einmal gesagt, dass Worte tiefer verletzen als jedes Schwert? Ach ja, die Hebräer in der Bibel.

Erst hatte sich Lars gefreut, seinen langjährigen Klassenkameraden wiederzusehen. Statt eines Hallo hatte ihn dieser aber mit einer unverblümten Frage begrüßt.

„Wolltest du nicht trainieren?“

„Warum fragst du?“, hatte Lars ganz naiv zurückgegeben.

„Na – du bist fett geworden!“

Der hatte gesessen.

Sebastian hatte noch nie ein Blatt vor den Mund genommen. Lars tippte zwar eher auf fehlende Empathie denn Direktheit, nichtsdestotrotz hatten ihn die Worte verletzt und zum Nachdenken gebracht. Hatte er wirklich einen Bauch bekommen? Gestern, spätabends dann nach der Dusche, hatte er kritischer und unzufriedener als sonst in den Spiegel geschaut. Sein Selbstverständnis war noch immer das eines Sportlers. Besser sogar: eines Leichtathleten. Verflixter Sebastian!

Gerne erinnerte sich Lars an seine Zeiten als Hürdensprinter und die vielen Trainingseinheiten im Sommer, als die warme Sonne seine breiten Schultern und den Sixpack gebräunt hatten. Den sah man heute nicht mehr, das stimmte. Eigentlich hätte er schon vor Stunden zusammenpacken und Feierabend machen können. Er wollte aber nicht nach Hause. Obwohl – dann hätte er direkt ein Runde Joggen gehen können. Aber damit Sebastian zeigen, dass er ihn beeinflusst hatte?

So schwankte er schon seit Stunden.

Bevor das schlechte Gewissen ob seiner Inaktivität sowie die Unzufriedenheit über sein Leben insgesamt Überhand nehmen konnten, wurde er schließlich vom Polizeifunk aus seinen Gedanken gerissen. Ein Notruf mit Sichtung einer Schusswaffe! Und dann auch noch gleich um die Ecke.

Lars zauderte nicht lang, sondern sprang auf den Fahrersitz. Die Seitentür blieb offen, aber das machte nichts. Vom Park & Ride „Stadtgrenze“, um dessen Ecke er in der Isenburger Schneise stand, waren es keine anderthalb Kilometer bis zum Waldspielpark Tannenwald. Eine gute Minute später war er schon dort und parkte gleich zu Beginn der Goethestraße. Von dort schlich er sich vorsichtig geduckt in die Friedensallee und hatte das Schauspiel bald auf der gegenüberliegenden Straßenseite gut im Blick. Eine große Papiermülltonne gab ihm perfekten Sichtschutz.

Da standen sie also, die Gauner, genau wie im Polizeifunk beschrieben: fünf dunkle Gestalten. Vier auf der einen Seite, der bewaffnete Typ mit ausgestrecktem Arm gegenüber. Laut waren sie jetzt nicht mehr, eher schienen beide Parteien zu überlegen, wie sie mit der Situation umgehen sollten. Auf der einen Seite der große Respekt vor dem auf sie gerichteten Lauf, von dem sie nicht verletzt werden wollten, ihrem Gegenüber aber dennoch am liebsten an die Gurgel springend, auf der anderen Seite der Bewaffnete, der wohl niemanden umbringen wollte, dennoch aber unversehrt – sowohl körperlich als auch sein Ego betreffend – davonzukommen gedachte. Worte wurden gewechselt, von denen Lars vermutete, dass es sich eher um Beleidigungen denn um Versöhnungsversuche handelte.

Noch zauderte Lars, was er tun sollte. Auf die Kollegen warten? Das würde sicher noch eine Weile dauern. Die Waffe zücken und es darauf ankommen lassen? Die Gefahr wäre groß, dass es zu Verletzten käme. Versuchen, zu deeskalieren? Dafür müsste er sich erst einmal der Gruppe nähern. Weiter anschleichen und den Bewaffneten überrumpeln?

Ihm fiel auf, dass eine der vier Gestalten stark mitgenommen wirkte. Überhaupt war es recht seltsam, dass der Typ zu knien schien. Es wirkte fast, als käme er gar nicht mehr auf die Beine, während eine Hand das Gesicht zu halten schien. Lars war, als hörte er ein gequältes Stöhnen.

Ssssss – klack – rumms!

Von einem Knirschen, das mit einem lauten Rumms beendet wurde, wurde er in seinen Gedanken unterbrochen. Er hatte sich wohl zu sehr an der Papiertonne abgestützt, sodass diese vom Bürgersteig gerutscht und auf der Straße dann umgefallen war. Das hatte einen mächtigen Schlag getan, der die bis in die Haarspitzen angespannte Gruppe mächtig erschreckte. Während sich die Vierergruppe entweder nur geduckt oder sich gar der Länge nach auf den Boden geschmissen hatte und sich gleich hypochondrisch wie hektisch auf Schusswunden untersuchen würde, hatte das Gegenüber sofort die Möglichkeit zur Flucht erkannt und die Beine in die Hand genommen.

Noch während sich eine Flut aus Pappe und Papier über die Friedensallee ergoss, sprang Lars auch schon los. Er hatte gar nicht erst gezögert, sondern war sofort hochgeschnellt. Hinterher! Jetzt war keine Zeit für Selbstvorwürfe, nun konnte er sich selbst beweisen, dass er noch immer jung, dynamisch und fit war.

Diese Illusion währte allerdings nicht sonderlich lange. Er hatte noch nicht einmal die volle Geschwindigkeit erreicht, mit der er früher geradezu spielerisch selbst über hüfthohe Hürden gelaufen wäre, da verzog sich sein Gesicht auch schon in

Schmerzen, während sich seine rechten Fingerspitzen fast schon flehend in die Rückseite seines Oberschenkels gruben. Er hatte sich gezerrt, wenn nicht gar einen Muskelfaserriss zugezogen. Laut fluchend ließ er sich auf die nächste Sitzbank sinken. Zumindest bis dorthin hatte er es also geschafft.

Und während Lars in Selbstmitleid versank und kaum mehr auf die anderen Vier achtete, die sich nun auch – sich gegenseitig stützend – aus dem Staub machten, war die dunkle Gestalt, die für die ganze Aufregung gesorgt hatte, inzwischen längst im Dunkel des Waldes verschwunden.

Sechs

DURCHTRAINIERTE WASCHBÄREN

Freitag, 02. September
Offenbach, Hessen

Das morgendliche Aufstoßen der Präsidiumstür war Kaisa mittlerweile bereits zur Routine geworden. Genauso wie das Stechen mit der Stempelkarte, das Grüßen der bereits anwesenden Kollegen sowie das Öffnen des Fensters ihres Büros, das sie sich für die Zeit ihres Referendariats mit Joshua teilte.

Der wiederum wäre wohl am liebsten den ganzen Tag über in seinem eigenen Mief sitzen geblieben, hatte die Beschwerden ob der kalten Luft, die Kaisa die ersten zehn Minuten jedes Arbeitstages hereinströmen ließ, mittlerweile jedoch eingestellt. Es tat einfach gut, frische Luft zu atmen – selbst wenn es Stadtluft war.

Normalerweise begrüßte Joshua sie – wenn er denn vor ihr im Büro war, meist trafen sie etwa gleichzeitig ein – mit seiner Standardfloskel: „Na, was machen wir jetzt mit diesem angebrochenen Tag?", was meistens mit dem gemeinsamen Gang in die Kaffeeküche gipfelte. Schlechter Kaffee war schließlich besser als gar kein Kaffee. Nur gestärkt konnte man den Arbeitstag effektiv starten.

Seinen Kaffee trank Joshua stets mit einem halben Löffel Zucker. Das hatte er sich von der Darmstädter Kollegin Margot Hesgart abgeschaut: „gegen die Bitterkeit“. Obwohl er laut eigener Aussage weiterhin täglich an seinem Selbstbewusstsein arbeitete, reichte es allerdings noch nicht für das Niveau seines anderen Vorbilds. Mit einem pinken Smart zu Tatorten und Zeugenbefragungen zu fahren, hatte er sich noch nicht getraut. Da war er noch zu sehr von Autos als Statussymbol überzeugt.

Heute hatte er jedoch einen anderen Arbeitsauftrag, die alten Fälle konnten ruhen: Recherche.

„Schau doch mal in diesem Internetz“, er sagte es mit einem Lächeln, „ob du in Foreneinträgen, Google-Bewertungen oder sonst wo etwas zu diesem Fall herausfinden kannst. Nächste Woche besuchen wir dann gemeinsam den Kollegen, der die Verfolgung aufgenommen hat, die Augenzeugin sowie ein paar Krankenhäuser, die ungewöhnliche Knochenbrüche behandelt haben.“

Der Fall war schnell umrissen. Joshua schilderte Kaisa, was sich am Vorabend in Neu-Isenburg – gar nicht so weit von ihrer Wohnung entfernt – zugetragen hatte. In den letzten Wochen und Monaten waren bereits drei Fälle mit schweren Verletzungen gemeldet worden. Und wenn es ähnlich gelaufen war wie am Vorabend, hatte es noch deutlich mehr Vorfälle gegeben, die die Polizei nie erreicht hatten. Deshalb galt es herauszufinden, ob es einen Zusammenhang gab. Der Einsatz einer Schusswaffe, den der Kollege Klingauf bestätigt hatte, war eine ganz andere Hausnummer.

„Du schaust so komisch, habe ich wieder Begrifflichkeiten durcheinandergeworfen?“

Darüber hatten sie sich während der ersten gemeinsamen Wochen immer wieder unterhalten. Für Juristen waren bestimmte Ausdrücke ganz anders definiert als im umgangssprachlichen Wortgebrauch.

„Darauf kennst du doch die Antwort, Joshua: es kommt darauf an!“, auch sie sagte es mit einem Augenzwinkern.

Also machte sich Kaisa an ihren ersten richtigen Rechercheauftrag. Was sich erst aufregend angehört hatte, stellte sich allerdings schnell als Sisyphos-Arbeit heraus. Kaum hatte sie einen Faden in der Hand, wurde er auch schon mit dem nächsten Telefonanruf durchtrennt.

Von den Krankenhäusern beispielsweise erhielt sie telefonisch überhaupt keine Informationen. Datenschutz. Sie würden persönlich dort aufkreuzen und sich durchfragen müssen. Ob sich der zeitliche Aufwand lohnen würde? Immerhin konnte Kaisa zwei Google-Bewertungen finden, die besonders schlecht ausgefallen waren, weil die Sicherheitsvorkehrungen der S-Bahn-Stationen „Offenbach-Waldhof“ und „Rodgau-Weiskirchen“ als „nicht vorhanden“ bewertet worden waren. Die Google-Nutzer hatten sich wegen Schlägereien sehr gefürchtet, weitere Infos gab es aber nicht. Sie selbst konnte keine Rückschlüsse auf die richtigen Namen der Nutzer ziehen, deshalb sendete sie die Links der Bewertungen an die IT-Kollegen in Wiesbaden. Vielleicht konnten sie dort die

Identitäten herausfinden, ansonsten würden sie bei Google direkt anfragen müssen.

Sie fand verschiedene S-Bahn-Foren, dort aber wenig Informationen und nichts von Relevanz. Also traute sie sich an das Ungetüm soziale Medien, wo viele beispielsweise ihren Standort markierten. So verhalf ihr schließlich der Zufall noch zu einem Fund auf Facebook, der sich als Glückstreffer herausstellte. Selma Yirgin berichtete dort sehr bildhaft von einer Attacke eines Mannes, der gleich zwei andere niedergestreckt hatte. Sie hatte sich allerdings nicht in deren Nähe getraut, sondern nur den Notruf gewählt. Wobei Kaisa ihr keinen Vorwurf machte und ihr Handeln für sehr vernünftig hielt. Frau Yirgin setzte sie deshalb für einen Besuch auf ihre Liste, auf der bereits Elisabeth Büchler und Lars Klingauf als erste Anlaufpunkte standen.

Von einer Schusswaffe war aber nichts zu finden. Das war eigentlich auch nicht verwunderlich, schließlich hatte sie privat auch noch nie davon gehört. Schlussendlich hatte sie den ganzen Tag damit zugebracht, online nach Hinweisen zu suchen. Einen Zusammenhang vermutete Kaisa zwischen einigen der Fälle – nicht aber zu just jenem vom Vorabend.

Nun war aber erst einmal Zeit für Feierabend, es ging endlich nach Hause. Mit Joshua vereinbarte sie noch, dass sie sich am Montagmorgen direkt in Neu-Isenburg treffen würden, um Frau Büchler zu besuchen. Sie würde also morgens noch eine Runde laufen gehen und dann zur Arbeit spazieren können. Ein netter Zufall.

Als sie bereits am Zusammenpacken war, berichtete ihr Joshua, dass er noch eine Ergänzung für ihre Liste habe.

Kommissar Zufall war ihnen zu Hilfe geeilt: eigentlich hatte er nämlich wegen eines ganz anderen Anliegens mit einem Kollegen in Darmstadt telefoniert, dem er schließlich auch von den aktuellen Vorfällen berichtet hatte. Diesem wiederum war sofort der Vorfall von Dienstag eingefallen, als in Darmstadt ein junger Mann übel zugerichtet worden und dann fast noch vom Bus überfahren worden wäre. Aufgrund der Verletzungen hatten die Sanitäter auch die Polizei verständigt. Sie sollten einmal mit dem Sanitäter sowie dem Ersthelfer sprechen.

Kaisa notierte sich die Namen: Manuel Schwerdtfeger und Dr. Peter Schaller. Sie hatten also eine ordentliche Liste abzuarbeiten. Doch jetzt hieß es: „Schönes Wochenende!“

Von einem breit grinsenden Michi wurde sie mit einem Kuss direkt an der Wohnungstür empfangen.

„Kaisa, weißt du was?“

„Was denn?“

„Ich habe einen neuen Lieblingswitz.“

„Nun spuck ihn schon aus!“

„Ok! Wie nennt man einen extrem gut durchtrainierten Waschbären?“

Er bekam sich vor Lachen gar nicht mehr ein.

„Jetzt versau mir die Pointe nicht, ich will mitlachen! Der Tag war wirklich frustrierend genug.“

„Sorry, warte – hihihi –, … Okay, okay, ich reiße mich ja schon zusammen. Achtung: eine Waschmaschine!“

Und schon wieder prustete er los.

Kaisa musste nur schmunzeln. „So gut ist er nun auch wieder nicht. Wobei ich auch nie in einem Fitnessstudio war.“

„Ich stelle mir schon den ganzen Tag über diese niedlichen Tiere vor. Wobei unsere Waschmaschine muskelbepackt ist, grimmig guckt und mühelos riesige Gewichte stemmt. Zum Beispiel eine richtige Waschmaschine! Einfach absurd!"

„Und du erzählst immer, ihr hättet so viel zu tun. Ich zweifele immer wieder daran. Aber wusstest du, dass Waschbären einen sehr hohen IQ haben? Der ist wohl nur etwas niedriger als der von Affen. Waschbären können sich merken, wie man Werkzeuge benutzt und versuchen im Kampf vor allem, die Gegner zu erschrecken, bevor sie wirklich kämpfen müssen."

„Identifizierst du dich mit denen, weil du am Start von Rennen immer so böse guckst?" Michi war noch immer in Scherzlaune und duckte sich spielerisch weg.

Sie ging nicht darauf ein, sondern grinste nur.

„Machst du uns einen Espresso? Ich habe Kekse mitgebracht."

„Du teilst tatsächlich deine Kekse mit mir? Das muss Liebe sein! Espresso kommt sofort."

„Das ist nur der Köder, dass du dann gleich noch eine Runde mit mir laufen gehst. Alleine ist der Schweinehund so groß."

„Klar, habe ich fest eingeplant!"

„Du bist ein Schatz!"

Nach dieser kurzen Espresso-Keks-Pause ging es für Kaisa und Michi dann tatsächlich noch einmal hinaus. Der große Vorteil im Sommer war die Länge der Tage, wobei die Sonne ab Ende August allerdings schon merklich früher unterging. Noch konnte man aber problemlos bis 20 Uhr im Wald laufen, ohne an eine Stirnlampe denken zu müssen.

Obwohl Michi sich des Öfteren etwas Schöneres mit Kaisa vorstellen konnte, als ständig zu versuchen, bei ihrem Laufpensum mitzuhalten, war er doch sehr froh darüber, dass sie wieder mit so viel Elan dabei war. Die letzten Jahre waren hart gewesen, auch für ihn. Auch wenn es öfter schwerfiel, sich zu überwinden, war es dennoch etwas völlig anderes, jetzt von Kaisa überredet zu werden, noch einmal eine Runde laufen zu gehen, als sich immer wieder etwas Neues überlegen zu müssen, um sie überhaupt aus dem Haus zu bekommen.

Der Wendepunkt war Kaisas Entschluss gewesen, wieder einen Wettkampf laufen zu wollen. Und weil sie es nicht für realistisch hielt, auf den kürzeren Distanzen an ihre früheren Bestzeiten anzuknüpfen, solche Ziele aber für die Motivation brauchte, musste es die Königsdisziplin sein. Einmal einen Marathon zu laufen, war schon immer eine Idee von ihr gewesen. Also hatten sie gemeinsam einen Plan aufgestellt. Zuerst wurden die sporadischen Dauerläufe wieder häufiger und zielgerichteter, dann wurden aus den spontanen Fahrtspielen wieder längere und zielgerichtetere Tempoprogramme. Die Motivation war vollumfänglich zurück und Kaisa hatte wieder so viel Spaß in den Laufschuhen, dass die Ergebnisse der beiden Test-Volksläufe keine Überraschung mehr waren.

Also trauten sie sich an den großen Marathon. Sie fühlten sich wie ein Team, das ein großes Projekt zu bewältigen hatte. Über einen alten Kontakt zum Athleten-Koordinator des Berlin-Marathons bekam Kaisa noch einen Startplatz, wodurch sie sich in der Laufszene gleich wieder willkommen geheißen fühlte. Vier Trainingsblöcke mit jeweils drei Wochen Belastung und einer Woche Erholung hatten sie damals vorgesehen, zum Abschluss dann zwei Wochen Tapering.

Drei Monate lag diese Planung mittlerweile schon zurück. Kaisa hatte sich auf 17 Wochen Training, auf ihre erste Marathonvorbereitung gefreut: „Michi, wir fahren nach Berlin!"

Sieben

UNERWARTETE GEGENWEHR

Am Tag zuvor. Donnerstag, 01. September
Neu-Isenburg, Hessen

Der Donnerstag war früher einmal sein liebster Wochentag gewesen. Am Donnerstag war das Wochenende nah, aber dennoch nicht so sehr greifbar, dass die Kollegen unkonzentriert wurden, während sich der Abend bereits viel freier anfühlte als die ersten drei der Arbeitswoche.

Jetzt hatte er keinen Lieblingstag mehr. Überhaupt zweifelte er fast täglich an seiner Motivation, aufzustehen. Warum sollte er sich aus dem Bett quälen, warum überhaupt noch atmen? Seine Gedanken fuhren Karussell, bis ihn seine Wut schließlich aufspringen ließ. Selbst wenn er darüber nachdenken würde, er wüsste nicht, wann er zuletzt gelächelt hatte.

Zu viele mussten noch bestraft werden, zu viele zogen seinen Zorn auf sich. Die Rache war sein innerer Antrieb, befeuert von unermesslicher Wut, die auch seine Trauer aufgefressen hatte. Denn die Trauer, die ihn monatelang in ein tiefes, schwarzes Loch gezogen hatte, hatte er hinter sich gelassen. Sein altes Leben, in dem er noch jegliche Form von Gewalt abgelehnt hätte, gab es nicht mehr. Dieses Kapitel war abgeschlossen und sämtliche Erinnerungen daran sorgfältig verstaut, weit hinten in seinem Kopf abgelegt. Verschlossen, zugedeckt und mittlerweile verstaubt.

Einst war er ein rechtschaffener Bürger gewesen. Ein liebender Ehemann, der nur allzu oft auf das Positive geschaut hatte. Bis zu einem anderen Donnerstag. Eigentlich ein ganz normaler Wintertag Anfang Januar.

Normalerweise hätte er seine Erika begleitet. Sie waren gerne gemeinsam S-Bahn gefahren. Sie hatten sich unterhalten, in Eintracht geschwiegen oder auch andere Leute beobachtet. Erika war immer so wunderbar kreativ gewesen, wenn sie passende Lebensgeschichten zu den so unterschiedlichen Personen erfunden hatte. Ihre Geschichten waren immer gut ausgegangen, während er wie ein verliebter Teenager ihre kräftige Hand gehalten hatte. Am Zielbahnhof angekommen, war sie dann stets zum Altenheim marschiert und er mit dem Fahrrad zurück nach Hause gefahren. So hatten sie ihre gemeinsamen Momente und er seine Sporteinheit.

Nur war er an diesem einen Abend so unglaublich müde gewesen. Er hatte nicht einmal geklagt, Erika hatte es ihm angehört. Schon immer hatte sie in ihm lesen können wie in einem offenen Buch. Sie hatte ihn überredet, zu Hause zu bleiben und sich auszuruhen. Schließlich hatte sie es noch nie gemocht, wenn er im Dunklen allein durch den Wald fuhr. Welch Ironie! Es waren doch immer die Menschen die Bösen, und davon gab es um diese Zeit im Wald kaum einen. Warum hatte er sich nur überreden lassen? Warum war er sie nicht abholen gefahren, wie sonst auch? Alles, wirklich alles, wäre jetzt anders.

Die Erinnerungen schienen also doch nicht so gut verstaut, wie er es sich immer wieder einzureden versuchte. Wenn er in Bewegung war, ging ihm immer viel durch den Kopf. Die Gedanken schienen freier und sein Gehirn sponn Querverbindungen, die ihm sonst nie aufgefallen wären.

Dennoch überwog auch an diesem Tag wieder die Wut. Sie hatte ihn nach draußen getrieben. Über die Richtung hatte er seine Füße entscheiden lassen, die ihn nach Westen gen Neu-Isenburg trieben. Es war wieder diese Wut auf jene Unbekannten, die sein Leben aus den Fugen gerissen hatten, die ihn einfach nur vorwärtstrieb, die ihn die Anstrengung nicht spüren und ihn innerlich kochen ließ. Es gab Dinge, die konnte man nicht reparieren, ein Menschenleben gehörte definitiv dazu.

Meist kam er nach den ersten Kilometern wieder etwas mehr zur Besinnung. Allerdings nicht in der Art, die seine Wut rational eindämmte, sondern vielmehr seinen Zorn in Bahnen lenkte. Er hielt die Augen nach jenen offen, die er für seine Lebenslage verantwortlich machte: Aggressive Halbstarke, die scheinbar Schwächere anpöbelten, angriffen oder gar ausraubten. So war es seiner Erika ergangen. Mit dem schlimmstmöglichen Ausgang.

An Gravenbruch vorbei war er ein paar Hundebesitzern begegnet, sonst war kaum etwas los. Wahrscheinlich saßen die meisten daheim vor dem Fernseher, statt den Abend in der schönen Natur zu genießen. Aber das spiegelte nur die Gesellschaft wider: Konsum vor Naturschutz, kurzfristiger Eigennutz statt gegenseitige Rücksichtnahme.

Mittlerweile war es ihm egal. An Tagen wie diesen war es ihm sogar Recht, denn es spielte ihm in die Karten. Sollten sie doch alle zuhause bleiben und sich ihrem Herzinfarkt nähern.

Bei der Polizeiautobahnstation lächelte er in sich hinein, dann querte er die B459, um den Pfad auf der anderen Straßenseite zu nehmen. Bald darauf war er an der großen Kreuzung und anschließend unter der A661 hindurch, nun ging es weiter am Gravenbruchring entlang. Auch hier auf einem Schotterweg, auf dem Fahrradfahrer, Fußgänger und Gassigeher miteinander auszukommen hatten. Auf Wegen wie diesen wusste er zum einen nie so recht, wie er sich am besten verhielt, um nicht aufzufallen, zum anderen war ihm die Mischung aus Natur und Nähe zur Wohngegend immer etwas suspekt. War man nun innerhalb oder außerhalb urbanem Gebiets?

Schließlich war bereits der Stichweg an der Bansamühle und kurz darauf die Tankstelle erreicht. Als grobes Ziel hatte er sich mittlerweile den Isenburger S-Bahnhof zurechtgelegt und schritt entsprechend die Friedensallee entlang. Im Dunklen erschienen trotz der Straßenlaternen die Bäume so grau und leblos. In all den parkenden Autos spiegelten sich die zweckmäßig gebauten Häuser, dazwischen standen lieblos getrimmte Hecken, in denen sich der Unrat der Menschen fing. So sah es aus, das triste Stadtleben, das so viele seiner Mitmenschen in ihrem persönlichen Hamsterrad gefangen hielt. Und dennoch war er neidisch auf sie, lebten die meisten doch in familiärer Idylle.

Bevor er aber allzu wehmütig werden konnte, fand er einmal mehr zufällig, wonach er seit Kilometern suchte. Er wurde von der Seite angequatscht.

„Jo, Bruder! Hast du mal Feuer?"

Normalerweise wartete er auf Bestätigung seiner Vorurteile, hier und heute gefiel ihm die Art seines Gegenübers aber überhaupt nicht. Er war viel aggressiver als sonst. Er wollte nun mal kein „Bruder" sein.

„Ich kann dir mal ins Auge pissen, das brennt auch!"

Jeder andere hätte eine solche Retourkutsche sofort bereut, sprangen doch zwei der vier Gestalten im gleichen Moment auf die Füße. Er aber sah sich bestätigt. Sein innerer Zorn flammte wieder auf, zerfraß ihn innerlich, wollte unbedingt hinaus.

„Was hast du gesagt?", wollte der eine mit aggressivem Unterton wissen.

„Willst du Stress oder was?", fragte der andere.

Schon waren sie ihm näher auf die Pelle gerückt, als es Anstand und kulturelle Gepflogenheiten vorgegeben hätten. Während sich auch die beiden Kumpane langsam erhoben, eskalierte die Situation.

Für den Hauch eines Augenblicks standen sie sich dicht an dicht gegenüber. Er auf der einen Seite, mit seinen durchdringend blauen, vor Hass blitzenden Augen – die zwei auf der anderen Seite, eine Antwort erwartend. Der eine mit sehr buschigen Augenbrauen, der andere glatzköpfig und schlecht rasiert, beide mit Mundgeruch. Dann der Stoß vor die Brust, weil keine Antwort kam und niemand an Deeskalation interessiert zu sein schien. Ein Schritt zurück, um den Stoß zu kompensieren, während er gleichzeitig die rechte, mittlerweile umringte, Hand aus der Jackentasche zog und wieder nach vorne schnellte. All seine Wut lag in dem Schlag, der in Richtung der buschigen Augenbrauen zielte, aber nicht wie sonst krachend im Ziel landete, sondern durch eine minimale Ausweichbewegung seines scheinbar geübten Gegenübers nur mit halber Kraft traf. Zwar ging dieser ob der ungeahnten Wucht dennoch benommen in die Knie, der Knock-out blieb aber aus. Ebenso wie die sonst obligatorische Flucht der anderen aufgeblasenen Macker. Diese hier starrten zwar auch für einen Moment perplex, gingen dann aber umso aggressiver zum Gegenangriff über.

Da blieben nicht viele Optionen. Drei gegen ihn allein war ohne das Überraschungsmoment eine schlechte Ausgangssituation. Dem kurzen Handgemenge mit seinem zweiten Gegenüber konnte er durch eine unerwartete Kopfnuss – bei einer Schlägerei achteten die meisten nur auf Hände und Füße – zwar entgehen, die beiden heranstürmenden Schränke jagten ihm aber einen Schrecken ein. Er sprang ein gutes Stück zurück und griff sich gleichzeitig in den Hosenbund.

„STOPP!“, schrie er aus vollem Hals, am ausgestreckten Arm eine Pistole in der Hand. „Ich will eure Hände sehen!“

Dann schrien sie alle durcheinander.

Ein ungewöhnlicher Lärmpegel für die ansonsten – ausgenommen den Verkehrs- und Fluglärm – ruhige Wohngegend. Zumindest ungewöhnlich genug, sodass eine gleichzeitig erstaunte und dann sehr aufgeregte Elisabeth Büchler schräg über ihnen zum Telefon eilte, um den Notruf zu wählen.

„Ganz ruhig, Bruder."

„Ja, Mann. Beruhige dich."

„Schluss jetzt! ICH BIN NICHT EUER BRUDER!"

Die Pistole zuckte ziemlich nervös zwischen den vier Gestalten hin und her, von denen eine immer noch nicht wieder auf den Beinen war.

Den anderen Drei lag mittlerweile deutlich mehr an Deeskalation, sie drängten darauf, die Waffe herunterzunehmen, während die unerwartete Gesamtsituation ihr Gegenüber immer mehr überforderte. So stießen die mittlerweile recht konstruktiven Lösungsvorschläge auf der einen Seite auf verbitterten Starrsinn auf der anderen. Eine verfahrene Situation, die sich immer mehr zuspitzte, ohne dass sich eine Lösung zu bieten schien.

Bis ihre Blicke plötzlich und kollektiv auf die andere Straßenseite gezogen wurden, angezogen durch ein ebenso ungewöhnliches Geräusch wie es zuvor noch ihr Schreien gewesen war. Die einen zuckten ob ihrer wie Drahtseile gespannten Nerven, und warfen sich, wie sie es in vielen Filmen gelernt hatten, zur Sicherheit auf den Boden. Der andere schaltete schneller, entdeckte den aufgeschreckten Mann hinter der Mülltonne als erster und nutzte die Gelegenheit zur Flucht. Weg von den anderen, weg von der Straße und dem Licht, hinein in die schützende Dunkelheit des Waldes.

Lange wurde er nicht verfolgt, bald schon war er wieder allein und in Sicherheit.

Acht

EINE VIRGINISCHE NACHTIGALL

Montag, 05. September
Neu-Isenburg, Hessen

„Hi Kaisa! Guten Morgen."

„Moin!", Kaisa winkte Joshua zu, während sie die letzten Meter auf ihn zulief. Wie vereinbart trafen sie sich direkt in der Friedensallee, um Frau Büchler einen Besuch abzustatten.

Kaisa war fünf Minuten zu spät, sie hatte zu wenig Zeit für das Frühstück eingeplant und wirkte etwas abgehetzt.

„Sorry für die Verspätung. Wie war dein Wochenende?"

„Ein großer Spaß, vielleicht war ich zur Abwechslung gar genauso fleißig wie du. Wir haben Samstag und Sonntag echt gut trainiert – das könnte gut werden am Wochenende!"

„Ich drücke euch die Daumen und hätte wirklich gerne zugeschaut. Das wäre mal etwas anderes gewesen! Wenn 16.000 Zuschauer in euer Stadion passen, stelle ich mir die Stimmung fantastisch vor."

Ein Football-Spiel hatte Kaisa nämlich noch nie live gesehen. Joshua hingegen war gleich doppelt aufgeregt und in Vorfreude: am Wochenende startete nicht nur die neue NFL

Saison in Amerika, sondern auch die Oberliga Mitte-Ost, in der Joshuas Hanau Hornets spielten. Während in den anderen deutschen Ligen bereits Spiele stattgefunden hatten, debütierten die Hanau Hornets in der Saison 2021 gegen die Wetzlar Wölfe.

Verliebt hatte sich Joshua in diesen sehr taktischen Sport noch während seiner Schulzeit, als er in der elften Klasse ein Auslandsjahr in Amerika eingelegt hatte. In der dortigen Highschool-Mannschaft war der damals schon sehr große und schnellkräftige Joshua mit offenen Armen aufgenommen worden; abseits des eigenen Spielfelds hatte sein Team an jedem Spieltag der NFL die Cardinals gemeinsam angefeuert. Diese Tradition hatte er im Anschluss versucht beizubehalten, obwohl die Spielzeiten wegen der Zeitverschiebung nicht unbedingt sozial verträglich waren.

Gleichwohl er mittlerweile nur noch hobbymäßig spielte, war Joshua immer noch sehr athletisch und eine beeindruckende Erscheinung. Als Verbrecher würde Kaisa ihm nicht gegenüberstehen wollen.

„Macht nichts, ist umgekehrt ja genauso. Bei deinem Halbmarathon hätte ich dich auch gerne angefeuert. Ein andermal. Legen wir los?"

Sie klingelten bei dem Schild mit dem Namen „Büchler", der Türsummer reagierte fast augenblicklich. Wahrscheinlich hatte sie Frau Büchler schon aus dem Fenster heraus gesehen und an der Klingel gewartet. Immerhin hatte Kaisa sie beide angemeldet. Sie setzten ihre Atemschutzmasken auf und traten ins Haus.

Im Treppenhaus hatten sie ihr Gespräch über Football und die Testspiele vor der Saison von Joshuas Arizona Cardinals noch kurz fortgesetzt, weshalb sich Kaisa fast schon ertappt fühlte, als sich die Tür öffnete. Die in der Tür stehende Elisabeth Büchler erinnerte doch sehr an eine Virginische Nachtigall – so wurde der Rote Kardinal, das Wappentier der Cardinals, laut Kaisas Recherchen auch genannt. Es fehlte eigentlich nur noch, dass sich Frau Büchler die schlohweißen Haare rot färbte. Der Schwerkraft schienen sie wie von allein zu trotzen.

„Hallo! Die Polizei, mein Freund und Helfer, nehme ich an? Ich habe Sie schon erwartet!"

„Hallo Frau Büchler. Grimm mein Name, Joshua Grimm, Kriminalhauptkommissar. Das hier ist meine Kollegin Kaisa Nieminen, Sie hatten telefoniert."

„Hallo Frau Büchler, vielen Dank für Ihre Zeit."

„Nur herein mit Ihnen! Ich habe schon alles vorbereitet. Trinken Sie Kaffee?"

Etwas verdutzt über die überschwängliche Art der rüstigen Dame, die auch schon flink beiseitegetreten war und sie gestenreich aufforderte, einzutreten, tauschten die beiden Besucher einen kurzen Blick.

„Was hat sie denn alles vorbereitet?", flüsterte Kaisa Joshua zu, der aber nur mit den Schultern zuckte.

Nachdem sie sich die Schuhe in aller Sorgfalt abgetreten hatten, wurden sie von Frau Büchler durch das Wohnzimmer auf den kleinen Balkon geleitet, wo sich Kaisas Frage von selbst beantwortete. Elisabeth Büchler freute sich offenbar, Besuch zu empfangen und hatte mächtig aufgefahren. Auf dem Tisch türmten sich so viele Leckereien, dass Kaisa zunächst

Schwierigkeiten hatte, die drei Kaffeeservices ausfindig zu machen. Noch während sie im Begriff waren, Platz zu nehmen – Joshua war noch nicht einmal zu Wort gekommen – da hatte Frau Büchler schon Kaffee eingeschenkt und jedem ein Stück Kuchen aufgetan.

„Ich dachte, der Balkon ist bei diesem Wetter perfekt. Da können Sie auch ihre Masken abnehmen."

„Danke, Frau Büchler. Sie haben Recht, das macht die Unterhaltung angenehmer. Und die vielen Leckereien sehen wirklich köstlich aus!"

Kaisa fühlte sich wohl. Nach dem überhasteten Frühstück war ein Stück Kuchen genau das Richtige. Der Besuch fühlte sich vertraut an, fast als wäre sie mit Michi zusammen bei dessen Oma. Die freute sich auch immer, wenn sie mächtig zulangte.

„Lassen Sie es sich schmecken. In Gesellschaft schmeckt es doch gleich doppelt so gut. So ganz allein habe ich oft erst gar keinen Appetit."

Das ließ sich Kaisa nicht zweimal sagen. Während Joshua versuchte, gemeinsam mit Frau Büchler den vergangenen Donnerstag zu rekonstruieren und die abschweifenden Erzählungen so höflich wie möglich in die richtigen Bahnen zu lenken, futterte sich Kaisa durch die üppige Vielfalt deutscher Backkunst.

Viel schlauer als vor ihrem Besuch waren sie nach dem schlussendlich fast zwei Stunden dauernden Kaffeekränzchen allerdings nicht. Kaisa hatte zwar ihre Kohlenhydratspeicher komplett aufgefüllt und außerdem noch eine Plastikdose mit Keksen aufgedrängt bekommen, bezüglich ihres Falls gab es aber kaum Anknüpfungspunkte. Sie suchten vermutlich nach einem Mann, dessen Körpergröße nicht außergewöhnlich und dessen Aussprache ohne erkennbaren Akzent war. Mutmaßlich besaß er eine Waffe, die einer Pistole ähnelte. Viel war das nicht.

„Puh, was ein Besuch. Viel Gerede, wenig Inhalt. Vielleicht war sie ja doch keine Bäckereiverkäuferin, sondern in der Politik?"

„Meine Geschmacksproben widerlegen diese Vermutung", Kaisa kaute immer noch.

„Hat sie wirklich beruflich selbst gebacken oder hat sie nur verkauft? Egal. Wie kannst du überhaupt so dünn sein, wenn du kiloweise Gebäck vertilgst?"

„Die Frage ist eher, wie du jemals so groß werden konntest, wenn du noch nicht einmal drei Stücke Kuchen schaffst. Das ist doch nur Energie. Wer die verbraucht, hat kein Problem."

„Du bist wirklich zu beneiden!"

„Und jetzt? Der nächste Termin mit Lars Klingauf ist erst morgen, Frau Yirgin treffen wir dann am Mittwoch und nach Darmstadt geht es am Donnerstag."

„Wir fahren zurück ins Büro. Dort zeigst du mir erst einmal, was du bei der Recherche alles herausgefunden hast."

Also gingen sie die wenigen Meter zum Auto, das Joshua vor dem Waldspielpark abgestellt hatte. Am frühen Morgen war noch kaum Betrieb gewesen, mittlerweile hörte man schon Kinderlachen, vereinzelt auch einen begeisterten Schrei.

Joshuas Schrei hingegen war alles andere als begeistert.

„Hey! Sie!"

Während Kaisa am Parkplatz wartete, sah sie ihren Kollegen zu einem Mann mit Hundeleine in der Hand joggen. Dort angekommen, begann er dann ausladend zu gestikulieren, während der Mann immer kleiner wurde. Schließlich machte er kehrt und kam kopfschüttelnd zurück.

„Ich kann es ja grundsätzlich schon nicht ausstehen, wenn die Leute die Hinterlassenschaften ihrer vierpfötigen Lebensgefährten liegen lassen. Aber dann noch direkt vor einem Kinderspielplatz. Da bekomme ich echt zu viel!"

„Was hast du gesagt?"

„Ich habe ihn nur zusammengefaltet, das Bußgeld gibt es das nächste Mal."

Mehr als eine halbe Stunde später – auf der Sprendlinger Landstraße war ungewöhnlich viel Verkehr gewesen – waren sie zurück im Präsidium. Kaisa hatte Joshua damit aufgezogen, dass sie mit ihrem Fahrrad sicher schneller gewesen wäre. Ihr Kollege reagierte etwas unwirsch, weil er sehr gerne Auto fuhr. Kaisa hingegen war völlig genervt von dem ständigen Anhalten, der schlechten Luft und der Grundaggressivität. Auch war ihr, ob Joshuas ruckartiger Fahrweise, aufgrund all der Kekse zunehmend schlecht geworden. Schließlich hatten sie es aber endlich geschafft.

„So, wie sieht es aus, wohin gehen wir mittagessen?"

Joshua schaute sie ungläubig an.

„Du isst acht Kilo Gebäck und hast ernsthaft wieder Hunger?"

„Lass dich nicht veräppeln. Für nachher habe ich aber noch Müsli mit Joghurt dabei."

„Na was ein Glück, nicht dass du mir verhungerst!"

„Michi hätte übrigens Frau Büchler betreffend sicher gesagt: Blöd, wenn der Konditorlehrling seine Abschlussarbeit vor der Abgabefrist!“

Im Büro, das sie gerade passierten, erschreckten sich zwei Kolleginnen über Joshuas lautes Lachen. Kaisa musste grinsen.

In ihrem gemeinsamen Arbeitszimmer angekommen, klingelte schon das Telefon, bevor sie überhaupt ihre Taschen abstellen konnten. Joshua nahm ab und schien ansonsten überhaupt nichts mehr mitzubekommen. Kaisa empfand den restlichen Tag als extrem unproduktiv. Im Rahmen ihres Referendariats sollte sie möglichst alle Abteilungen kennenlernen und hatte einen Einarbeitungsplan mit Terminen bei fast allen Kolleginnen und Kollegen bekommen. Deshalb hätte ihr Besuch bei den beiden Kolleginnen in der Verwaltung sehr interessant sein können. Insbesondere deren Sicht auf die Zusammenarbeit mit der Staatsanwaltschaft hätte sie wirklich interessiert. Die beiden schienen sie aber eher als lästige Pflicht zu empfinden und waren an keinem Austausch interessiert. Statt gemeinsam zu überlegen, was man in Zukunft besser machen könnte, taten sie Kaisas Rückfragen einfach ab und gaben ihr das Gefühl, ihr Standpunkt sei irrelevant.

Also ließ Kaisa die trockenen Ausführungen über Organigramme, Unterschriftenregelungen und Prozessabläufe über sich ergehen. Sie war froh, als sie endlich gehen durfte. Dennoch bedankte sie sich freundlich. Sie hatte den Frust der Mitarbeiterinnen zwar nicht durchschaut, einen Grund musste es aber schließlich geben.

„Du hast mich heute völlig untypisch begrüßt, hast du gar keinen Witz für mich? Nach dem Tag heute hätte ich wirklich einen gebrauchen können."

„Ich habe vorhin versucht, Herrn Brot anzurufen, aber er war belegt."

„Komm schon Michi, den kannte ich schon. Genau wie wenn du erzählst, du hättest bei den Weight Watchers angerufen, und dort hätte keiner abgenommen. Erzähl noch einen anderen. Bitte!"

„Dass du dir auch immer alle merken musst. Wer Witze vergisst, lacht öfter! Na gut, lass mich kurz nachdenken – kümmert ihr euch bei der Polizei nicht auch um Kriminalität auf See?

Es kommen also zwei Kinder an einem ausgetrockneten See vorbei. Da sagt das eine zum anderen: guck mal, der See ist weg. Daraufhin das andere: Das waren bestimmt die Seeräuber!"

„Danke."

„Was war denn so schlimm heute?"

„Ich war heute in der Verwaltung. Und ganz abgesehen davon, dass sie mich scheinbar überhaupt nicht leiden konnten und mir nur langweiliges Zeug erzählt haben, ohne auf meine Fragen zu reagieren, haben sie sich nebenbei dauernd darüber beschwert, wie anstrengend ihre Kinder seien. Wie man nur so genervt vom eigenen Glück sein kann, ist mir völlig unverständlich. Wie kann man nur so undankbar sein, obwohl man gesunde Kinder hat!"

„Das habe ich auch noch nie verstanden. Aber vielleicht sind sie zu Hause ja ganz anders. Komm her!"

Michi nahm sie in den Arm.

Natürlich war der positive Schwangerschaftstest damals zunächst ein kleiner Schock gewesen. Sie hatten sich doch kaum gekannt, wohnten noch nicht einmal zusammen. Die Ungläubigkeit war aber bald großer Freude gewichen. Schließlich hatten sie schon beim ersten Date beschlossen, dass sie einmal mindestens drei Kinder wollten. Und Studieren mit Kind war heutzutage weder Seltenheit noch Problem.

Ein ganz besonderer Moment war kurz darauf jener im Behandlungszimmer von Kaisas Frauenärztin gewesen, als sie beim Ultraschall gemeinsam den Herzschlag hatten sehen können. Michi hatte Kaisas Hand gehalten, während ihm Freudentränen die Wangen herabliefen. Seinen salzigen Kuss konnte sie noch heute schmecken.

Dann hatten sie aber den nächsten Schicksalsschlag hinnehmen müssen: bei Kaisa hatten in der dreizehnten Schwangerschaftswoche, als alles schon so sicher schien und Kaisa noch das breite Lächeln ihres Großvaters vor Augen hatte, das den ganzen Bildschirm des Videoanrufs ausgefüllt hatte, starke Blutungen eingesetzt. Man hatte nichts unternehmen können.

Und obwohl sie wusste, dass sie keinerlei Schuld an der Fehlgeburt hatte, fühlte es sich für sie ab und zu doch danach an. Die Vorfreude war so groß gewesen, dass sie meinte, es fehle ein Stück von ihnen beiden. Mit der Zeit wurde der Schmerz zwar blasser, ganz verschwinden würde er aber wohl nie.

Sie war seither dankbarer für das, was sie hatte.

Neun

SCHRÖDINGER

Montag, 05. September
Heusenstamm, Hessen

Rudolf Schrödinger hatte nie ein Problem mit seinem Namen gehabt. Warum auch? Wie man hieß, konnte man sich schließlich nicht aussuchen. Ganz abgesehen davon, dass seine Eltern die Übereinstimmung sicher nicht beabsichtigt hatten. Und wer wusste heute schon noch, wer Erwin Schrödinger gewesen war? Dessen Vater wiederum hatte ebenso Rudolf Schrödinger geheißen. Er hatte sich deshalb wegen seines Namens nie unter Druck gesetzt gefühlt. Natürlich wäre ein Nobelpreis allein schon wegen des Preisgelds durchaus erstrebenswert, auch im nächsten Leben läge das für ihn allerdings fernab seiner Möglichkeiten.

Sein Namensvetter Rudolf Schrödinger war am 12. August 1887 Vater seines Sohnes Erwin Rudolf Josef Alexander Schrödinger geworden. Jenem Erwin Schrödinger, der mit seiner nach ihm benannten Schrödingergleichung die Quantenmechanik begründet und 1933 gemeinsam mit Paul Dirac den Nobelpreis für Physik erhalten hatte. Rudolf selbst konnte am meisten mit dessen Gedankenexperiment „Schrödingers Katze" anfangen, zu dessen Ehren er sich auch ein T-Shirt gekauft hatte und dieses regelmäßig trug. Soweit er es verstanden hatte, ging es bei diesem sinnbildlich übertragenen Beispiel um die Verdeutlichung der kontraintuitiven Aussagen der Quantenmechanik, weil die statistische Interpretation derselben laut Erwin Schrödinger zu einem Paradoxon und einer „verwaschenen" Realität führte: in einem geschlossenen Kasten befinden sich in dem Gedankenexperiment eine Katze, ein radioaktives Präparat, das zufällig zerfällt oder eben auch nicht, ein Detektor für die beim Zerfall erzeugte Strahlung sowie eine tödliche Menge Gift, die bei Ansprechen des Detektors freigesetzt wird. Das Paradoxon besteht nun darin, dass die Katze gleichzeitig lebendig und tot ist, und das nach der von Schrödinger kritisierten Interpretation so lange, bis ein Beobachter den Kasten öffnet, um nachzusehen, weil bis dahin nicht klar ist, ob und wann das radioaktive Präparat zerfallen ist. Auf Rudolfs T-Shirt wiederum war die Schrift so geschickt gedruckt, dass man je nach Blickwinkel „dead" oder „alive" sah, beide Wörter aber gleichzeitig jederzeit abgebildet waren.

Mit mehr Wissen zum Thema konnte er allerdings nicht glänzen – und auch nicht zum Thema Botanik, war das doch das Themenfeld seines Namensvetters gewesen – obwohl ihn diese Gleichzeitigkeit sehr faszinierte. Dass er mit der Schrödingergleichung allerdings überhaupt gar nichts anfangen konnte, machte aber auch nichts. Bis vor einem Jahr war er mit seinem Intellekt sowie auch mit seinem Leben im Allgemeinen mehr als zufrieden gewesen. Denn er hatte Glück gehabt. Das Schicksal hatte es gut mit ihm gemeint.

Dass er in Erika seine beste Freundin, Lebensgefährtin und Ehefrau gefunden hatte, wäre allein schon genug gewesen. Zusätzlich hatten sie sich allen Luxus leisten können, den sie gebraucht hatten. Doppelt umdrehen müssen hatte er weder Mark noch Euro.

Kinder hatten sie weder gewollt noch bekommen. Sie hatten lieber ihre Zweisamkeit genossen, waren zur Entspannung in Wellnesshotels und für Urlaube um die ganze Welt gefahren. Mehr hatte er sich nie gewünscht.

Sie hatte ihm immer gesagt, wie sehr sie seine blauen Augen liebe. Es erinnere sie an sonnenbeschienenes Meer vor einer Südseeinsel oder an einen kunstvoll geschliffenen Saphir. Solch ein Blau habe sie sonst nie gesehen.

Genau diese blauen Augen waren es jetzt, die ihn jeden Morgen quälend anblickten, wenn er es aus dem Bett bis ins Bad geschafft hatte. Weil sie ihn an sie erinnerten. Jeden Tag, seit Januar.

Zehn

EIN MEISTERSPRINTER

Dienstag, 06. September
Neu-Isenburg, Hessen

Kaisa war gut gelaunt. Seit das Marathontraining so richtig Fahrt aufgenommen hatte, war sie abends so müde, dass sie nicht nur direkt ein-, sondern außerdem noch fest und durchschlief. Auch die letzte Nacht hatte sie wieder richtig gut geschlafen und war exakt fünf Minuten vor dem Weckerklingeln von allein aufgewacht. Das liebte sie, weil sie die Nacht voll ausgeschöpft hatte und dennoch nicht von diesem elektrischen Störenfried auf dem Nachttisch aufgeschreckt wurde.

Entsprechend energiegeladen war sie aus dem Bett gehüpft und hatte schon die komplette Morgentoilette erledigt, während Michi es gerade einmal geschafft hatte, vom Schlafzimmer in die Küche zu schlurfen, um dort den ersten Espresso des Tages zuzubereiten. Gemeinsam genossen sie ihren frisch aufgebrühten, schwarzen Zaubertrank, dann schnappte sich Kaisa ihre Tasche und war auch schon aus der Tür.

Sie schob ihr Rad aus dem Gartentor und schwang sich auf den Sattel. Dass sie sich ein Gravelbike, also ein robustes Rennrad, mit dem man auch Querfeldein fahren kann, gekauft hatte, hatte sie nie bereut. Es war die beste Wahl für eine angenehm zügige Reisegeschwindigkeit. Sie startete nicht nach rechts in Richtung Stadion, in dem sie am Abend erneut ihre diensttäglichen Runden drehen würde, sondern nach links, um direkt wieder links in die Brunnenstraße abzubiegen. Am Straßenende ging es dann nach rechts und auf der Friedensallee quasi bei Frau Büchler vorbei. Natürlich hätte sie auch nach links in den Wald in Richtung StadtWaldHaus abbiegen können, am liebsten nahm sie aber den direkten Weg. Das Fahrrad war für sie weiterhin mehr ein Transportmittel als ein Sportgerät.

Als sie dann vom Gravenbruchring nach links zur Autobahnbrücke über die A3 abbog, um auf der Kesselbruchschneise einige Kilometer schnurgerade durch den Wald zu fahren, genoss sie den Fahrtwind, der ihr um die Nase wehte, obgleich es im Rhein-Main-Gebiet nie so still wurde, wie es ohne den vielen Straßenverkehr und Fluglärm hätte sein können. Just überquerte sie die B3, wo noch vergleichsweise wenig los war. Da konnten die Fahrzeuge noch so glänzen, komfortabel sein und vermeintlich sportlich fahren, Kaisa würde auch beim garstigsten Wetter das Fahrrad vorziehen. Allein schon, weil sie sich so viel freier fühlte als eingequetscht in einer Blechkiste.

Schließlich ging es für sie rechts ab und über die nächste Autobahnbrücke. Offenbach war erreicht. Nur noch durch den Buchrainweg und die Brandsbornstraße, dann fuhr sie unter den Schienen hindurch zum Dreieichpark, womit sie faktisch ihr Ziel erreicht hatte.

Als sie gegen 7:15 Uhr ihr Fahrrad anschloss, kam gerade ihr Kollege Johannes Walther angebraust. Jener Johannes also, der letzte Woche im ess:zimmer die Espressi ausgegeben hatte. Mit quietschenden Bremsen hielt er auf der anderen Seite des Fahrradständers.

„Morgen!“

„Moin Johannes! Bist du von daheim geradelt oder einen Teil mit der Bahn gefahren?“

„Komplett, das mache ich im Sommer gerne. Ich bin heute um kurz nach sechs Uhr los und war die komplette erste halbe Stunde durchgängig vom Sonnenaufgang begeistert.“

„Das ist echt beeindruckend! Mir reichen ja meine neun Kilometer, aber heute hat es mir auch sehr gut gefallen. Herrliches Wetter derzeit.“

„Und ob! Bald kommt wieder die Wehmut nach solchen Tagen auf, wenn nicht nur die Sonne immer später aufgeht, sondern es außerdem durchgängig nass und matschig wird.“

„Trotzdem noch drei Mal besser als ständig im Stau zu stehen.“

Gemeinsam gingen sie durch die Eingangstür.

„Da hast du Recht. Also denn, ich biege hier rechts ab. Wir sehen uns morgen?“

„Jep! Bis morgen Mittag!“

Durch ihr frühes Eintreffen – Joshua kam meist erst gegen acht Uhr – hatte sie Zeit, kurz die internen Lagebilder der benachbarten Polizeipräsidien nach weiteren Vorfällen zu durchforsten, fand aber nichts. Eigentlich hätte sie sich darüber auch gewundert, schließlich hatte Joshua sämtliche Dienststellen des Präsidiums informiert und um Meldung gebeten, falls es zu weiteren, ähnlichen Taten gekommen wäre. Aber man konnte nie wissen.

Als nächstes notierte sie sich stichpunktartig, was sie die letzten Tage alles gemacht hatte, schließlich musste irgendwann ein Stationszeugnis erstellt werden. Kaum hatte sie dafür drei Zeilen in die Tasten gehackt, trudelte auch schon Joshua ein, tiefenentspannt wie immer. Er warf ihr nur kurz ein „Guten Morgen" hin, legte seine Tasche ab – die Umhängetasche aus Leder ließ ihn immer ein wenig wie einen Lehrer anmuten – und verließ ihr Büro auch schon wieder.

Fünf Minuten später war er zurück, stellte vor Kaisa eine dampfende Tasse Kaffee auf den Tisch, schloss die Fenster, die Kaisa beim Ankommen aufgerissen hatte und ließ sich auf seinen Schreibtischstuhl fallen.

„So."

„Danke für den Kaffee."

„Nun pack schon dein Müsli aus, ich habe deinen Magen ja schon im Gang knurren gehört."

„Das halte ich aber für ein Gerücht!"

„Dass du einem aber auch immer ein schlechtes Gewissen machen musst. Ich habe mir nur ein Plunderstückchen vom Bäcker mitgenommen."

„Da habe ich nichts dagegen. Nur hätte ich danach noch mehr Hunger als vorher!"

„Wie machst du das eigentlich, dass du nach so einem Müsli noch laufen kannst? Ich könnte das nicht vor dem Training essen."

„Das ist Haferjoghurt, hat mir Tina empfohlen. Das liegt viel weniger schwer im Magen."

„Ok, na dann. Gab es heute Früh schon etwas Neues zu unserem Meistersprinter?"

„Nein, aber nenn ihn bitte gleich genau so. Dann freut sich Lars, das schafft gleich eine positive Grundatmosphäre."

„Ich sehe schon, du hast vom Besten gelernt!"

Kurze Zeit später – nach gerade einmal dreieinhalb beantworteten Emails, spähte besagter Kollege Klingauf auch schon zur Bürotür herein.

„Hallo Lars! Nur herein in die gute Stube. Darf ich dir Kaisa Nieminen vorstellen? Sie absolviert hier die Verwaltungsstation ihres Referendariats und ist mir eine große Hilfe. Kaisa, das ist Lars."

„Danke, danke. Wir haben schon miteinander telefoniert. Lars, angenehm!"

„Hallo Lars. Kaisa."

Wieder ein neuer Kollege, mit dem sie per Du war. Kaisa fand das sehr angenehm und hilfreich für die weitere Kommunikation.

„Dann lass mal hören", leitete Joshua über, „humpelst du noch oder gehst du schon?"

„Ha, ha. Immerhin konnte ich mal richtig sprinten, auch wenn es offensichtlich schon länger her ist. Dich habe ich höchstens joggen sehen."

„Das muss an meiner Geschmeidigkeit liegen. Bei den wahren Meistern sehen die komplexesten Bewegungen immer mühelos aus."

„Komplex würde ich das jetzt nicht gerade nennen."

„Hatten wir nicht das letzte Mal schon über deine Auffassungsgabe gesprochen?"

Es war Zeit, dass Kaisa sich einschaltete. Auch wenn sie wusste, dass sich die beiden nur aufzogen.

„Jungs, ich unterbreche ja nur ungern, aber ich möchte im Fall weiterkommen."

„Na gut", lenkte Joshua ein, „wir haben uns eben schon länger nicht mehr gesehen. Erzähl doch mal vom vergangenen Donnerstag, Lars."

„Zu Befehl, Frau Staatsanwältin", Lars grinste kurz zu Kaisa herüber, erzählte dann aber sehr gewissenhaft und schonungslos offen von seinem Versuch, den Helden zu spielen. Warum er nicht mehr gerne nach Hause fuhr, wie sehr ihm die spitze Bemerkung seines ehemaligen Klassenkameraden zugesetzt hatte, wie gerne er sein Leben ändern würde aber doch nicht dazu kam. Und wie er dann den Funkspruch vernommen und aus einer Kurzschlussreaktion heraus direkt zur Tat geschritten war, beim Sprint aber sofort von seinem Kniebeuger gestoppt wurde.

„Ich habe mich schon mehrmals gefragt, was mir an dem Typen aufgefallen sein könnte. Aber da war nichts. Die dunkle Kleidung hat mögliche Auffälligkeiten komplett geschluckt. Ansonsten: männlich, helle Hautfarbe, dunkle Haare, mittelgroß, keine auffällige Stimme. Ich wüsste nicht einmal, ob ich die wiedererkennen würde. Viel habe ich wirklich nicht für euch."

Sie hakten noch an zwei Punkten nach, Lars hatte aber keine weiteren Informationen für sie. Das nächste Gespräch ohne nennenswerten Erfolg also. Natürlich würde sich Lars bei ihnen melden, falls ihm doch noch etwas einfallen würde. Hoffnungen machte sich allerdings keiner der drei.

Aufgegeben wurde aber noch lange nicht. Vielleicht verbiss sich Joshua gerade deshalb so sehr in den Fall, weil es so schwer zu sein schien, überhaupt Informationen zusammenzutragen. Aufgeben war zudem einfach nicht sein Ding. Für ihn war gerade das auch die Faszination an seinem Sport. Beim Football konnte man noch längst verloren geglaubte Spiele herumreißen – und ebenso natürlich sichere Siege noch verschenken. Diesen Grundsatz hatte er auch auf sein Leben übertragen. Vorzeitig aufgesteckt wurde nicht.

Für Kaisa war die Motivation ohnehin klar: sie wollte ihre erste Ermittlung erfolgreich abschließen und nicht einfach den Kopf in den Sand stecken. Vielleicht ergänzten sie sich so, wie es kein anderes Team geschafft hätte, denn auch bei ihrem nächsten Versuch waren sie erfolglos.

Etwas naiv versuchten sie nach ihrem Gespräch mit Lars nämlich ihr Glück bei der nahe gelegenen Sana Klinik. Den knappen Kilometer gingen sie zu Fuß und erörterten dabei ihre weiteren Möglichkeiten. Sie kamen zu dem Schluss, dass gerade das Personal der Krankenhäuser in der Nähe etwas bemerkt haben musste, wenn es sich tatsächlich um ein wiederkehrendes Muster in der Region handelte. Die verursachten Verletzungen waren auffallend brutal und keinesfalls mit dem so stigmatisierten Treppensturz zu erklären.

Als sie von der Sprendlinger Landstraße nach links zum Sana Klinikum abbogen, wussten sie bereits auf den ersten Blick, dass es ein Fehler gewesen war, spontan vorbeizugehen. Noch vor dem Eingang hatte sich eine Schlange gebildet, fein säuberlich aufgereiht und mit den mittlerweile so oft gesehenen gelben Linien im Abstand von 1,5 m voneinander getrennt. Als Joshua versuchte, die Schlange seitlich zu umgehen, wurde er prompt von einem Security-Mitarbeiter zurückgepfiffen. Das kurze Wortgefecht verloren Kaisa und Joshua, weil sie der Hüne, der sogar noch größer und breiter als der Hauptkommissar war, entweder nicht verstand – oder nicht verstehen wollte. Für den Dienstausweis hatte er keinen Blick übrig. Hier herrschten klare Regeln. Ohne Ausnahme.

Also hieß es warten und Stück für Stück vorrücken.

Selbst diese Geduld und Gutmütigkeit ihrerseits wurde nicht belohnt. Denn endlich vorne angekommen stießen sie auf taube Ohren. Oder besser gesagt: auf sehr überarbeitete Ohren, die täglich zu viele Probleme hörten und nur in zwei Kategorien teilten. Kategorie eins war medizinisch dringend und wurde in die Klinik vorgelassen, Kategorie zwei war medizinisch nicht dringend und durfte entsprechend nicht passieren. Kaisa und Joshua gehörten zu Kategorie zwei.

So leicht wollten sich Kaisa und Joshua zwar nicht abwimmeln lassen, die Dame mit den nur selektiv funktionierenden Ohren war aber scheinbar sogar zum Genervtsein zu überarbeitet. Nach ihrem prompten „Nein! Ich wiederhole: Laut den aktuellen Bestimmungen darf niemand ohne medizinischen Grund in die Klinik. Bitte gehen Sie“, ignorierte sie die beiden bei sowohl Joshuas charmantem als auch bei Kaisas einfühlsamen Zureden geschlagene zehn Minuten, während derer sie andere Besucher ebenso abwies oder auch passieren ließ. Schließlich reichte es ihr.

„Würden Sie jetzt bitte gehen!“

Und prompt stand auch wieder der Security Mann Gewehr bei Fuß. Da war nichts zu machen. Frustriert riss sich Joshua die Maske vom Gesicht und stapfte voran zurück in Richtung Präsidium. Kaisa beeilte sich, Schritt zu halten, verlor aber kein Wort über die Abfuhr, sondern zückte ihr Telefon und suchte im Internet die richtige Nummer. Noch im Gehen rief Kaisa direkt beim Ketteler Krankenhaus an. Und ihre Miene erhellte sich.

„Beim Ketteler können wir direkt vorbeischauen, die haben scheinbar weniger strikte Vorgaben. Wir sollen uns einfach am Empfang melden.“

„Danke, Kaisa. Ich war schon kurz davor, die Beherrschung zu verlieren.“

„Gibt es eigentlich Dienstfahrräder? Dann könnten wir mit dem Rad fahren. Laut Routenplaner sind das gerade einmal drei Kilometer. Und du könntest etwas Frust abbauen.“

„Nix da. Jetzt nehmen wir den Wagen. Du hast mich schon zu genug Bewegung animiert.“

Kaisa wollte keine Diskussion anzetteln. Die Stadt war auch nicht ihre Lieblingsumgebung für Fahrradtouren. Vom Präsidium aus fuhren sie also in die gleiche Richtung zurück, aus der sie gekommen waren und stauten sich durch den Starkenburgring wieder am Sana Klinikum vorbei, das Joshua mit finsteren Blicken bedachte. Dabei sprach er sich sonst immer eher für den strikteren Weg gegen das Virus aus. Dann war das Krankenhaus aber passiert und der Starkenburgring ging erst in den Friedrichsring und anschließend in den Hessenring über. Vom Landgrafenring ging es dann wenige Minuten später rechts ab und über die Rhönstraße. Kaisa war gespannt, mit was sie im Ketteler Krankenhaus zu rechnen hatten.

Doch ihre Erwartungen wurden übertroffen, schließlich war das Glück auf ihrer Seite. Denn im Ketteler Krankenhaus arbeitete wohl jemand am Empfang, der für diese Aufgabe geboren worden war. Der blonde Lockenkopf trug das breite Lächeln ebenso selbstverständlich wie die rundglasige Brille und erledigte scheinbar mühelos durchgängig mindestens drei Aufgaben gleichzeitig. Sie nahm Krankenkassenkärtchen entgegen, während sie Belegungen im Rechner überprüfte, gab ihren Kolleginnen Anweisungen und legte außerdem noch Mappen für die vorbeieilenden Ärztinnen und Ärzte heraus. Schon vom ersten Eindruck war Kaisa von dieser Frau absolut beeindruckt.

Vielleicht, dachte sich Kaisa, sollte sie eine Station ihres Referendariats im Krankenhaus absolvieren, um im Gericht jederzeit abgebrüht zu bleiben. Hier wurde Stress definitiv anders definiert als im gemeinen Sprachgebrauch.

Als schließlich ihnen das Lächeln galt, traten sie an den Empfangstresen und Kaisa schilderte in kurzen Sätzen ihr Anliegen.

„Ah, ja. Ich erinnere mich, wir hatten vorhin telefoniert. Moment, bitte.“ Sie griff wieder zum Telefonhörer. „Schick mir mal die Lisa runter, bitte!“

Dann wandte sie sich ihrer Kollegin zu und kündigte eine kurze Rauchpause im Hof an.

„Aber du rauchst doch gar nicht" – das Lächeln der Kollegin wiederum verriet, dass der Besuch der Polizei schon abgesprochen war. Sie würde kurz aushelfen.

Schon kam auch besagte Lisa auf weißen Sohlen angerauscht. Noch jemand, der trotz hohem Arbeitspensum alles irgendwie unter einen Hut bekam. Sie stellten sich kurz vor, um dann nach draußen in den Hof zu gehen. Nicht um zu rauchen, sondern aber um frische Luft zu schnappen und ungestörter reden zu können.

„Das ist wirklich ein Zufall, dass sie sich gerade jetzt für außergewöhnliche Verletzungen interessieren. Wir hatten uns erst kürzlich darüber unterhalten, oder, Sandra? Ich erinnere mich noch gut an diese zwei Typen, die wurden mit nur drei Tagen Unterschied bei uns eingeliefert und sahen absolut schrecklich aus. Und beide haben sie das Klischee schlechthin als Grund angegeben: Sturz von der Kellertreppe, das kam mir sofort ungewöhnlich vor", redete Lisa Maierhofer gleich drauflos, als sie vor dem Krankenhaus eine ruhige Ecke gefunden hatten. Kaisa und Joshua waren sofort Feuer und Flamme. Das hörte sich vielversprechend an!

„Wir hatten das zwar der Polizei gemeldet, aber nicht wirklich mit einer Reaktion gerechnet", ergänzte Frau Billing, die sie empfangen hatte.

„Ja, da muss ich Sie auch leider enttäuschen, die Meldung kennen wir nicht", stellte Joshua klar. „Wir sind wegen auffälliger Tathergänge auf der Suche nach Zeugen, die uns bei der Identifikation des Täters helfen können. Wie würden Sie denn die Verletzungen beschreiben, oder was könnte die wirkliche Ursache dafür gewesen sein?"

„Also die zwei, die wir jetzt meinen", antwortete Frau Maierhofer, „waren so ganz undurchsichtige Typen. Privat würde ich mit denen nichts zu tun haben wollen und sofort Abstand halten. Völlig respektlos mir gegenüber, und dabei helfe ich denen doch und habe wirklich nichts mit dem Unfall oder was auch immer zu tun. Aber Sie wollten ja etwas zu den Verletzungen wissen. Da sahen beide ziemlich übel aus. Nicht wie nach einer normalen – wenn ich das mal so nennen darf – Kneipenschlägerei oder gar nach einem Treppensturz. Das war hundertprozentig nur eine Ausrede!"

„Um das mal hier einzuwerfen:", ergänzte Frau Billing, „Lisa war ziemlich geschockt. Deshalb haben wir uns auch darüber unterhalten. Und nicht unbedingt wegen des schlechten Benehmens der zwei, sondern natürlich wegen der Gesichter."

„Genau. Völlig entstellt waren die. Beim ersten hab ich erstmal gar keinen Ton rausgekriegt, als ich ins Zimmer bin. Und dann, nur eine halbe Woche später, lag gleich noch so einer auf der Station."

„Wie sahen die beiden denn aus, als sie eingeliefert wurden?", wollte Kaisa wissen.

„Richtig entstellt. Das waren keine Prellungen oder Beulen mehr, das waren schwere Brüche. Der eine hatte einen gebrochenen Kiefer, da habe ich mich überhaupt gefragt, wie der noch reden konnte. Und beim anderen waren sowohl das Jochbein als auch das Stirnbein völlig zertrümmert. Ein Wunder

der Medizin, dass unsere Ärzte das wieder hinbekommen haben."

„Allerdings. Das hört sich wirklich ernst an. Wenn Sie sagen, dass das kein Sturz oder eine normale Schlägerei gewesen sein kann, was halten Sie dann für möglich?", war jetzt Joshua an der Reihe zu fragen.

„Puh, da müssen Sie eher Ihre Spezialisten fragen. Aber da war jemand äußerst brutal und hat nicht nur mit den eigenen Fäusten geschlagen, so viel ist sicher!"

„Haben die Patienten denn selbst etwas geäußert?"

„Nein, beide haben nur den erwähnten Treppensturz als Grund angegeben. Da habe ich auch nicht weiter nachgefragt."

„Stimmt, das hatte ich schon wieder verdrängt", entschuldigte sich Joshua. „Ich kümmere mich um den Bescheid vom Richter, sodass Sie uns dann bitte die Namen der beiden durchgeben."

„Klar, gerne." Frau Billing lächelte schon wieder.

Kaisa erkundigte sich dann noch nach dem Arbeitsalltag im Krankenhaus, was aber nur ihrem allgemeinen Interesse und Hintergrundwissen diente, nicht aber den Fall direkt betraf. Dann verabschiedeten sie sich von ihren netten Gesprächspartnerinnen und dankten ihnen herzlich. Endlich waren sie mit ihrem Fall ein ganzes Stück vorangekommen.

In entsprechender Hochstimmung gingen Joshua und Kaisa zurück zum Auto. Auf dem Krankenhausparkplatz war natürlich kein Platz frei gewesen, dafür hatten sie im Lichtplattenweg noch eine Lücke gefunden. Kaisa wunderte sich immer wieder darüber, wie selbstverständlich es scheinbar für alle war, dass durch abgestellte PKW so viel Platz verschwendet wurde. Gerade in der Stadt war das aus ihrer Sicht Gift, erst kürzlich hatte sie darüber eine Studie der Mobilitätsforschung gelesen. Ganz abgesehen davon, dass Flächen für Parkplätze versiegelt und durch den Autoverkehr Klimagase freigesetzt werden, die angepasste Infrastruktur nur noch mehr Autoverkehr fordert und die Lebensqualität sinkt. Durch Parkplätze wachsen Städte nach außen statt nach oben, sodass die Wege immer länger werden und damit auch Geschäfte leiden. Außerdem steigen die Wohnkosten, weil schlicht weniger Platz zur Verfügung steht. Kaisa fand die positiven Beispiele aus Amsterdam, Wien, Paris oder anderen Metropolen beeindruckend, weil sich Möglichkeiten und vor allem Lebensqualität ergaben, mit denen nur die wenigsten gerechnet hätten.

Hier im Lichtplattenweg aber wurde gar im rechten Winkel zur Fahrbahn geparkt. Joshua setzte gekonnt zurück und chauffierte Kaisa zurück zum Präsidium. Gut gelaunt klopfte er den Takt der Musik auf dem Lenkrad mit.

Der Plan für die kommenden Tage war klar, denn jetzt hatten sie definitiv einen Fall. Neben Frau Yirgin und den Beteiligten in Darmstadt würden sie außerdem mit den beiden Opfern sprechen. Da mussten doch entscheidende Hinweise für sie bereitliegen!

Zurück zu Hause wurde es dann auch privat zu einem sehr erfolgreichen Abend für Kaisa. Vielleicht trug die gute Stimmung, in die sie die jüngsten Entwicklungen ihres Falles versetzt hatten, auch dazu bei, vielleicht hatte sie aber auch durch das konsequente Training der letzten Wochen einen weiteren Leistungssprung gemacht. Das Training an diesem Dienstagabend in gewohnter Atmosphäre lief zumindest hervorragend.

Auf der Rundbahn im Sportpark Alicestraße stand ein 15 km langer Tempowechsellauf auf dem Programm. An diesem Sommerabend war es zwar warm, in den Sonnenuntergang zu laufen machte das Training aber auch wettertechnisch zu etwas Besonderem. Es lag dieses ganz besondere Flair in der Luft, wenn sich die leichtfüßige Silhouette von Kaisa dunkel vor der immer tiefer stehenden Sonne abzeichnete, während gleichzeitig Mücken über dem Rasenplatz tanzten.

Michael war zwar wieder zur Unterstützung mit dabei, brauchte nach den schnelleren Abschnitten – Kaisa lief vier Mal drei Kilometer schnell, mit einem flotten Kilometer als Pause – aber mehr Zeit, als die 3:45 Minuten, während der Kaisa augenscheinlich im Stande war, sich zu erholen. Michael ließ immer austrudeln und ging dann die 200 m bis zum Start des nächsten 3000 m Intervalls. Währenddessen bewunderte er entweder Kaisa, die ihn jeweils zwei Mal überrundete, oder beobachtete die vielen Schweißtropfen, die von seinem Kinn und Händen zu Boden fielen.

Nach einer beachtlichen Gesamtzeit war Kaisa nicht nur äußerst zufrieden mit dem Programm, sondern freute sich umso mehr auf den anstehenden Halbmarathon am Sonntag. Der Früchtequark, den sie sich daheim zur Belohnung zu einem Kaltgetränk gönnte, schmeckte an diesem Abend hervorragend.

Elf

EIN UNTERSTAND

Dienstag, 06. September
Golf-Club Neuhof e. V., Dreieich, Hessen

Bäh. Das war aber auch ein Schietwetter. Sie hätten die kleinere Runde fahren sollen. Aber wenn Mo einmal Bock hatte, dann kam es schon mal vor, dass er in einen Weg abbog, den er noch nicht kannte – aber gerne kennen würde. Wobei „schon mal" maßlos untertrieben war. Eigentlich fuhren sie immer, wenn nicht gerade ein anderer Termin eine längere Rad-Ausfahrt begrenzte, neue, unbekannte Wege. Grundsätzlich mochte Björn das ja. So hatten sie schon die schönsten Ecken entdeckt, die er sonst im ganzen Leben nicht zu Gesicht bekommen hätte. Das waren ihre kleinen Abenteuer, die den Alltag versüßten.

Dafür musste man aber Glück haben. In letzter Zeit war ihnen das – beziehungsweise war Mohamed das – allerdings nicht hold. Zuletzt hatten sie sich immer verfranst. Im besten Fall waren sie nur eine Schleife gefahren, allzu oft standen sie in einer Sackgasse oder landeten in einem Dornengestrüpp. Die eine oder andere Geschichte hatte immerhin anekdotischen Wert. Auf Partys konnten sie sich exzellent den symbolischen

Ball hin- und herspielen und damit bezaubernde Lächeln auf hübsche Münder zaubern. Währenddessen war der Spaß aber begrenzt. Gerade jetzt hatte Björn so überhaupt gar keine Lust mehr.

Besonders ärgerte er sich, weil der starke Regen sogar angekündigt gewesen war: fünf Millimeter Niederschlag pro Quadratmeter zwischen 17 und 18 Uhr. Von Dreieichenhain kommend waren sie zur Stangenpyramide hinauf geradelt. Dort war es dann schon 17:20 Uhr. Und über der Frankfurter Skyline hatten sich bereits bedrohlich schwarze Wolken zusammengebraut.

Mo hatte sich sogar noch gefreut und ein Foto gemacht. Seine Schnappschüsse von unterwegs erfreuten seine sogenannten Freunde, in den sozialen Medien konnte er mit seinen Ausfahrten prahlen. Fast jeden Tag saß er im Sattel, sein Handy hatte er selbstredend immer dabei.

Bedenken hatte Mo keine, „das zieht in die andere Richtung!", und war fröhlich weitergeradelt. Björn hatte anders getippt und sich gewundert, war wie immer aber einfach hinterher gefahren. Und bereute es jetzt.

Kaum hatten sie nämlich die L3317 überquert – an der Ampel hatten sie leider anhalten müssen – waren die ersten, dicken Regentropfen um sie herum auf den Schotterweg und in die Büsche geklatscht.

Mit seiner Aussage, „das sind nur ein paar Angsttropfen!", hätte Mo nicht falscher liegen können, denn es waren Tropfen, die sie nur sehr kurz hatten ignorieren können. Wie exponentiell wachsend wurden aus den Tropfen erst Regen, dann heftiger

Niederschlag, dann schien es, als gebe es nur noch Wasser und keine Luft mehr um sie herum. Wie hatte sich all das Wasser überhaupt in einer Wolke halten können?

Die einzige Fluchtmöglichkeit schien nach vorne. Obwohl es bergab ging und sie gleichzeitig mit voller Kraft und Frequenz in die Pedale traten, gab es kein Entrinnen. Und sie waren mitten im Wald.

Obwohl! Plötzlich fielen Björn die alten Schuppen auf der linken Seite ein, um die herum es im Sommer immer so schön grün war. War das Bärlauch, der dort auf dem Boden wuchs? Er musste endlich mal diese Kräuterwanderung buchen, die er schon seit einem Jahr mit seiner Freundin machen wollte.

„LINKS!", schrie er zu Mo herüber. Ob der ihn gehört hatte? Hatte er aber wohl, denn Mo ließ ihn ein Stück vor. Björn zeigte noch ganz kurz nach links, um sein Abbiegen anzukündigen, dann hielt er den Lenker, so fest er konnte. Für ein paar Meter rumpelten sie über den kleinen Pfad, dann war die vorderste Hütte erreicht. Mit rutschenden Hinterrädern schlitterten sie bis an die Holzwand heran, dann hatten sie es geschafft.

„Bäh!", war Björns erster Kommentar. „Mann ist das eklig!"

„Ja. Ich bin klitschnass, von oben bis unten."

„Ich könnte jetzt anbringen, dass ich es dir ja gesagt habe."

„Machst du aber nicht. Wie nett von dir!"

Wechselklamotten hatten sie natürlich keine dabei.

„Zum Glück ist es warm. Am besten ziehen wir alles bis auf die Unterhose aus. Mein Coach meinte früher immer, dass man besser weniger als etwas Nasses anhaben sollte."

„Tu dir keinen Zwang an. Vielleicht machst du dir damit ja neue Freunde."

Mo nickte nach links. Und Björn erschrak: hier hatte noch jemand Unterschlupf vor dem Regen gesucht. Der Mann war so dunkel angezogen, dass er ihn zunächst gar nicht wahrgenommen hatte. Die Haare waren so dicht und dunkel, dass sie wie zur Tarnung vor der dunklen Hütte gemacht zu sein schienen. Die eingefallenen Wangen, die den Mann zwar ausgezehrt, gleichzeitig aber wie einen Krieger wirken ließen, fielen Björn nur peripher auf: neben den stechend blauen Augen, die ihn fest fixierten und festzuhalten schienen, ging alles andere unter.

Auf ihr „Hallo!“ und die zum Gruß gehobenen Hände reagierte er nicht. Kein Wort, kein Nicken, nicht mal ein Zwinkern.

Tja, dann eben nicht.

Björn lehnte sich neben Mo an die Hüttenwand und starrte in den Regen. Wenn man ein Dach über dem Kopf hatte, konnte das sehr beruhigend sein.

„Da hast du uns ja mal wieder in ein Abenteuer hineinmanövriert. Hast du Anja schon Bescheid gegeben, dass es später wird?“

„Quatsch. Die erwartet mich sowieso frühestens in zwei Stunden. Wir warten jetzt eine Viertelstunde, dann hat es schon wieder aufgehört und wir fahren zurück nach Hause.“

„Alles klar.“

Björns Gedanken schweiften ab.

„Eigentlich wollte ich ja nur noch zum Spaß trainieren. Die Zeiten des Allwettersportlers hatte ich bereits abgeschrieben.“

„Du redest von damals, als du noch große Ziele hattest.“

„Genau. Es war einmal, in einem Wald vor unserer Zeit, als Björn nach erfolgreicher Quali zum internationalen Marathonläufer werden wollte. Wobei es beim Laufen deutlich angenehmer ist, wenn es zu regnen anfängt, als wenn man auf dem Drahtesel sitzt."

„Na komm. Was gibt es denn Schöneres, als wenn der Matsch in alle Richtungen spritzt, dir das kalte Wasser in die Arschritze läuft und gleichzeitig der Wind natürlich noch von vorne kommt?"

„Genau das meine ich."

„Bist du damals eigentlich ins Ziel gekommen?"

„Na hör mal! Natürlich."

„Die Geschichte hast du mir erst hundert Mal erzählt, wie soll ich da den Ausgang wissen?", Mo war schon wieder bester Laune.

„In Boston kannst du nicht anders. Überall stehen Leute und feuern dich an. Ich kriege heute noch eine Gänsehaut, wenn ich daran denke."

„Jep, eine Bombenstimmung!"

„Das ist echt nicht lustig, Mo!"

„Ich weiß. Wärst du 15 Minuten langsamer gewesen, hätte es dich erwischen können."

„Sag ich doch."

„Und weißt du, was ich jetzt sage? Komm, wir reiten weiter. Es hat schon fast aufgehört."

Das hatte es wirklich. Die Funktionskleidung war zwar immer noch klamm und unangenehm, durch ihr hohes Tempo wurde ihnen aber schnell warm, als sie wieder auf ihren Rädern saßen.

Ihr stiller Zuhörer schaute ihnen mit seinem stechenden Blick nach. Dann zückte er sein Handy und suchte nach einem Bombenanschlag beim Boston-Marathon. Er wurde schnell fündig, es gab sogar einen Wikipedia-Eintrag dazu.

Zwölf

VEGANE MUFFINS

Mittwoch, 07. September
Offenbach, Hessen

„Boah, Kaisa! Ich höre dein Gebälk ja bis hier krachen. Fordert das Marathontraining Tribut?"

„Bitte, Tina. Lauf nicht so schnell! Den ersten Kilometer bitte nicht unter fünf Minuten", stöhnte Kaisa. So gut sie beim Tempowechsellauf am Vorabend auch gerollt war, so schwer waren am nächsten Morgen die Beine. Ohne ihre Verabredung mit Tina wäre es ihr sehr, sehr schwergefallen, so früh aufzustehen. Und dann auch noch loszulaufen!

„Bist du heute Morgen nicht mit dem Fahrrad gekommen? Ich dachte, du seist schon aufgewärmt."

„Klar bin ich mit dem Fahrrad da. Stell dir nur vor, wie sehr ich schleichen würde, wenn der Kreislauf noch nicht in Schwung wäre und ich außerdem alleine laufen müsste. Danke, dass du die letzten Wochen immer mitgekommen bist."

„Mach ich doch gerne. Außerdem feiere ich es gerade total, dass ich dich spielerisch stehen lassen könnte. Wann kam das schon mal vor?"

Während Tina, um Kaisa aufzuziehen, ein paar Hopser einbaute, stöhnte diese nur. Aber es ging schon besser, langsam wurden die Muskeln wieder geschmeidiger. Spätestens auf dem Rückweg würde ihr das frühe Laufen Spaß machen. Überdies wusste sie schon jetzt, wie froh sie in etwa anderthalb Stunden sein würde, den Lauf durchgezogen zu haben. Heute nochmal 20 km, dann war der Großteil des Trainings geschafft. Am Donnerstag würde sie nur locker laufen, dann am Freitag und Samstag recht kurz, mit anschließenden Steigerungen, um für Sonntag frisch zu sein.

Tina war eindeutig ein Morgenmensch und schon voll und ganz in Plauderlaune. Gerade freute sie sich darüber, wie gut ihre Muffins am Vortag angekommen waren. Als sie bei der Polizei angefangen hatte, war sie für ihre Überzeugung, sich komplett ohne tierische Lebensmittel zu ernähren, belächelt und teilweise sogar gemobbt worden. Doch während ihr der anfänglich von den Kollegen so sehr angepriesene Mettigel noch immer ein Graus war, freute sich mittlerweile das ganze Stockwerk über die veganen Leckereien, die sie wöchentlich mitbrachte.

„Dazu ist mir die Tage mal wieder eine Frage in den Kopf gekommen“, unterbrach Kaisa Tinas Ausführungen über köstlich süß-klebrige Teig-Frucht-Kombinationen. Schließlich wollte sie nicht alle Anwohner in näherer Umgebung durch ihr Bauchknurren aufwecken!

Nach Tinas aufforderndem Nicken fuhr sie fort: „Klassischerweise backt man ja mit Eiern. Natürlich klappt es auch ohne, da dulden deine Künste ja keinen Widerspruch. Aber sollte man nicht, um die Nachfrage im richtigen Bereich zu erhöhen, von

Bauern kaufen, deren Hühner in diesen fahrbaren Ställen wohnen und jede Menge Platz haben, um sich zu bewegen?"

„Das hatte ich mich auch irgendwann mal gefragt", antwortete Tina. „Ich würde aber auch diese Haltung nicht als artgerecht bezeichnen, weil sie auch im Freien in riesigen Gruppengrößen gehalten werden. Und auch die werden viel zu früh geschlachtet. Bevor die Hühner, wie wir sie kennen, so sehr überzüchtet waren, haben sie in Gruppengrößen von nur etwa 20 Tieren gelebt, haben in einem Jahr nur etwa 20 Eier gelegt und wurden etwa zehn Jahre alt."

„Oh, das wusste ich gar nicht."

„Viel schlimmer als die paar Eier, die du zum Backen brauchst, finde ich aber die vielen Tausende, die irgendwie überall untergemischt werden. So wie Milchpulver. Es ist unglaublich, wo das überall drin ist, obwohl man es wirklich nicht braucht. Denn wenn irgendwo Ei zugesetzt ist – und das finde ich besonders krass – dann ist die Haltungsform natürlich die absolut schlechteste. Da gibt es die abstrusesten Haltungsformen, wogegen Bodenhaltung quasi noch Luxus ist."

„Davon hast du mir ja schon mal erzählt, mir ist immer noch schlecht davon. Nur durch dich schaue ich jetzt viel öfter auf die Inhaltsstoffe der Produkte."

Mittlerweile waren sie schon wieder auf dem Rückweg und Kaisa war warmgelaufen. Der schönste Teil des Dauerlaufs.

„Was sagt denn eigentlich dein Michi zu deinen zunehmend vegetarischen Tendenzen?", wollte Tina, noch voll im Thema, als nächstes wissen.

„Der war ziemlich erschrocken, als er die Emissionen recherchiert hat, die in der Landwirtschaft entstehen. Beim Fleisch war er ja darauf gefasst, aber Butter hat ihn geschockt."

„Ja, kann ich mir denken."

Frisch geduscht zurück im Büro packte Kaisa erstmal ihr Müsli aus. Joshua grinste nur, meinte aber, dass ihnen das Ketteler Krankenhaus auf richterliche Anordnung hin noch heute die Namen der beiden Patienten durchgeben würde. Und er hatte noch weitere gute Nachrichten. Es lagen die Videoaufzeichnungen sämtlicher S-Bahnstationen aus der Region vor.

„Machen wir das selbst oder wird das für uns gemacht?", wollte Kaisa wissen.

„Per Software, meinst du? So weit sind wir leider noch nicht. Da müssen wir schon selber ran."

„Ich dachte eigentlich an einen Praktikanten", grinste Kaisa. „Aber gut. Machen wir uns sofort an die Arbeit oder erst am Nachmittag? Frau Yirgin hat zugestimmt, sich mit uns in ihrer Mittagspause zu treffen."

„Was hast du mit ihr ausgemacht?"

„11:30 Uhr am Heusenstammer Schloss. Sie arbeitet dort wohl in der Verwaltung."

„Ok. Wir fahren also gegen 11 Uhr hier los?", versicherte sich Joshua.

„Hätte ich auch vorgeschlagen. Mit dem Rad sind das gerade einmal siebeneinhalb Kilometer, da brauchen wir nur 20 Minuten."

„Du gibst wohl nie auf, was? Wir nehmen einen Dienstwagen, ich habe aber eine Überraschung für dich. Lass mich hier noch zwei, drei Dinge klären und fang doch schon mal an mit unserem Filmevormittag. Der Besprechungsraum ist reserviert. Ich stoße dann gleich dazu."

Gleich war als Begriff recht dehnbar, wie Kaisa jetzt in der Praxis erlebte. Geschlagene zwei Stunden starrte sie konzentriert auf die große Leinwand. Immer wieder vorspulend, wenn mitten in der Nacht überhaupt niemand zu sehen war, immer wieder feststellend, wie trostlos und ähnlich Bahnhöfe aussehen konnten, ab und zu zurückspulend, aber dennoch nichts entdeckend.

Nur einmal sog sie scharf die Luft ein, als sich eine Gruppe Jugendlicher immer heftiger schubste, bis einer der Jungs fast vor die einfahrende S-Bahn strauchelte. Zum Glück hatte er sich noch fangen können.

Gegen zehn vor elf Uhr streckte Joshua dann schließlich den Kopf herein.

„Huhu, da bin ich."

„Du Witzbold. Jetzt, wenn wir losmüssen."

„Ja, sorry. Hat leider etwas länger gedauert. Hast du etwas gefunden?"

Kaisa fasste kurz und bündig zusammen: „Bisher nichts."

Joshua wirkte fast wie ein kleiner Junge kurz vor Weihnachten. Er konnte es scheinbar kaum abwarten, endlich ins Auto zu steigen. Kaisa war verwirrt.

Die Verwirrung lichtete sich alsbald. Unten bei den Poolfahrzeugen präsentierte ihr Joshua nämlich den Grund für seine Geheimniskrämerei sowie Aufgeregtheit: das erste Elektroauto der Polizeidirektion: ein nagelneuer BMW i3. Wie der Wagen so neu glänzend in der matten Lackierung vor ihr stand, konnte Kaisa durchaus verstehen, warum sich manch anderer für Autos begeistern konnte.

Joshua warf ihr die Schlüssel zu und grinste breit.

„Du fährst! Dann kann ich alle Spielereien ausprobieren."

Kaisa zuckte mit den Schultern.

„Ok."

Bis sie sich zurechtgefunden und alles eingestellt hatten, war es schon zehn nach elf. Jetzt mussten sie aber los. Kaisa ließ den Wagen vom Hof rollen, blinkte und gab dann Gas. Beide – überrascht vom Vortrieb – wurden kräftig in die Sitze gedrückt.

„Wow! Der geht ja ab."

Die kurze Fahrt nach Heusenstamm machte sogar Kaisa Spaß. Alles fühlte sich so modern an. Während sich Joshua durch die verschiedenen Menüs klickte – „Der Tesla von meinem Kumpel kann furzen, warum geht das hier nicht?" – und die Navigation, die Musik sowie allerlei Weiteres testete, hängte Kaisa an der Stadthalle einen großkotzig herüberblickenden Fliegerbrillenträger in seinem Coupé ab.

Vor dem Heusenstammer Schloss hätten sie sogar tanken, oder in ihrem Fall laden können. Weil der Akku aber noch fast 80 % anzeigte, parkte Kaisa einfach auf dem öffentlichen Parkplatz. Während sie anschließend nebeneinander auf den Pflastersteinen auf das weiße Renaissance-Schloss zugingen, sahen sie schon, wie eine gut gekleidete Frau auf und ab ging, offensichtlich wartend. Weil es bereits 11:33 Uhr war, musste das wohl Frau Yirgin sein.

„Frau Yirgin?", fragte Kaisa.

„Ja, hallo?", die schwarzen Locken wippten, als die Frau ihnen abrupt den Kopf zuwandte.

„Hallo Frau Yirgin", übernahm Joshua die Vorstellung. „Grimm mein Name, Joshua Grimm, Kriminalhauptkommissar. Meine Kollegin Kaisa Nieminen kennen Sie schon vom Telefon."

„Hallo Frau Nieminen, hallo Herr Grimm. Selma Yirgin mein Name. Macht es Ihnen etwas aus, wenn wir hier draußen bleiben? Ich muss zugeben, dass ich mit Corona ziemlich ängstlich bin. Mein Vater hat Probleme mit der Lunge, da will ich auf keinen Fall eine Infektion mit nach Hause bringen."

„Gar kein Problem Frau Yirgin. Lassen Sie uns einfach ein paar Schritte gehen."

„Ja, gerne. Die Allee ist recht schön, da spaziere ich in der Pause öfter."

Sie liefen also wieder in die Richtung zurück, aus der Kaisa und Joshua soeben gekommen waren. Auf der anderen Straßenseite begann die Allee, die zunächst zwischen zwei kleinen Seen schnurgeradeaus führte. Die Rasenstücke zwischen Weg und den Seen waren von Gänsen okkupiert, die Bäume spendeten Schatten vor der Mittagssonne.

Nach etwas Smalltalk und ein paar allgemeinen Hintergründen für ihre Fragen baten sie Frau Yirgin, ihnen ihre Beobachtungen noch einmal persönlich zu schildern.

„Ja, genau. Das ist ja schon drei Wochen her, ich habe extra nochmal nachgeschaut", Selma Yirgin zeigte ihr Handy, was wohl andeuten sollte, dass sie den integrierten Kalender benutzte. „Da war ich mit einer Freundin im Bahnhof essen. Also gleich dort vorne", sie deutete vage nach schräg links. „Dort kann man ja recht schön draußen sitzen. Wir hatten uns schon lange nicht mehr gesehen, da ist es etwas später geworden, bestimmt elf. Zumindest bin ich dann an den Fahrradständern vorbei. Meine Freundin ist in die andere Richtung zu ihrem Auto. Ich war zu Fuß da, ich wohne gleich dort vorne in der Altstadt", sie deutete noch etwas weiter nach links. „Ich wollte einfach nur den Neuen Weg entlang und dann in die Kirchstraße nach Hause. Aber schon vom Bahnhofsplatz sind mir Stimmen aufgefallen, die lauter waren als normal. Ich bin da sehr hellhörig, wenn ich im Dunklen als Frau alleine unterwegs bin, auch wenn es nur kurz ist. Ich hatte schon das Handy in der Hand, um meinen Mann anzurufen. Und habe nochmal genauer geschaut. Und dann ist es passiert."

„Weiter, bitte. Was genau ist passiert?", Kaisa war ganz gefesselt von den Ausführungen.

„Also ich stand auf dem Gehsteig auf Höhe des Parkplatzes, kurz hinter den verkehrsberuhigenden Blumentöpfen, die dort auf der Straße stehen, und habe mich hinter den Büschen verborgen. Ich glaube nicht, dass sie mich gesehen haben. Drei Männer waren das auf dem Bahnsteig. Erst haben sie ja wohl offensichtlich diskutiert oder gestritten, nur deshalb habe ich ja so genau hingeschaut. Aber dann hat der eine, genau als ich angehalten hatte, den anderen glatt niedergeschlagen. Nur ein Schlag, aber der hat gesessen. Der ist umgefallen wie ein Baum. Sofort KO."

„Wie gut konnten Sie den Vorfall sehen, Frau Yirgin?", wollte Joshua wissen.

„Ziemlich gut, denke ich. Der Bahnsteig ist durchgängig beleuchtet. Die Gesichter konnte ich aber nicht erkennen, wenn Sie das meinen. Luftlinie sind das ja auch bestimmt 30 Meter.

Zumindest ist der Dritte dann panisch ein paar Meter weggerannt, hat aufgeregt mit den Armen gefuchtelt und in ziemlich hoher Stimmlage geschrien, während der, der geschlagen hat, einfach ungerührt weitergegangen und verschwunden ist. Ich vermute mal, der hat die Treppe genommen und ist durch die Unterführung in Richtung Schwimmbad. Bevor ich überhaupt begriffen hatte, was passiert war, war der auch schon weg.

Der andere, also der hektische mit der hohen Stimme, ist dann zurück zu dem am Boden. Ich hatte Angst zu helfen und habe nur wie gebannt gestarrt. Ich konnte mich aber auch nicht lösen und weggehen. Schließlich kam der Verletzte mit Hilfe wieder auf die Füße, sein Kumpane hat sich dessen Arm um die Schultern gelegt und ihn quasi weggetragen. Dann war bei mir wie ein Schalter umgelegt und ich bin nach Hause gesprintet. Ich glaube, ich bin noch nie so schnell gerannt!“

Sie hatten fast die Unterführung erreicht, die die Schlossallee in zwei Teile teilt.

„Lassen Sie uns doch einfach kurz hier links abbiegen, dann kann ich Ihnen zeigen, wo ich gestanden habe.“

So schauten sie sich zu dritt Selma Yirgins Standpunkt der bewussten Nacht an und gingen ebenso den wahrscheinlichsten Fluchtweg des Täters nach.

Anschließend begleiteten Kaisa und Joshua Frau Yirgin, die ihre Mittagspause deutlich überzogen hatte, zurück zum Schloss. Die Verabschiedung fiel entsprechend hektisch aus, es reichte gerade so für ein Dankeschön für die wichtigen Informationen.

Joshua hatte sein Handy gezückt. „Gleich dort vorne ist ein Bäcker. Was hältst du davon, wenn ich mir dort etwas hole und wir uns dann für die Mittagspause auf eine Bank in die Sonne setzen?“

Kaisa war natürlich einverstanden. Die Kollegen in Offenbach saßen sicher schon längst im Garten des ess:zimmers. Sie selbst hatte in weiser Voraussicht belegte Brote sowie Tomaten, Gurke und Paprika dabei. Falls sie es am Mittag doch irgendwie zum gemeinsamen Essen geschafft hätten, hätte sie ihre Mitbringsel einfach für den nächsten Tag in den Kühlschrank gelegt. Nachdem sich Joshua mit gleich drei belegten Brötchen eingedeckt hatte, fanden sie eine Sitzgelegenheit vor der Pfarrkirche St. Cäcilia. Weil sie auch den Torbogen durchschritten hatten, waren die Heusenstammer Sehenswürdigkeiten schon zu großen Teilen abgedeckt.

Zunächst aßen sie schweigend und beobachteten kauend die Passanten. Joshuas Gedanken waren selbst in der Mittagspause wohl weiterhin beim Fall, erschreckte er Kaisa doch mit seinem ersten Satz, seit sie mit dem Essen begonnen hatten. Sie war mit geschlossenen Augen und der Sonne zugewandtem Gesicht etwas weggedämmert.

„Benutzt unser Täter – oder sie – wirklich eine Schusswaffe? Das stört mich schon, seit ich mit dem Fall in Berührung gekommen bin. Die Unterhaltungen mit Frau Büchler und Lars haben das nicht unbedingt besser gemacht. Schusswaffen sind schwer zu kriegen und schwer zu entsorgen, außerdem machen sie eine Menge Lärm!“

„Du meinst, das war gar keine echte Waffe in Neu-Isenburg?“

„Zumindest finde ich es äußerst merkwürdig, dass in all den kleinen Episoden, die wir mittlerweile mit dem Fall in Verbindung bringen, noch kein einziger Schuss gefallen ist."

„Vielleicht ist es ja eine Attrappe. Eine Pistole vom Karneval. Zur Abschreckung, falls mal jemand zurückschlägt. Bisher schien ja immer der erste Schlag gesessen zu haben."

„Hmm. Aber warum eigentlich?"

Joshua versank wieder in seinen Überlegungen. Kaisa hatte keine Antwort, fand die Frage aber ziemlich gut.

Zurück in Offenbach teilten sich Kaisa und Joshua erneut auf. Joshua wollte sich diesmal um die nächsten Befragungstermine kümmern – die Namen der beiden Patienten lauteten Anton Schnabel und Leon Grintzki – und bat Kaisa erneut, mit der Durchsicht der Überwachungsvideos fortzufahren.

Kaisa hatte sich zwar einverstanden erklärt, aber betont, dass sie mit seiner Unterstützung rechne. Dennoch saß sie mittlerweile eine weitere Stunde alleine vor der Leinwand und klickte sich durch Aufnahmen von mal mehr und mal weniger frequentierten Bahnsteigen. Er würde sie doch nicht etwa erneut sitzen lassen? Kaisa hatte auch auf dem Rückweg fahren dürfen, etwas gut hatte Joshua deshalb aber nicht bei ihr. Schließlich hatte sie den Fahrersitz ehrlich gewonnen:

Zurück am Auto war Joshua zunächst zielstrebig auf die Fahrertür zugesteuert, Kaisa wollte aber ebenso das Fahren übernehmen. Da hatte Joshua gegrinst. „Also gut. Lass uns das wie richtige Männer regeln."

Kaisa wusste, worauf er hinauswollte.

„Du meinst Schnick, Schnack, Schnuck?"

„Eigentlich meinte ich Schere, Stein, Papier, Echse, Spock. Aber für den Anfang können wir auch beim Klassiker bleiben, ja."

Tja, und Kaisa hatte gewonnen. Stein schleift Schere.

Auch eine weitere Stunde später verbrachte sie ihren Filmenachmittag alleine. Mehr noch: wie schon vor der Mittagspause war sie weiterhin erfolglos. Sie hatte noch nichts Relevantes entdecken können. Allerdings war sie auch nicht ganz so konzentriert bei der Sache wie noch am Vormittag. Die Gleichförmigkeit war ermüdend. Kaisa unterbrach immer mal wieder die Videos, weil sie weiterhin über Joshuas Frage brütete, warum die Angegriffenen meist direkt zu Boden gingen. Der Angreifer musste eine Art Old Shatterhand sein, wie sie schmunzelnd feststellen musste, während sie sich erlaubte, an die alten Winnetou-Abenteuer zu denken. Der Täter schien eine stahlharte Faust haben.

Und da durchzuckte sie eine Idee. Sie sprang auf und eilte zurück ins Büro. Ohne Joshua am anderen Schreibtisch zu beachten, der schuldbewusst aufblickte, erweckte sie ihren Rechner aus dem Standby und öffnete sofort die online-Suchmaschine.

Ihre Augen flogen geradezu über den gefundenen Text. Nur Augenblicke später war sie sich sicher.

„Joshua! Ich hab's!"

„Hast du einen Hinweis gefunden? In den Videos?"

„Nein, nicht in den Videos. Da könntest du mich ruhig mal unterstützen. Ich glaube, ich weiß, warum die Opfer so anfällig für die Schläge sind: der benutzt einen Schlagring!

Hör dir an, was bei Wikipedia steht. Bla, bla, bla, …, kennst du schon, bla, bla, …, hier:

Dies führt beim Ziel des Schlages zu einer größeren Verletzungswirkung auf Gewebe und getroffene Knochen. Der verlängerte und abgerundete Griff der Handfläche verteilt auch die Gegenkräfte, die sonst hauptsächlich von den Fingern des Angreifers aufgenommen würden, über eine größere Fläche in der Faust des Angreifers, wodurch dessen Verletzungsrisiko sinkt.

Was denkst du? Das passt doch perfekt!“

Dreizehn

RASTLOSIGKEIT

Mittwoch, 07. September
Heusenstamm, Hessen

Schrödinger war wieder einmal rastlos. Er war gleichzeitig müde und aufgekratzt, zur gleichen Zeit völlig erschöpft und doch voller Adrenalin. Seine Hände zitterten, als hätte er viel zu viel Kaffee getrunken. Obwohl er wie so oft am liebsten einfach tagelang schlafen würde, wusste er, dass er keine Ruhe finden würde, wenn er sich jetzt ins Bett legen würde. Versucht hatte er es wahrlich oft genug. Und es jedes Mal als Folter empfunden. Vielleicht war das sein ganz persönliches Fegefeuer, die Buße für seine Sünden: während dem Weg ins Bett war er zum Umfallen müde, mit kraftlosen Bewegungen und Lidern so schwer wie Blei, auf der Couch sogar zu müde, um Zähne zu putzen; dann jedoch, wenn er sich zugedeckt hatte und die Augen schloss, war er plötzlich wieder hellwach. Nächtelang hatte er schon auf die roten Ziffern gestarrt, die sein Radiowecker an die Zimmerdecke projizierte, und doch keinen Schlaf gefunden. Die Schafe, die er gezählt hatte, gingen sicher bereits in die Millionen. Warme Milch mit Honig widerte ihn an. Er war voll mit so viel angestauter Wut, dass er nicht schlafen konnte.

Nichts hatte ihm bisher geholfen, weder seine Meditations-App, noch anstrengendes Training oder gar Schlaftabletten. Die Gedanken ließen sich nicht stoppen, wenn er sich immer wieder den größten Fehler seines Lebens vorwarf, obwohl ihn nüchtern betrachtet keine Schuld traf. Er machte sich dennoch Vorwürfe. Und wurde mit jedem Detail in dieser vermaledeiten Wohnung daran erinnert. Das Einzige, was ihm in diesem Zustand helfen konnte, war Gerechtigkeit. Sie war sein Heilmittel.

Obwohl es ihn also große Überwindung kostete, machte er sich einmal mehr bereit für den Aufbruch. Es war schlicht und ergreifend eine Notwendigkeit.

Schicksalsergeben packte er also zusammen. Wobei er im Grunde nicht viel brauchte. Nach den für den Morgen bereitliegenden Klamotten legte er mit sicheren Handgriffen, fast traumwandlerisch, seine kugelsichere Weste an, die ihn schon vor so manchem Bluterguss bewahrt hatte. Eine gute Investition, bei der er beim online-Kauf auch nicht gespart hatte. Unter seiner Jacke bemerkte man sie von außen nicht.

Er schnürte seine schwarzen Laufschuhe und griff zu seiner ebenso schwarzen Kappe, die einen so beruhigenden Schatten in sein Gesicht warf. Als er dann die obere Schublade seiner Kommode aufzog, wurden seine Bewegungen ehrfurchtsvoll. Dort lagen sie, samten gebettet und matt glänzend. Schwer wogen die beiden Schlagringe in seinen Händen, liebevoll strich er über das blanke Metall, das sich immer so schön kühl anfühlte. Sie waren wie für ihn gemacht.

Als er nach den richtigen Werkzeugen für seine Zwecke gesucht hatte, hatte er natürlich auch Schlagringe aus Kunststoff ausprobiert. Wohl hatte er sich damit aber nie gefühlt, beinahe hatte er sich nicht einmal getraut, damit zum Test gegen den ausgewählten Baumstamm zu schlagen. Nichts gab ihm mehr das Gefühl von Macht und Unverwundbarkeit als die Silber schimmernden Handwaffen, die er jetzt sorgfältig in die Jackentaschen steckte. Seine Finger würden später, wenn der richtige Zeitpunkt gekommen war, ganz von allein ihren Platz finden. Und wenn er sie dann zur Faust ballte, schien die Waffe wie mit ihm verwachsen. Es passte einfach. Dann wusste er, dass er das Richtige tat, auch wenn die fremden Knochen noch so unappetitlich knirschten.

Stacheln oder Klingen brauchte er nicht. Ihm gefiel die Schlichtheit seiner Schlagringe. Für den Notfall hatte er schließlich seine Knarre, die so wunderbar täuschend echt aussah. Erst beim Gewicht würde auffallen, dass sie nicht authentisch sein konnte. Die Pistole steckte er in das Innenfutter seiner Jacke. Aller guten Dinge sind drei.

Dann konnte es losgehen, er war bereit. Er musste sich nur noch für die Himmelsrichtung entscheiden. Sollte er für ein erstes Stück die Bahn oder das Rad nehmen? Und wohin würde er dann in dieser Nacht marschieren? Wer würde ihn diesmal belästigen und die gerechte Strafe erhalten?

Sein Handy ließ er zurück. Er wollte keine Spur hinterlassen. Rudolf Schrödinger war wieder als Rächer unterwegs.

Vierzehn

ALTERNATIVTRAINING

Donnerstag, 08. September
Darmstadt, Hessen

Ein neuer Tag, eine weitere gemeinsame Fahrt mit dem Auto. Kaisa und Joshua waren nach Darmstadt unterwegs, um drei Beteiligte des dortigen Vorfalls zu befragen: den wissenschaftlichen Mitarbeiter Dr. Peter Schaller, die Busfahrerin Lina Sträubli sowie den Sanitäter Manuel Schwerdtfeger.

Joshua war am Morgen kurz ins Büro gefahren, um einen Dienstwagen zu holen. Den hatte er leider nicht schon am Vorabend mitnehmen können. Die Poolfahrzeuge waren derzeit eine umkämpfte Ressource, was allein schon zeigte, dass die Ferienzeit wieder zu Ende war. Das E-Auto war auch belegt, sodass sich Joshua für seine Testfahrt weiterhin gedulden musste.

Weil sie von Offenbach aus die A661 bis nach Darmstadt nehmen würden, hatte er angeboten, in Neu-Isenburg kurz abzufahren und Kaisa einzusammeln. So hatte sie länger schlafen können – ein für Marathonläuferinnen sehr willkommenes Geschenk, wofür sie sich schon zwei Mal bedankt hatte.

Ansonsten hatten sie noch nicht allzu viel geredet. Beide waren sie am Vortag sprachlos verblüfft gewesen, wie gut Kaisas Geistesblitz zum Fall zu passen schien. Die Einschätzung des Sanitäters würde den Verdacht heute hoffentlich weiter bekräftigen.

Obwohl es noch nicht einmal halb zehn am Morgen war, war das Wetter drückend. Kaisa war froh, den ersten lockeren Dauerlauf bereits hinter sich zu haben.

Beim Gedanken an die zweite Trainingseinheit zogen sich ihre Mundwinkel nach oben. Als sie am Vorabend gut gelaunt nach Hause gekommen war, hatte sie Michi in der Küche gefunden, wo er bereits das Abendessen vorbereitete. Er hatte schon verschiedene Schüsseln mit den gewürfelten Zutaten für sein legendäres Kartoffelcurry aufgereiht, auch der Teig für das selbstgemachte Naan-Brot hatte sich in einer Schale schon vorfreudig aufgebläht. Michi war voll in seinem Element gewesen. Ihr kurzer Begrüßungskuss hatte ihn seine zielgerichteten Bewegungen kaum unterbrechen lassen.

„Willst du uns einen Salat dazu machen?“, hatte er Kaisa gefragt.

„Ich hatte da eher etwas anderes im Kopf“, hatte wiederum ihre Antwort gelautet. Darauf folgte ein ungläubiger Blick seinerseits.

„Du willst ernsthaft noch eine Runde laufen? Das stand so aber nicht im Plan.“

„Dass du aber auch immer ans Laufen denken musst. Es gibt schließlich noch anderweitige kreislaufanregende Aktivitäten, die bestimmt gut für die Regeneration sind."

Kaisa hatte gelächelt. Und Michi sofort verstanden. Im Kopf war er schon immer flink gewesen. Nur den Salat hatte er vollkommen vergessen.

Für die Darmstädter Innenstadt zeigte ihr Routenplaner so viele rote Streckenabschnitte, dass Joshua kurzerhand früher links abbog und zum Messplatz fuhr. Gegenüber stellte er den Wagen dann auf dem großen Parkplatz am Nordbad ab. Als wollte er seine Ortskenntnis beweisen, sprang er anschließend mit Kaisa in die gerade einfahrende Straßenbahn Nr. 5, statt die gut zehn Minuten bis zur Uni zu Fuß zu gehen.

Am Willy-Brand-Platz stiegen sie wenige Minuten später wieder aus, um durch den Herrngarten zum Institut zu gehen. Viel kürzer war der Fußweg so nicht, schließlich kamen sie aus der anderen Richtung.

„Zumindest fühlt es sich kürzer an!", behauptete Joshua, der dann sein Handy zückte.

„Ja, hallo Herr Dr. Schaller. Wir sind ein paar Minuten früher da. Würde es Ihnen passen, sich schon jetzt mit uns zu treffen?"

Obwohl Joshua sein Handy sehr laut gestellt hatte, verstand Kaisa die Antwort nicht. Sie war auch kurz abgelenkt, weil sie sich vor einem Frisbee ducken musste. Joshua hingegen griff mit einer Lässigkeit zu, in der sie den geübten Tight End, der auch im dichtesten Gedränge Pässe fing, eindrucksvoll erleben konnte. Als wäre es das Selbstverständlichste der Welt, warf er es in die Richtung zurück, aus der es gekommen war. Überhaupt schien die komplette Rasenfläche von Studenten belagert zu sein, die herumlagen, beisammensaßen oder verschiedene Spiele spielten.

„Klasse! Dann bis gleich Herr Dr. Schaller. Wir warten vor dem Institut auf Sie“, beendete Joshua sein kurzes Abstimmungsgespräch. Und zu Kaisa gewandt: „Er kommt gleich zu uns raus. Fünf Minuten.“

„Das passt ja perfekt. Oder wie lange gehen wir noch?“

„Nur noch da vorne durch das Tor, dann sind wir da. Links sind dort die Physiker, rechts das alte Hauptgebäude. Und dahinter die Mensa und das Audimax.“

Kurz nachdem sie am Institut für Angewandte Physik der TU Darmstadt angekommen waren, trat auch schon ein hochgewachsener Mann aus der Tür, der sie auf den ersten Blick entdeckte und dann zielstrebig auf sie zusteuerte. Sein wie blank polierter Schädel glänzte in der Darmstädter Morgensonne. Obwohl seine Augen nicht ganz symmetrisch standen und auch die Nase recht schief wirkte, hatte er eine einnehmende Ausstrahlung. Er begrüßte sie mit einer tiefen Stimme, die zunächst so gar nicht zu seinem dürrem Oberkörper zu passen schien. Er war sicher ein guter Lehrmeister für seine Studenten.

„Sie müssen die Dame und der Herr von der Kriminalpolizei sein.“

Nachdem Joshua seinen Standardsatz aufgesagt hatte, wollte Kaisa wissen: „Darf ich fragen, an was Sie forschen?“

„Ich arbeite als Post-Doc im Bereich der Laserphysik und der Quantenoptik. Stellen Sie sich mich einfach wie Dr. Leonard Hofstetter aus der Big Bang Theory vor.“ Er lachte. „Für meine

Versuche stehe ich im Labor und schieße Lichtimpulse, also Laserstrahlen, auf verschiedene Objekte. Das Coole daran ist, dass ich damit das Verhalten einzelner Atome steuern kann. Aber das führt jetzt sicher zu weit."

Kaisa hätte gerne mehr gehört, Joshua hatte es aber scheinbar eiliger. Er stimmte Dr. Schaller zu und fragte nach dem Vorfall vor neun Tagen.

„Da erinnere ich mich noch gut", antwortete Peter Schaller, während sie sehr langsam in Richtung Herrngarten schlenderten. „Der ganze Tag war einfach zu abstrus, um ihn so schnell zu vergessen. Das ging schon morgens los, als ich auf dem Weg zur Uni einen kleinen Fahrradunfall hatte. Die größten Deppen gibt es im Straßenverkehr, aber lassen wir das. Zumindest bin ich nur deshalb abends zur Bushaltestelle gehumpelt, statt wie sonst einfach aufs Rad zu springen. Ich war wirklich mies gelaunt, nicht nur, weil mein Oberschenkel weh tat", er rieb sich mit der flachen Hand über den rechten Oberschenkel, „sondern auch, weil das Experiment sehr lange gedauert hatte und sich dann auch noch als unbrauchbar herausgestellt hat. Das Wetter war schlecht und dann standen zu allem Überfluss auch noch diese drei dubiosen Typen an der Haltestelle.

Es war scheinbar wirklich nicht mein Glückstag. Die hätte ich nämlich am liebsten einfach ignoriert. Beim Vorbeigehen musste mich dieser Vollpfosten – Sie entschuldigen meine Wortwahl – aber natürlich anrempeln. Weil mir das Bein wehtat, hatte ich Probleme, mich zu fangen. Vielleicht ist mir auch noch ein Schimpfwort über die Lippen gerutscht, was solche Leute natürlich nicht auf sich sitzen lassen können, weshalb der Typ mich gleich nochmal geschubst hat, diesmal so sehr, dass ich auf die Fahrbahn gefallen bin. Zum Glück kam gerade kein Auto, das hätte böse ausgehen können.

Mit der ganzen Wut im Bauch wäre ich fast so weit gewesen, mich mit drei Typen, die sicherlich mehr Erfahrung in derlei Auseinandersetzungen hatten als ich, zu schlagen. Im Nachhinein betrachtet stand mir sicherlich Schlimmes bevor, in dem Moment hatte ich aber komischerweise keine Angst. Noch während ich mich aufgerappelt habe, kam dann sowieso alles ganz anders. Zu meinem Glück. Noch im Aufstehen habe ich nämlich aus dem Augenwinkel einen Schatten anrauschen gesehen, der meinen Angreifer einfach niedergemäht hat. Was genau er gemacht hat, habe ich nicht einmal mitbekommen, so schnell ging das. Zumindest lag der dann wiederum vor mir auf dem Boden, die anderen beiden sind sofort abgehauen. Und mein Retter stand wie ein Superheld daneben. Es hat nur noch der flatternde Umhang gefehlt. Der stand dann noch kurz dort, abgewandt, hat aber nochmal über die Schulter zurückgeschaut, wie um sich zu versichern, dass es mir gut geht. Passend zum Gesamtbild sind mir die Augen im Gedächtnis geblieben: ein richtig intensives Blau. Kurz und durchdringend hat er mich angeschaut, dann ist er wieder verschwunden.

Ich war ganz verdattert und stand ziemlich neben mir. Wenn nicht dieser Mann vor mir gelegen hätte, vielleicht hätte ich alles nur für Einbildung gehalten. Zum Glück kam dann der Bus angefahren, das Scheinwerferlicht hat mich zur Besinnung gebracht. Ich habe die 112 gewählt und dem Bus gewunken, dass der uns nicht überrollt. Die quirlige Busfahrerin hat sofort geschaltet und dann alles organisiert. Die war echt gut!“

Er atmete kurz durch.

„Puh, was ein Redeschwall. Habe ich etwas vergessen?"

„Man merkt schon, dass Sie reden können, Herr Dr. Schaller. Wir haben jetzt einen viel besseren Eindruck von der Situation."

„Die blauen Augen sind ein neuer Hinweis", ergänzte Kaisa. „Ist Ihnen sonst noch etwas Auffälliges aufgefallen?"

„Schwer zu sagen. Der war ganz dunkel angezogen. Hm, normal groß würde ich sagen. Ach ja, wenn ich jetzt so an sein Gesicht denke – das hat mich rückblickend an diesen Schauspieler erinnert, nur mit eingefallenen Wangen. Wie hieß der noch gleich? Der hat in diesem Film mitgespielt, wo sie nachts in diesem Museum sind. Und in dieser Komödie mit den schrecklichen Schwiegereltern."

„Ben Stiller?"

„Äh, kann sein."

„Nach Ihrer Beschreibung muss er es sein. Moment, ich suche nach einem Bild."

Kaisa hatte auf ihrem Smartphone schnell ein Bild des Schauspielers parat und zeigte es dem Physiker.

„Genau den meinte ich! Nur mit richtig intensiven, blauen Augen. Und die Wangen waren eingefallen, das wirkte ziemlich ausgezehrt. Und wenn ich jetzt dieses Bild sehe war die Nase auch einen Hauch breiter. Aber so müssten Sie ihn doch finden können, oder?"

„Das ist auf jeden Fall der aussagekräftigste Hinweis, den wir bisher erhalten haben. Vielen Dank, Herr Dr. Schaller!"

„Ja, vielen Dank, Herr Dr. Schaller, auch von meiner Seite."

„Gerne, gerne", Peter Schaller wirkte, als sei er gedanklich schon wieder bei der Arbeit. „Wenn Sie noch Fragen haben, melden Sie sich einfach nochmal. Ich würde dann wieder."

Er deutete vage in Richtung Institut für Angewandte Physik. Kaisa und Joshua hatten vorerst keine weiteren Fragen und verabschiedeten sich in aller Kürze. Schon war ihr bisher wertvollster Zeuge auch schon wieder verschwunden.

Während Kaisa dem Davoneilenden noch nachblickte und über dessen Aussage nachsann, ballte Joshua die Siegerfaust.

„Yes! Schon jetzt wieder ein sehr guter Tag! Ich habe wirklich das Gefühl, seit gestern im Fall richtig voranzukommen."

„Kann man so einer Aussage denn vertrauen? Immerhin war es dunkel, alles ging ziemlich schnell und er hat selbst zugegeben, unter Schock gestanden zu haben."

„Als alleinige Aussage reicht das sicher nicht, da hast du Recht. Aber das war eben definitiv ein sehr wichtiges und vor allem großes Puzzleteil."

Mit dieser Aussage gab sich Kaisa vorerst zufrieden. Und war gespannt, was Darmstadt an diesem Tag noch so für sie bereithielt.

Joshua verkündete euphorisch, dass sie sich mit ihrem nächsten Zeugen, dem Sanitäter Manuel Schwerdtfeger, bei dessen Lieblingsmetzgerei am Kantplatz treffen würden. Er schritt Dr. Schaller hinterher, weil sie folglich in die gleiche Richtung mussten: aus dem Herrngarten hinaus, an dessen Institut vorbei und ein paar Schritte weiter, schon hätten sie ihr Ziel erreicht. Verschmitzt schaute er sich zu Kaisa um, die ob dieser Information wohl so enttäuscht schaute, dass Joshua lachen musste.

„Keine Sorge, Kaisa. Auch du wirst satt!"

Noch bevor sie ihr Handy zücken konnte, um nach einer Alternative zu schauen, offenbarte ihr Joshua, dass er sie nur kurz auf den Arm hatte nehmen wollen.

„Der Metzger, zu dem wir wollen, bietet auch fleischlose Gerichte zum Mitnehmen an. Und damit meine ich nicht nur die Leberkässemmel ohne den Leberkäse, sondern wirkliche Alternativen. Die denken dort richtig zukunfts- und eben zielgruppenorientiert. Die Falafelrolle kann ich sehr empfehlen, vielleicht nehme ich die sogar auch. So als Vorspeise."

Er lachte schon wieder. Aber Kaisa war besänftigt. Mit leerem Magen konnte sie schnell grantig werden.

Mit reicher Beute hatten sich die beiden ein schattiges Plätzchen auf einer der Bänke auf dem Kantplatz gesichert. Herr Schwerdtfeger hatte sich scheinbar verspätet, zumindest hatte sich bisher niemand als solcher zu erkennen gegeben. Allzu viele Bissen konnten sie allerdings nicht nehmen, schon kam er herangebraust: Für Darmstadt stilecht auf einem klapprigen Damenrad, bei dem sich Kaisa wunderte, dass es die massige Gestalt des Notfallsanitäters überhaupt trug. Sie erkannten ihn an seinem Polohemd, dessen Knöpfe offenstanden. Dort prangte das Logo des Deutschen Roten Kreuzes auf weißem Grund.

Joshua winkte, kurz darauf kam das Rad knapp vor ihnen quietschend zum Stehen.

„Entschuldigen Sie die Verspätung, mein Chef wollte spontan noch den Schulungsplan für nächste Woche durchsprechen. Das hat dann länger gedauert. Ich schließe kurz das Rad an."

Kaisa war es sehr recht, dass sich ihr nächster Zeuge nach der Sicherung seines Zweirads zunächst auch etwas zu Essen holte. Zur Abstimmung genügten ihm ein paar Gesten mit Joshua.

Kauend kam der Sanitäter kurze Zeit später aus der Metzgerei geschlendert. Sein blütenweißes Polohemd hatte schon einen Klecks süßen Senfs abbekommen, dennoch strahlte der Koloss von einem Mann unglaubliche Souveränität aus. Mit den tätowierten Unterarmen wurde er sicher öfter in eine andere Schublade gesteckt; in Notsituationen konnte sich Kaisa aber sehr gut vorstellen, dass der Hüne mit seiner kräftigen und klare Ansagen machenden Stimme für Ruhe und besonnenes Vorgehen sorgen konnte.

Genau diese Stimme plauderte während des Essens mit ihnen über dies und das. Manuel Schwerdtfeger war nicht auf den Mund gefallen und hatte viele Anekdoten auf Lager. Smalltalk im Sonnenschein auf dem Kantplatz. Smalltalk, der in Pandemiezeiten zwangsläufig nicht nur an der Oberfläche kratzte. Mit der Einleitung, dass er eigentlich niemandem etwas vorschreiben wolle, folgte dennoch der eindringliche Appell: „Bitte lassen Sie sich impfen. Wir wissen bereits jetzt bei Verletzungen und Gebrechen teilweise nicht, welches Krankenhaus wir anfahren können. Ich habe jetzt schon Angst, was im Winter auf uns wartet."

Beide versicherten sie ihm, bereits doppelt geimpft zu sein. Kaisa wäre sonst auch nicht wohl bei dem Gedanken, ins Büro zu fahren oder gar Zeugenbefragungen in fremden Häusern machen zu müssen.

Dann lenkte Joshua das Gespräch aber auf den Grund ihres Treffens, den Dienstag der vergangenen Woche, den letzten Tag im August. Weil Joshua bei seinem Anruf bereits ausgeführt hatte, um was es bei dem Treffen gehen würde, hatte sich Herr Schwerdtfeger im Vorfeld Gedanken gemacht, wie er ihnen wohl würde helfen können. Und fiel gleich mit der Tür ins Haus.

„Also wenn sie diesen Herrn Doktor verdächtigen, dass der den anderen umgehauen hat, das kann ich mir nicht vorstellen. Der kniete da, als wir angekommen sind, und versuchte zu helfen. Kam dann selbst kaum wieder auf die Beine, weil ihm der Oberschenkel so wehtat. Der konnte kaum laufen, die Versuche taten mir beim Zuschauen weh. Fahrradunfall, hat er gemeint, das habe ich ihm geglaubt. Wenn die sich geschlagen hätten, hätten beide anders ausgesehen. Selbst hat er sich aber auch nicht helfen lassen, er wollte nur den Ohnmächtigen gut versorgt wissen."

Joshua hatte schon beschwichtigend die Hände gehoben, den polternden Sanitäter aber nicht unterbrechen können.

„Herr Schwerdtfeger, wir verdächtigen Herrn Dr. Schaller nicht."

„Dann ist es ja gut – wobei ich Ihnen doch dann nicht sonderlich viel helfen kann, oder? Den Täter habe ich ganz gewiss nicht gesehen, der war da sicher schon über alle Berge."

„Das nicht, Herr Schwerdtfeger", übernahm Kaisa. „Vielleicht können Sie uns aber dabei helfen, die aktuelle Hypothese zu untermauern. Wie sah denn das Opfer aus? Also dessen Verletzungen?"

„Also... außer im Gesicht hatte er nichts. Ich habe ihn mir nämlich komplett angesehen. Gefolgert habe ich daraus, dass er weder den Schlag abgeblockt, noch sich beim Sturz abgefangen hat. Sofort KO, würde ich sagen. Entsprechend sah auch das Gesicht aus, ziemlich angematscht, schön war das nicht. Die Ärzte haben sofort eine Notoperation angesetzt, was aus ihm geworden ist, weiß ich allerdings nicht."

„Können Sie sich vorstellen, dass mit einem Schlagring gewaltsam eingewirkt wurde?"

„Zugeschlagen meinen Sie? Da bin ich kein Experte, aber vorstellbar wäre das. Ich erinnere mich nicht an Schnittwunden, tippe also auf einen stumpfen Gegenstand, mit dem ihm das Gesicht zertrümmert wurde. Und auch nur einmal, würde ich sagen. Die linke Gesichtshälfte wurde getroffen, sonst nichts. Hat ja auch gereicht."

Gereicht hatte es wirklich. Sofern Kaisa und Joshua auf dem aktuellen Stand waren, lebte der Betroffene zwar noch, war aber noch nicht wieder ansprechbar.

Manuel Schwerdtfeger erläuterte noch, wie sie den Verletzten gesichert und abtransportiert hatten und was ihm dabei aufgefallen war. Dass der Herr Doktor ziemlich durch den Wind gewesen zu sein schien, beispielsweise. Oder dass die Busfahrerin ein Organisationstalent sei, weil sie wie selbstverständlich Personen und Verkehr koordiniert habe. Schließlich entließen sie ihn aus der unfreiwillig verlängerten Mittagspause und bedankten sich für die Hilfe. Zu der Busfahrerin wollten sie als nächstes.

Lina Sträubli, die Busfahrerin, wohnte in einem der 105 Apartments des Hundertwasserhauses. Wieder wusste Joshua den Weg. Wie es der Zufall wollte, führte sie nämlich ihr fußläufiger Rückweg zum Parkplatz am Nordbad genau durch die Friedberger Straße. Kaisa wurde langsam misstrauisch.

„Was ein Glück, dass unser letzter Termin genau auf dem Rückweg zum Auto liegt", meinte sie beiläufig.

„Nicht wirklich, ich kenne mich in Darmstadt eben einfach gut aus."

„Ach, deshalb hast du am Nordbad geparkt. Sehr vorausschauend von dir!"

„Danke, danke", klopfte sich Joshua selbst auf die Schulter.

Kaisa schaute ihn schräg von der Seite an. „Das war doch kein Zufall."

„Ich wollte dich eben auch mal beeindrucken", grinste er zurück.

„Das hast du vorhin – mit der Frisbeescheibe! Aber im Ernst, wie kommt es, dass du dich gerade in Darmstadt so gut auskennst?"

„Du gibst keine Ruhe, was? Na gut. Meine Ex-Freundin wohnt in Darmstadt, beziehungsweise hat in Darmstadt gewohnt. Und obwohl wir nicht im Guten auseinander gegangen sind, mag ich die Stadt immer noch. Wenn wir irgendwann mal wieder näher an unserer früheren Normalität sind, musst du unbedingt mal beim Stadtlauf starten. Da bebt die ganze Innenstadt."

„Das hört sich gut an. Ich liebe es, durch Zuschauerspaliere zu rennen!"

„Die hast du beim Stadtlauf auf jeden Fall. Wir haben früher immer auf der Luisenstraße gestanden, zugeschaut und angefeuert. Das hat sogar mir als Ausdauermuffel wirklich gut gefallen."

„Den Lauf schreibe ich mir auf jeden Fall auf die Bucketlist. Aber zurück zu unserer Busfahrerin: wohin führst du mich jetzt genau?"

„Zu einem ganz besonderen Gebäude. Das Hundertwasserhaus sieht so aus, als hätte man es anhand einer Zeichnung gebaut, die von einer Horde übermütiger Kindergartenkinder angefertigt wurde. Es hat etwas von einem Märchenschloss, sogar mit zwei goldenen Türmen. Dir gefällt sicherlich, dass das Haus zum einen aus Recycling-Beton errichtet wurde und weiterhin sogar Bäume auf das Dach gepflanzt sind. Und im inneren Garten gibt es nicht nur einen Spielplatz, sondern auch einen künstlichen Fluss."

„Das hört sich wirklich an wie ein Märchen", meinte Kaisa.

„Fast, ja", bestätigte Joshua. „Und in diesem Märchenschloss wohnt unsere Busfahrerin."

Die besagte Busfahrerin lebte also zwar fast in einem Märchenschloss, Kaisas Vorstellung von einer Prinzessin sah allerdings völlig anders aus.

Als Lina Sträubli ihnen die Tür öffnete, schauten beide erstmal ins Leere – sie mussten tiefer schauen, um ihrer sehr kleingewachsenen Zeugin ins Gesicht blicken zu können. Auch trug die Dame nicht etwa ihre Arbeitskleidung, sondern eine recht undefinierbare Mischung aus Kleid und Hosenanzug aus grobem Leinen. Die roten, grünen und beigen Farben der

Kleidung gingen wohl als Naturtöne durch, ein dünnes Stirnband wiederum brachte zumindest ein wenig Ordnung in die braune Haarpracht und rundete den Auftritt ab.

Der Händedruck der Dame wiederum stand im Kontrast zu ihrer Körpergröße, mit krachendem Handschlag zerquetschte Lina Sträubli zunächst Kaisa und anschließend sogar Joshua die Hand. Kaisa hätte eigentlich die der Pandemie angepasste Ghettofaust bevorzugt, hatte aber zum Glück Desinfektionsgel in der Handtasche.

Beim Anblick der Busfahrerin hatte Kaisa, noch in der Märchenmetapher eine Prinzessin erwartend, sofort „Zwerg" im Kopf gehabt, nur eine Winzigkeit später aber ein schlechtes Gewissen. Dieses versuchte sie, ebenso wie ihre Desinfektionsbemühungen der noch schmerzenden Hand, nach den Begrüßungsworten mit Small Talk zu überspielen.

„Was für ein außergewöhnliches Gebäude, dennoch kannte ich es bisher gar nicht. Wie lange wohnen Sie schon hier, Frau Sträubli?"

„Schon immer, also seit der Eröffnung. Ich mag die Naturverbundenheit und ganz besonders die Bäume auf dem Dach, die bei der Ordnung unserer Chakren helfen. Aber wollen Sie nicht hereinkommen?"

„Unter den gegebenen Umständen versuchen wir derzeit, die Befragungen im Freien durchzuführen. Würde es Ihnen etwas ausmachen, wenn wir uns in den Innenhof setzen?", erwiderte Joshua. Draußen würde er die Maske absetzen dürfen, so fühlten sich Befragungen für ihn ungehemmter an. Ganz abgesehen davon hatte er trotz FFP2-Mund-Nasen-Schutz einen verdächtig fruchtigen Geruch wahrgenommen, dem er lieber nicht genauer nachgehen wollte.

„Nein, gar nicht", lächelte Frau Sträubli. „Dort unten sind wir dem Fluss der Erdenergie auch viel näher, der meinem Gedächtnis immer auf die Sprünge hilft. So kann ich mich sicher viel besser an den Vorfall erinnern. Deswegen sind Sie doch gekommen?"

„Genau, das sind wir."

„Lassen Sie mich nur eben Becher und eine Kanne Tee holen, das gebietet die Gastfreundlichkeit."

Sie verschwand hinter einem Vorhang in einem Nachbarraum, von dem Joshua vermutete, dass es sich um die Küche handelte.

Als sie wieder auftauchte, hatte sie drei Porzellanbecher in der einen und eine blecherne Kanne in der anderen Hand. Barfuß, wie sie war, ging sie an ihren Besuchern vorbei und voran in Richtung Treppe, ohne sich dafür zu interessieren, ob Kaisa und Joshua die Wohnungstür schlossen. Stattdessen meinte sie über die Schulter sprechend vielsagend: „Brennnesseltee."

Kaisa und Joshua wiederum tauschten einen Blick und zuckten mit den Schultern. Weil Frau Sträubli keine Reaktion wahrgenommen hatte, ergänzte sie: „Sie wissen schon – der entgiftet!"

Jetzt fühlte sich Joshua dazu verpflichtet, zu erwidern: „Das freut uns aber, dass Sie uns dabei helfen", und wusste selbst nicht, ob er den Satz sarkastisch gemeint hatte oder nicht.

Im Hof unten bewies Kaisa nach den ersten Minuten der Befragung Mut und nahm einen Schluck – musste aufgrund der unerwarteten Bitterkeit aber sofort husten.

„Oh, entschuldige, Kindchen. Der Tee ist sehr heiß, das hätte ich dazusagen sollen“, misinterpretierte diese Kaisas Verschlucken. Kaisa versuchte abzuwinken, während sie noch in ihre Armbeuge hustete, Frau Sträubli ließ sich aber nicht beirren.

„Moment“, sie wuselte davon.

Wieder schauten sich die beiden vielsagend an, verkniffen sich aber jeden Kommentar. Während Kaisa noch die vielen Details des Innenhofs begutachtete, kam Frau Sträubli auch schon wieder zurück. Sie hieß Kaisa, ihr die Handfläche entgegenzuhalten und zählte ihr sechs Globuli auf die Hand.

„Das ist Cantharis, D12. Nehmen sie jetzt zwei Stück und dann in 15 und 30 Minuten jeweils noch einmal zwei. Die helfen gegen die Verbrennung.“

„Ok, danke.“ Kaisa wollte zurück zum eigentlichen Thema der Zeugenbefragung und nicht weiter abschweifen. Ein bisschen Zucker schadete auch nicht, insbesondere bei diesem Tee.

„Erzählen Sie uns vom Dienstag vergangener Woche, Frau Sträubli“, forderte Joshua auch sogleich. „Wie war das, als sie an die entsprechende Haltestelle herangefahren sind?“

„Ja, vergangener Dienstag“, sinnierte ihr Gegenüber. „Das war ein verrückter Tag. Ein ganz verrückter Tag… Also, ich habe mich morgens schon so wuschig gefühlt, als wüsste ich bereits, dass etwas in der Luft lag. Als hätte ich zu viel Guarana in den Tee gemischt, fast schon zittrig habe ich mich gefühlt.

Dabei hatte ich noch nicht einmal Tee getrunken. Ich war ganz unruhig und konnte nichts mit mir anfangen, bis ich endlich los konnte, um meine Schicht anzutreten. Und dann dieser Regen! Man sieht einfach schlechter, die Fußgänger haben es eiliger und wenn man so rast wie die meisten Idioten heutzutage verlängern sich ja auch die Bremswege immer mehr. Da dachte ich mir schon: Oh, oh, Lina! Nicht dass sich deine Vorahnung bestätigt und etwas Schlimmes passiert."

„Ist dann auch noch ein Unfall passiert?", hakte Joshua bestürzt ein.

„Nein, das nicht. Ich hatte ja nur diese Vorahnung, es hätte alles Mögliche sein können. Und dann stand ja auch irgendwann dieser Mannequin auf der Straße und hat gewunken. Da wusste ich, weshalb ich so angespannt war. Und genau dafür war es gut, ich war sofort aufmerksam. Und achtsam, also voll und ganz im Augenblick.

Ich habe dann also die Warnblinkanlage eingeschaltet und mit Abstand angehalten. So konnten die beiden nicht zusätzlich noch von einem Auto angefahren werden. Die mussten dann halt warten, bis frei war und dann um meinen Bus herum.

Nun lag der eine auf der Straße und dieser Herr, der gewunken hat, war völlig neben der Spur. Aus seinem Gestammel habe ich herausgehört, dass der andere niedergeschlagen worden war. Er hat auch behauptet, er telefoniere gerade mit dem Notruf, sein Handy war aber aus. Das habe dann ich übernommen.

Ja, und dann habe ich versucht, alles zu organisieren, bis der SanKra ankam. Das ging ja glücklicherweise echt schnell. Ich habe unter meinen Fahrgästen gefragt, ob jemand Arzt ist, was leider keiner war, und dann die Leute auf Abstand gehalten, während ich den Mannequin versucht habe zu beruhigen.

Als dann irgendwann alle abtransportiert und die Straße wieder frei war, bin ich meine Runde zu Ende gefahren. Mit massig Verspätung natürlich. Die Leitstelle hat gerade schon wieder angesetzt, wie das denn sein könne, da habe ich denen aber den Marsch geblasen, das können Sie mir glauben."

„Herzlichen Dank für Ihre Zivilcourage und Mithilfe, Frau Sträubli", warf Kaisa ein. „Haben Sie auch den Verletzten gesehen? Halten Sie es für realistisch, dass dieser niedergeschlagen worden ist?"

„Oh, da kann ich leider nichts zu sagen. Ich habe ihn zwar auf der Straße liegen sehen, allerdings nur aus dem Augenwinkel oder von Weitem. Ich kann doch auch kein Blut sehen. Deswegen habe ich nach einem Arzt gerufen und zum Glück waren dann die Sanitäter schnell vor Ort. Das habe ich gerne den Experten überlassen."

„Ok." Joshua klopfte sich auf die Oberschenkel und schaute Kaisa fragend an, ob sie noch etwas von Frau Sträubli wissen wollte, was diese aber kopfschüttelnd verneinte. „Dann war es das auch schon, Frau Sträubli. Vielen Dank für Ihre Hilfe, wir würden im Zweifel noch einmal auf Sie zukommen, falls sich weitere Fragen ergeben."

„Moment", ihre Gesprächspartnerin kramte in ihren Taschen. „Ich kann Ihnen zum Abschluss noch Ihr Horoskop legen, ich habe extra die Karten eingesteckt. Das hilft Ihnen bestimmt bei Ihrem Fall."

Das lehnten Kaisa und Joshua allerdings dankend ab. Es gab noch genug zu tun.

Am Abend hatte Kaisa richtig Spaß beim Laufen. Vielleicht auch, weil es der letzte Tag vor dem Halbmarathon war, an dem sie zwei Laufeinheiten absolvierte. Michael war nicht mitgekommen, heute hatte er es nicht rechtzeitig in den Feierabend geschafft. Aber das war in Ordnung. So sehr Begleitung beim Laufen motivierte, so schön war es hin und wieder auch, ganz für sich allein zu sein und den Gedanken nachhängen zu können, die aus dem Nichts auftauchten und allzu oft auch wieder dorthin verschwanden. Kaisa genoss es immer, wenn sie ihrem Gehirn beim Arbeiten zuschauen konnte. So kam es ihr zumindest vor, wenn sie ihre Gedanken nicht lenkte, sondern einfach fließen ließ.

Es dämmerte bereits, als sie zum ersten Mal an diesem Abend das Tempo anzog. Ab August, und das merkte man besonders, wenn man häufig in den Abendstunden unterwegs war, wurden die Tage wieder merklich kürzer. Auf eine nicht quantifizierbare Art machte das Kaisa traurig, sie mochte den Frühling lieber, wenn die Natur erwachte und alles um sie herum so lebendig wirkte. Im Zusammenspiel mit dem Berlin-Marathon, der nicht nur ihr Jahreshöhepunkt, sondern gleichzeitig auch das letzte Rennen der Saison sein würde – zur Erholung von Körper und Geist würde sie im Anschluss mindestens zwei Wochen nicht laufen und erst dann wieder einsteigen, wenn sie Lust danach verspürte – standen alle Zeichen eher auf Ende denn auf Neubeginn. Nun gut, da konnte man nichts machen. Faszinierend war es einmal mehr mitzuerleben, wie die Dämmerung nach und nach die Farben aus dem Wald saugte. Das Grün wurde blasser, das Braun schwärzer, bis schließlich irgendwann alles in verschiedenen Grautönen verschwand.

Dennoch hatte sie Spaß am Laufen. Das war das Schöne an diesem Sport, dass, wenn man einmal fit war, sich selbst schnelles Tempo erstaunlich lange durchhalten ließ. Gefühlt schwere- und mühelos lief sie an diesem Abend über die leicht geschwungenen Waldwege, während die Bäume an ihr vorbeischnellten. Laut Trainingsplan war noch einmal schnelleres Laufen vorgesehen, ohne sich dabei für den Halbmarathon am Sonntag zu verausgaben. Vier Mal sollte sie vier Minuten lang „rollen". Spielerisch sprang sie derweil über querliegende Äste, spürte die Kraft ihrer Beine, grüßte Hundebesitzerinnen und Radfahrer per Handzeichen oder Kopfnicken. Für heute hatte sie genug mit fremden Menschen geredet.

Später dann, zurück daheim, die Speicher gemeinsam mit Michael mit einem Nudelauflauf auffüllend, war der Tag geschafft. Nur ein Flachwitz musste natürlich noch sein.

„Was ist fett und fliegt über die Wiese?"

Wie so oft schmunzelte Kaisa bereits, obwohl sie die Antwort noch nicht wusste.

„Die Biene Majo!"

Fünfzehn

EIN GEDANKENEXPERIMENT

Samstag, 10. September
Heusenstamm, Hessen

Seit drei Tagen quälten Schrödinger Zweifel. Zweifel im Allgemeinen und Zweifel im Speziellen. Zweifel an seiner Vorgehensweise, Zweifel an seiner Tarnung. Zweifel an seinem Geisteszustand und Zweifel an seinen Lebensentscheidungen. So schlimm war es schon lange nicht mehr gewesen.

Nachdem sich seine lähmende Trauer in Wut gewandelt hatte, hatte er fast wieder zu einer Art Routine finden können. Seine Rache hatte– so ungewöhnlich es auch war – Sinn in sein Leben gebracht. Wenn auch schwerfällig war er doch jeden Tag aufs Neue aus dem Bett gekommen und hatte seinen Alltag bewältigen können. Dann aber kamen, als er am Dienstag auf seiner Wanderung Schutz vor dem plötzlich einsetzenden heftigen Regen gesucht hatte, diese zwei Hampelmänner auf ihren Carbonrädern daher und setzten ihm eine Idee in den Kopf, die alles verändern konnte.

Und allein, dass ab sofort alles anders sein könnte, verstörte ihn. Ja, vielleicht war dies das richtige Wort, mit dem er sich selbst aktuell am besten beschreiben konnte: verstört.

War er ein Terrorist?

Zumindest reizte ihn die Idee. Wenn er daran dachte, eine Bombe zu bauen, kribbelte es in seinem Bauch.

Am Donnerstag, nach zwei neuerlichen Nächten ohne Schlaf, hatte er seine Rastlosigkeit auf herkömmliche Weise zu bekämpfen versucht. Er hatte seine Siebensachen gepackt und war aus der Tür getreten. Normalerweise beruhigte ihn der stetige Rhythmus seiner wandernden Füße: sein Körper brachte Ordnung in die Gedanken.

Selbst diese Routine hatte ihm aber nicht helfen können. So weit er auch ging, seine Gedanken schweiften immer wieder ab. Seine Umgebung war ihm gleichgültig, auf der Suche nach Racheobjekten war indes Konzentration gefragt. Die fehlte ihm, er war nie ganz bei der Sache, wanderte nur fahrig daher. Ihm war, als tickte etwas in seinem Kopf. Tick, tack, tick, tack. Die Sekunden tickten. So konnte er nicht für Gerechtigkeit sorgen!

Also war er nach Hause zurückgekehrt. Um seine Gedanken zu ordnen. Seitdem saß er in seinem Wohnzimmer und starrte aus dem Fenster. Scheinbar entspannt und ganz ruhig, in seinem Lieblingssessel, mit einer Decke über den Beinen und einer dampfenden Tasse von beiden Händen umschlossen im Schoß. Er saß und starrte. Er hätte selbst nicht geglaubt, dass er so lange bewegungslos in der stets gleichen Körperhaltung verharren konnte. Die wenigen Schritte alle paar Stunden in die Küche oder zur Toilette zählten nicht.

Seine Gedanken rasten scheinbar genug umher.

Für seine Recherchen hatte er seinen Laptop sowie seinen Notizblock neben sich. Einige Punkte, die teilweise auch nach chemischen Formeln aussahen, waren dort zwar notiert, zuletzt hatte Schrödinger aber nichts mehr hinzugefügt. Bei guten Sichtverhältnissen konnte er bis in den Taunus schauen; eine Kontur am Horizont, die sich schon längst in seine Netzhaut gebrannt haben musste. Sein Blick aber war nach innen gerichtet.

So ruhig er auch von außen betrachtet zu sein schien, in seinem Kopf herrschte Chaos. Er überlegte hin und her, kam schließlich zu einem Zwischenergebnis, das er anschließend doch wieder verwarf. Also betrachtete er die Situation aus einem anderen Winkel. Mal bewusst, mal unbewusst.

Auf der einen Seite war er mit seinem jetzigen Vorgehen – also sich gegen aggressive Übergriffe mit brachialem Nachdruck zu wehren – sehr zufrieden. Er hatte stets nur zugeschlagen, wenn ihm Unrecht getan wurde. Wenn er, genau wie seine Erika, angegangen wurde, obwohl er – bis dahin – nichts getan hatte. Mit Leuten, die andere schlecht behandelten und auf ihrer scheinbaren Überlegenheit beharrten, hatte er noch nie etwas anfangen können. Jetzt erteilte er die gerechte Strafe.

So traf es immer die Richtigen. Actio gleich Reactio.

Auf der anderen Seite war sein Vorgehen höchst ineffizient. Meist traf seine Wut nur einen Einzelnen, dabei gab es so viele solcher Wichte dort draußen, die eine Strafe verdient hätten. Am liebsten wollte er sich an allen gleichzeitig rächen. Ihm lag ein Ziegelstein auf der Brust, der ihm das Atmen schwer machte und der sich – das fühlte er – irgendwann nur noch mit einer breiter angelegten Vergeltungstat würde zerschlagen lassen.

Zerschlagen – so ein schönes Wort. Auch Sprengen hörte sich gut an. Explodieren, platzen, hochgehen: in seinem Kopf herrschte Chaos.

Natürlich hatte er noch direkt am Dienstag in Erfahrung gebracht, was sich 2013 beim Boston Marathon zugetragen hatte. Die damals 117. Auflage der nach dem Olympischen Marathon traditionsreichsten Veranstaltung über die sagenumwobenen 42,195 Kilometer wurde von einem Anschlag überschattet, der drei Menschen das Leben kostete. 264 Weitere wurden laut den offiziellen Angaben verletzt.

Am dritten Montag im April, dem Patriots' Day des Jahres 2013, explodierten gegen 14:50 Uhr – also etwa zwei Stunden, nachdem die Schnellsten das Ziel erreicht hatten – zwei Sprengsätze im Abstand von wenigen Sekunden auf der Zielgeraden des Boston Marathon. Die beiden verantwortlichen Brüder, die schnell entlarvt wurden, töteten auf der Flucht einen Polizisten und verwundeten einen weiteren schwer, bevor der eine in einem weiteren Schusswechsel tödlich verletzt wurde. Der andere wurde zwei Jahre später zum Tode verurteilt.

Obwohl Schrödinger zuletzt kaum mehr an seinem Leben gehangen hatte, wollte er es nicht in einem Schusswechsel verlieren. Überhaupt fand er, dass sich diese beiden ominösen Brüder sehr dumm und ungeschickt verhalten hatten. Was wohl in deren Köpfen vorgegangen war? Für ihn stand fest, dass es bei einem Marathon definitiv die Falschen treffen würde. Andererseits, wenn er als Ziel beispielsweise Berlin wählte, wäre ihm die maximale Aufmerksamkeit gewiss. Der Berlin-Marathon wurde Jahr um Jahr höchst professionell vom öffentlich rechtlichen Fernsehen übertragen. Und am Streckenrand standen Millionen von Menschen.

Dennoch – nur um Aufmerksamkeit ging es ihm schließlich nicht. Er kam immer wieder zu dem Ergebnis, dass eine solche Tat also kein Ventil für seine Wut sein konnte. Überhaupt: war eine Bombe überhaupt sein Stil? Dann wiederum war da immer wieder dieses Kribbeln.

Vielleicht gab es eine Zwischenlösung? Eine Alternative? Gab es gar einen Lauf für zwielichtige Gestalten, den er sabotieren konnte? Oder eine andere Veranstaltung? Vielleicht musste er in Zukunft bei seinen Wanderungen stets einen Rucksack der besonderen Art tragen, um diesen dann genau dort abzusetzen, wo sich seine Pappenheimer tummelten. Auch dieser Plan war aber mit vielen Unsicherheiten behaftet. Was dabei alles schiefgehen konnte, wie viele Unschuldige er verletzen oder gar töten konnte.

Andererseits fragte er sich, und so kam er gedanklich auch wieder zurück zum Berlin Marathon, ob es überhaupt – einmal abgesehen von kleinen Kindern – Unschuldige gab? Schließlich könnte man argumentieren, dass wir als Gesellschaft dafür verantwortlich sind, wenn wir uns gegenseitig schlecht behandeln. Pflegten wir einen anderen Umgang, so lebte seine Erika sicher noch. Er war so unglaublich wütend. Auf diese Schurken, auf sich selbst, auf alle anderen!

Sechzehn

EIN WETTKAMPF

Sonntag, 11. September
Rodenbach, Hessen

Heute galt es das erste Mal für Kaisa. Tag X, wenn man so wollte. Oder besser gesagt Tag W, also die Stufe vor X, weil der wirkliche Tag X schließlich am 26. September in Berlin sein würde. Dennoch: schon beim Weckerklingeln war Kaisa Feuer und Flamme, ein Wettkampf war immer etwas Besonderes. Der heutige Halbmarathon würde außerdem zu großen Teilen beeinflussen, welche Taktik Michi und sie für den Marathon wählen würden.

Nun, zuerst schlüpfte sie aber in ihre Laufklamotten und trabte die erste Viertelstunde des Tages. Einmal in den Wald und wieder zurück. Ganz locker, nur um den Kreislauf in Schwung zu bringen. Der gestrige Morgen hatte ganz ähnlich ausgesehen, sie war ebenso direkt nach dem Aufstehen in die Laufschuhe gesprungen. Am Vortag war sie allerdings acht Kilometer gelaufen und hatte dann noch sechs Steigerungsläufe absolviert, bevor sie sich mit Michael ein Frühstück im nur wenige Gehminuten entfernt gelegenen Café Ernst gegönnt hatte.

Das kam an einem Rennmorgen natürlich nicht infrage. Daheim gab es zwar wieder Brötchen zum Frühstück, sie bekam allerdings nur zwei hinunter. Der obligatorische doppelte Espresso trug zunächst auch nicht zur Beruhigung ihres aufgeregten Magens bei. Dennoch freute sie sich, aufgeregt zu sein, das zusätzliche Adrenalin würde ihr im Rennen helfen. Ihr persönlicher Barista spielte dann sogar den Chauffeur nach Rodenbach, wo sie eine gute Stunde vor dem Start eintrafen. So gab es zum einen noch einen sehr praktisch gelegenen Parkplatz, zum anderen blieb genug Zeit, um ganz gemütlich die Startnummer abzuholen.

Während Michi schon verschiedenste Gesprächspartner gefunden hatte und es sichtlich genoss, die vielen bekannten Gesichter wiederzusehen, die er in den Jahren zuvor viel regelmäßiger zu Gesicht bekommen hatte, wärmte Kaisa sich auf. Dass es sich dafür nicht zufällig ergab, mit jemand anderem zu laufen, machte ihr nichts aus. So konnte sie ganz bei sich sein.

Etwas Traben, dann machte sie etwas Schwunggymnastik und Lauf-ABC, immer wieder grüßend und ein paar Worte wechselnd mit den vielen, die vorbeikamen. Für die Steigerungen schlüpfte sie dann bereits in die schnellen Wettkampfschuhe. Ein Gel, letzte Schlucke aus der Trinkflasche, dann zog sie sich bis auf Trikot und Wettkampfhose aus und trabte zum Start. Gleich – um 10 Uhr – würde es losgehen!

Heute galt es das erste Mal für Joshua. Tag X, wenn man so wollte. Das erste Spiel der Saison. Für den heutigen Tag hatten sie sich im Training gequält – körperlich und geistig. Denn beim Football musste nicht nur der Körper bereit sein, auch die Spielzüge mussten sitzen.

Er war gut drauf und freute sich auf das Spiel. Genauso wie seine Teamkameraden und Kumpels, von denen er mit großem Hallo in der Kabine empfangen wurde. Alle waren heiß und wollten spielen, wollten den Wölfen aus Wetzlar zeigen, wie spitz die Stacheln der Hanau Hornets waren!

Eineinhalb Stunden vor Spielanpfiff ging es aufs Spielfeld zum Aufwärmen. Die kalten Muskeln mussten bereit werden für die schnellkräftigen Bewegungen. Sie absolvierten alle zusammen ihr Standardprogramm, dann fing Joshua noch ein paar Bälle, sprintete Laufrouten und tackelte Sandsäcke, während die ersten Zuschauer eintrudeteln und auf der Tribüne mal mehr, mal weniger koordiniert die ersten Fangesänge anstimmten. Diese angespannte Vorfreude, die man im ganzen Stadion fast körperlich spüren konnte – dafür liebte Joshua seinen Sport. Es ging zurück in die Kabine, um 15 Uhr würde es mit dem Kick-off losgehen.

Kaisa stand schon am Start in der ersten Reihe: ungeachtet des Marathons in zwei Wochen wollte sie nochmal richtig schnell rennen. Die Regeneration nach dem Halbmarathon sahen weder sie noch Michi nach all den Kilometern der letzten Monate als allzu langwierig an. Und sie traute sich einiges zu, schließlich waren die Trainingsleistungen der letzten Tage und Wochen – man konnte es nicht anders sagen – herausragend. Das musste ein gutes Rennen werden! Während noch ein paar letzte offizielle Worte gesprochen wurden, hörte Kaisa nur ihren eigenen Herzschlag. Auf den Armen hatte sie Gänsehaut. Sie klopfte sich nochmal auf die Oberschenkel und hüpfte auf der Stelle, dann atmete sie kräftig durch. Es konnte losgehen!

Und wie es losging: Der Startschuss fühlte sich an, als sei ein Gummiband durchgeschnitten worden, so sehr schnellte sie los. Schneller als alle anderen, auch wenn sie noch auf den ersten zweihundert Metern vom schnellsten Mann überholt wurde.

Nach Verlassen des Stadions – bei diesem speziellen Rodenbacher Lauftag unter Corona-Hygienebedingungen wurden vier Runden gelaufen: jeweils eine Runde auf der Tartanbahn des Stadions, dann ein Rechteck auf asphaltierten, breiten Wegen durch den angrenzenden Wald – hatte sie dann aber schnell eine Gruppe gefunden. Und alle vier Jungs kannte sie, wenn auch teilweise nur vom Sehen. Bei Robert, Janik und Marc sollte sie in ihrer aktuellen Form mithalten können, nur Fabian hatte sie eigentlich schneller erwartet.

Nach dem ersten Kilometer fühlte sie sich toll. Und nicht nur ihre Tagesform war gut, auch die äußeren Bedingungen waren ideal. Durch die morgendliche Kühle war es noch lange nicht zu warm, gleichzeitig war es trocken und sonnig. Vor allem wehte auch kein Wind. Ein erster goldener Herbsttag.

Gleich würde es endlich losgehen, das erste Spiel der Saison. Schon beim Einlaufen ins Stadion hörte Joshua den eigenen Herzschlag in den Ohren, ihm war, als hallte er in seinem Helm umso lauter. Als sie sich dann aber als Team zum letzten Mal im Kreis auf vollen Einsatz einschworen, war der Lärm der Zuschauer nur noch ein Hintergrundrauschen, er war jetzt voll konzentriert. Dennoch war es ein Hintergrundrauschen, das ihm Gänsehaut machte.

Schon ging es auch los. Im Münzwurf hatten sie den Kick-off gewonnen, sodass sie die zweite Halbzeit mit Ballbesitz starten würden. Jetzt flog der Ball weit in die gegnerische Hälfte. Wetzlar schaffte es zwar im Return bis fast zur Mitte des Spielfelds, danach hielt aber die Verteidigung und erzwang den Wechsel des Ballbesitzes.

Im Angriff spielte Joshua am liebsten. Nun konnte er die hundertfach einstudierten Laufwege entlangsprinten, immer mit der Aufmerksamkeit auf sowohl dem eigenen Quarterback als auch seinem Verteidiger. Meist sprintete er ins Leere, gleich zwei Mal konnte er einen Pass aber auch sicher fangen und dem eigenen Team einen neuen ersten Versuch sichern.

Schließlich wurden sie an der gegnerischen 30-Yard-Linie aufgehalten und entschieden sich zum Field Goal. Der Versuch ging aber vorbei! Joshua schlug die Hände über dem Kopf zusammen, es blieb beim 0:0.

Von diesem Fehler wie beflügelt, behielten die Wölfe für mehrere Spielzüge die Oberhand. Kurz vor dem Touchdown passierte es dann. Joshua bemerkte sofort, dass der Ball dem gegnerischen Quarterback leicht verrutschte und in seine Richtung flog. Er blockte seinen Gegenspieler und fing den Ball ohne Probleme. Interception!

Sein direkter Gegenspieler schaffte es nicht, ihn noch im Stillstand zu stoppen, also hieß es sprinten, was die Beine hergaben. Joshua rechnete jeden Moment damit, umgestoßen zu werden, rannte aber unbehelligt an der 20-, dann an der 30- und 40-Yard-Linie vorbei. In der Spielfeldmitte ging ihm die Puste aus und die Beine brannten, er schaffte es aber fast noch zwanzig weitere Yards, bevor er vom gegnerischen Quarterback persönlich ins Aus geschubst wurde.

Schwer schnaufend, aber jubelnd, lag er dann mitten in seinen hellauf begeisterten Teamkameraden neben der Außenlinie. Ein genialer Spielzug. Wieder machten sie allerdings nichts daraus. Beim vierten Versuch an der gegnerischen 5-Yard-Linie versuchten sie den Touchdown, der Pass landete aber ziellos auf dem Rasen. Dadurch wechselte der Ballbesitz wieder zu den Wölfen.

Diese versuchten es im nächsten Angriff mit vielen Läufen, was zunächst zwar fruchtete, dann aber doch wieder dazu führte, dass sie den Ball zu den Hornets kicken mussten. Vor der Halbzeit schafften es die Hanauer nicht mehr in Reichweite eines Field-Goal-Versuchs. Mit einem Stand von weiterhin 0:0 ging es in die Halbzeitpause.

Perfekte äußere Bedingungen, sehr gute Form und ein unglaublich gutes Befinden. Für Kaisa hätte es sehr gut laufen können. Was aber passiert allzu leicht, wenn das Selbstvertrauen zu groß wird? Man neigt zu Übermut! Denn obwohl sich Kaisa auf den ersten fünf Kilometern im Kopf immer wieder vor Augen führte, dass auch ein Halbmarathon sehr lang werden kann und sie mit Michael eigentlich ausgemacht hatte, defensiv anzulaufen, um auf der zweiten Hälfte aufs Tempo drücken zu können, liefen die Beine einfach viel zu gut. Die Jungs wiederum wollten sie nicht vorbeilassen und hielten mit, so gut es ging. So liefen sie den ersten Kilometer in 3:13 min und den zweiten in 3:15 min – selbst für einen Zehner also viel zu schnell.

Dann wurde es einen Hauch langsamer, wenn auch nicht viel. Diese Gelegenheit nutzte Marc, um ihnen wegzulaufen und zu versuchen, zum Führenden aufzuschließen. Er würde später dafür bestraft werden, aus ihrer Fünfergruppe kam er später als Letzter ins Ziel. Mit Robert, Janik und Fabian passierte Kaisa die 5-km-Marke nach 16:40 min, was sie sich zwar noch als „locker flockig" einredete, dennoch aber bereits wusste, dass es nur noch langsamer werden konnte. Michi schrie ihr von der Seite aus etwas zu, was sie allerdings nicht verstand.

Kurz darauf war es soweit, dass Fabian ein wenig forcierte, um Marc wieder einzufangen. Kaisa musste eine Lücke reißen lassen, ab Kilometer sieben und damit dem ersten Renndrittel wurden die Beine bereits spürbar schwerer. Ein Schluck Tee von der Verpflegungsstation tat zwar gut, das Tempo wurde nun aber deutlich langsamer. Während ihnen Fabian immer weiter davonlief, passierten Kaisa, Robert und Janik die große Stadionuhr nach 10 km nach 34:10 Minuten. Der Übermut zu Beginn war wohl wirklich zu viel des Guten gewesen. Michi würde sie später im Ziel damit beruhigen, dass es schließlich ihr erster Halbmarathon gewesen sei und sie schlicht noch nicht gewusst hatte, was sie auf der zweiten Hälfte erwartete. Dass ihre Absprache eine andere gewesen war, würde er ihr zwar nicht unter die Nase reiben, umso mehr würde sie sich aber über sich selbst ärgern.

Immerhin zahlten sich die vielen Kilometer der Marathonvorbereitung jetzt aus: Kaisa brach nicht völlig ein, sondern konnte zumindest ihr Marathon-Wunschtempo halten.

Während Janik wiederholt abreißen lassen musste, um sich in der Folge erneut an Robert und Kaisa heranzukämpfen, ergänzten sich die beiden gut und zogen sich gegenseitig. Da war nonverbale Kommunikation gefragt: wenn Robert stärker atmete, die Schrittfrequenz ändern musste oder etwas langsamer wurde, zog Kaisa vorbei und drückte wieder auf Tempo. Umgekehrt war es genauso. Alleine hätte Kaisa sicher mehr Zeit verloren.

In der Halbzeitpause, dass musste man dem Trainer der Hanau Hornets lassen, hatte dieser eine Ansprache gehalten, wie sie feuriger nicht hätte sein können. Mit seinen letzten Worten sprang die komplette Mannschaft auf die Beine, sich gegenseitig schubsend und enthusiastisch anschreiend. Sie waren allesamt heiß wie Frittenfett! Und sicher, dieses Heimspiel zu gewinnen.

Genauso starteten sie auch in die zweite Hälfte: Wetzlar kickte den Ball zwar weit, Joshuas Mannschaftskamerad Timothy fing ihn aber sicher und sprintete dann Haken schlagend los. Er bekam gleich mehrere Blocks gestellt – auch Joshua verhinderte einen Angriff auf Timothy durch den beherzten Einsatz seiner rechten Schulter – und schaffte es bis über die Mittellinie, bevor er schließlich ins Seitenaus gestoßen wurde. Wieder ein sehr guter Start ins Spiel.

Und diesmal machten sie etwas daraus. Oder besser gesagt: Joshua machte etwas daraus. Zunächst stellte er einen so formidablen Block, dass ihr Läufer ganze zwanzig Yards gewinnen konnte. Und dann kam sein großer Moment. Mit Beginn des nächsten Spielzugs sprintete er mit Vollgas in Richtung Endzone, drehte sich dort kurz vor seinem Gegenspieler um die eigene Achse und wechselte abrupt die Laufrichtung nach rechts außen. Er war jetzt völlig frei und bekam den Ball in den Lauf geworfen. Erst sah es so aus, als sei der Pass zu optimistisch gespielt, doch Joshua warf sich im letzten Moment nach vorne und fing den Ball im Flug. Zwei Meter vor der Seitenlinie landete er in der Endzone auf der Brust, den Ball fest umschlossen. Touchdown!

Den harten Aufprall spürte er überhaupt nicht, schon war er wieder auf den Beinen, um mit seinen Mitspielern, die ihn immer zahlreicher umringten, ausgelassen zu tanzen. So spielte man Football!

Durch das anschließend zusätzlich verwandelte Field Goal lagen sie jetzt mit 7:0 vorne.

Beflügelt von diesem Erfolg spielte Joshua in der Folge wie entfesselt. Er ließ, in der Verteidigung spielend, seine Gegenspieler gar nicht erst an den Ball kommen, half seinen Mitspielern mit klug eingesetzten Tackles aus und riss die ganze Mannschaft mit. Kein Wunder, dass die Wölfe nicht mehr allzu weit kamen. Im Angriff spielend wiederum legte er einen Sprint nach dem nächsten hin und schaffte es so immer wieder, freizustehen, auch wenn ihm kein allzu spektakulärer Fang mehr gelang. Natürlich wurde er als Schlüsselspieler von der gegnerischen Mannschaft umso härter angegangen. Er musste viel einstecken. Besonders hart war ein Zusammenprall genau in dem Moment, in dem er den Ball fangen wollte und dann freie Bahn gehabt hätte. An der Hüfte getroffen drehte es ihn in der Luft und er landete aus Sprunghöhe auf dem Rücken. Ein Foul? Die Schiedsrichter sahen es zumindest nicht so, er musste sich aufrappeln und weiter ackern.

Schließlich brachen die letzten beiden Spielminuten an. Wetzlar brauchte weiterhin einen Touchdown, um zum Ausgleich zu kommen. Dementsprechend wurde das Risiko, mit dem sie spielten, höher. So unterlief dem Quarterback schließlich der entscheidende Fehler: der Pass war etwas zu hoch, sodass er von einer Hornisse gefangen werden konnte. Ballgewinn und eine gute Ausgangsposition! Das ließ sich Joshuas Team nun nicht mehr nehmen. Noch etwas Raumgewinn durch drei sichere Läufe, dann versuchten sie ein Field Goal. Der Schuss gelang dieses Mal, sodass sie mit weniger als einer Minute verbleibender Spielzeit mit 10:0 uneinholbar in Führung lagen. Das Spiel war gewonnen!

„Wir haben uns als Team präsentiert", erzählte ihr Coach später der Presse, während die Spieler schon längst – nach dem disziplinierten Auslaufen – in der Kabine feierten. „Das ist gerade im ersten Spiel der Saison besonders wichtig. Im Angriff konnten wir nicht nur mit dem spektakulären Touchdown Akzente setzen, in der Verteidigung waren wir überragend: immerhin haben wir keinen einzigen Punkt zugelassen! Insgesamt bin ich mit der Leistung des Teams sehr zufrieden, das macht Lust auf mehr. Ich freue mich auf eine tolle Saison!"

Schließlich war es Janik gelungen, von hinten wieder aufzuschließen, sodass nochmals etwas mehr Dynamik in Kaisas Rennen kam. Zusätzlich freute sie sich sehr über die vielen verschiedenen Anfeuerungsrufe vom Streckenrand, auch wenn die Hauptkonzentration auf dem eigenen Bewegungsapparat lag. Manche feuerten sie an, weil man sich kannte, viele andere, weil sie die führende Frau war – und zudem noch im

Gesamtfeld so gut platziert. Die Zuschauerdichte war so hoch, weil sie immerhin vier Runden laufen mussten.

Nur Gutes hat es allerdings nicht, wenn mehrere Runden zu laufen sind: an einigen Stellen wurde es ziemlich eng, insbesondere, als die ersten Läuferinnen und Läufer überrundet werden mussten. Die (wenigen) Kurven konnten die drei nicht immer innen laufen und an der Verpflegungsstelle verpasste Kaisa nicht nur einen ersehnten Schluck Tee, sondern wäre beinahe auch noch mit einem Stehenbleiber zusammengestoßen. Das erneute Anlaufen brannte ihr in den Oberschenkeln. Bis Kilometer 15 (mit einem Abschnitt von 17:53 min und einer Gesamtzeit von 52:03 min) übernahmen Janik und Robert mehr Führungsarbeit, dann ging es bei ihr – als das Ziel schließlich doch in vorstellbare Nähe kam – wieder immer besser und Kaisa machte mehr Druck von vorne.

Bei der dritten Verpflegungsstelle bei etwa Kilometer 16 bekam Kaisa allerdings wieder keinen Tee ab, sondern musste sich mit Iso begnügen. Geschmacklich stufte sie dieses eher auf dem Niveau von Baumrinde ein und hätte gerne auch etwas mehr Energie dadurch bekommen. Aber schließlich hatte sie kein Menü im 4-Sterne-Hotel gebucht, sondern die pfeilschnelle Asphaltstrecke durch den Rodenbacher Wald. Es waren doch nur noch 5 Kilometer! Laut ihrer Uhr würde es keine Zeit für Luftsprünge werden, eine ordentliche Leistung wollte sie aber dennoch daraus machen. Bestzeit war Bestzeit! Sie biss die Zähne zusammen und ballte die linke Faust.

Nach ihrem letzten Aufbäumen konnten weder Robert noch Janik Kaisa auf den letzten zwei Kilometern folgen. So lief sie schließlich in dem Bewusstsein, eine noch bessere Zeit auf den ersten Kilometern des Rennens verspielt zu haben mit 1:13:46 Stunden als Gesamtdritte über die Ziellinie. Mehr noch als über die neue Bestzeit – die wäre es schließlich bei ihrem ersten Halbmarathon auf alle Fälle geworden – freute sie sich zuallererst, endlich im Ziel zu sein und dem Leiden ein Ende zu setzen. Puh, war ein Halbmarathon lang!

Während sie noch im Ziel auf dem Boden saß und nach und nach von ihren Mitläufern abgeklatscht wurde, kam auch Michi zu ihr herüber. Nachdem sie etwas kleinlaut eingestanden hatte, dass sie wirklich viel zu schnell und entgegen ihrer Taktik angelaufen war, lachte Michi nur: „Ein typischer Anfängerfehler!", wobei er das natürlich ironisch meinte. Er stimmte ihr durchaus zu, dass sie sich damit selbst eine noch schnellere Zeit verbaut hatte, sah wie immer aber alles positiv: „Dann läufst du wenigstens im Marathon nicht zu schnell los."

Zurück am Auto hatte er noch eine Überraschung für sie. In ihrem morgendlichen Tunnel hatte sie nichts davon mitbekommen, dass er Kuchen eingepackt hatte. Umso größer war jetzt ihre Freude, denn aufgrund der Hygienemaßnahmen konnte vom austragenden Verein nämlich keiner verkauft werden, womit allen Teilnehmenden die gebührende Belohnung fehlte. Was ein Glück, dass Michi vorausgedacht hatte!

Siebzehn

FUßJAGD

Montag, 12. September
Offenbach, Hessen

Am darauffolgenden Morgen wachte Kaisa mit widersprüchlichen Gefühlen auf. Zum einen taten ihre Beine schrecklich weh, sodass sie sie kaum über die Bettkante bekam. In der Nacht war sie deswegen bereits zwei Mal aufgewacht, aber das kannte sie schon von richtig harten Trainingseinheiten. Gleichzeitig war sie stolz auf ihre schnelle Zeit vom Vortag – in Deutschland gab es nur eine Handvoll Mädels, die aktuell schneller liefen als sie. Das fühlte sich sehr gut an. So kam sie zwar humpelnd, aber gefühlt fünf Zentimeter größer in die Küche, wo Michi schon über einer Müslischale hing und interessiert auf sein Handydisplay starrte.

„Die Offenbach Post und der Hanauer Anzeiger haben noch keinen Artikel zum Halbmarathon online. Aber auf leichtathletik.de sprechen sie von deinem Durchbruch", strahlte er sie jetzt an. „Ich hoffe mal, du kommst mit dem Druck zurecht."

„Klar", meinte Kaisa nur achselzuckend. Michi hatte sie schon immer dafür bewundert, wie egal ihr die Meinungen anderer Leute waren. „Haben sie mich schon in der Startliste des Berlin Marathons entdeckt?"

„Haben sie, aber das wird nur in einem Nebensatz erwähnt. Mal schauen, ob du gar noch zur Pressekonferenz eingeladen wirst."

„Denkst du wirklich? Nicht dass ich Eliud Kipchoge die Show stehle!", Kaisa lachte. „Aber treffen würde ich ihn sehr gerne mal."

„Ja, das wäre ein Traum." Michis Stimme wurde bei dieser Aussage so schmachtend, dass Kaisa fast augenblicklich eifersüchtig wurde. „So viel dazu –", ergänzte er, „der Artikel mit dem sehr wohlwollenden Bericht zu gestern ist aber noch nicht das Beste an diesem Morgen: ich bin noch auf einen absoluten Hammer-Witz gestoßen."

Sein Lächeln war so breit, Kaisa blieb gar nichts anderes übrig, als nachzufragen. „Und wie geht der?"

„Wie heißt der Bruder von Elvis?"

Kaisa überlegte, hatte auch zwei sehr kreative Einfälle, kam aber nicht darauf.

„Zwölfis!", und schon rollte ihr Michael lachend unter den Tisch.

Nach dem Halbmarathon sah Kaisas Trainingsplan einen wohlverdienten Ruhetag vor. Das fühlte sich auch genau richtig an, ihre Beine waren nach der Belastung des Vortags ziemlich müde und steif. Dennoch wollte sie nicht daran denken, dass es von nun an bis zum Marathon sehr ruhig werden würde.

Erholung war angesagt, um die 42,195 km voller Kraft und Tatendrang angehen zu können. Wahrscheinlich kribbelten die Beine morgen schon wieder und lechzten nach Bewegung.

Trotz der schweren Beine nahm sie das Rad, um ins Büro nach Offenbach zu fahren. Wie erwartet tat ihr das auch sehr gut. Ihre Lebensgeister erwachten durch die frische Luft und die sanfte Bewegung auf dem Fahrrad wieder, geradezu erfrischt kam sie keine halbe Stunde später im Präsidium an.

Die neue Woche startete allerdings fordernd, zumindest für Joshua, der scheinbar schon im Gebäude unterwegs war. Sie startete gar so stressig, dass Kaisa und Joshua bis abends nicht dazu kamen, sich über ihr Wochenende auszutauschen. Joshua hatte den ganzen Tag irgendwelche wichtigen Termine, von denen Kaisa nicht einmal wirklich mitbekam, um was es überhaupt ging. Wobei sie zugegebenermaßen gerade dadurch erst so richtig neugierig wurde. Irgendwelche polizeiinternen Besprechungen, zu denen sie nicht eingeladen war.

Joshuas Sitzungsmarathon war außerdem sehr kurzfristig angesetzt, denn eigentlich waren für diesen Montag zwei Befragungen geplant. Leon Grintzki und Anton Schnabel, die beiden jungen Männer, die aufgrund ihrer Verletzungen einige Tage im Krankenhaus verbracht hatten, mittlerweile aber entlassen waren, hätten ins Präsidium kommen sollen. Per Post-it fand Kaisa Joshuas Bitte auf ihrem Schreibtisch, beide Termine auf einen späteren Zeitpunkt zu verlegen. Das stellte sich als sehr schwierig heraus, dennoch war es eine glückliche Fügung, wie sich zeigen sollte. Zwischen den schier unzähligen Telefonaten, die Kaisa führen musste, hatte sie nämlich Zeit, die beim Halbmarathon geleerten Speicher wieder aufzufüllen –

Tina hatte wieder einmal gebacken. So konnte sie zumindest einer Kollegin das Rennen haarklein nacherzählen. Tina war sich aufgrund der schnellen Zeit sicher, dass der Berlin-Marathon ein Erfolg werden würde.

Als Joshua schließlich doch noch in ihrem gemeinsamen Büro auftauchte, war der Arbeitstag lang geworden. Aber Kaisa hatte zum einen einen Gedankenblitz gehabt, zum anderen war sie noch lange nicht müde. Dafür liebte sie ihre Ruhetage, wenn ihr Körper eigentlich noch eine Laufeinheit erwartete, er vom Trainingsplan aber eine Auszeit bekam, um die Reize zu verarbeiten.

„Uff, was für ein Tag!“

Joshua ließ sich schwungvoll in seinen Bürostuhl fallen.

„Brauchst du einen Keks? Zur Aufmunterung?“

Allein das Angebot hätte Joshua ehren sollen, grundsätzlich teilte Kaisa ihre Vorräte nur sehr widerwillig. Doch er war zu sehr mit Sitzen beschäftigt, um das zu bemerken.

„Nein, danke. Davon gab es wirklich genug. Hast du vielleicht etwas Salziges?“

„Ha, von wegen! Alles schon vor Stunden aufgefuttert!“

Immerhin, schon musste er lachen.

„Hätte ich mir ja denken können. Aber was machst du dann noch hier, wenn zu Hause der volle Kühlschrank wartet?“

„Ich hatte da noch eine Idee.“

„Was denn für eine?“

„Lass uns noch einmal die Tatorte anschauen.“

„Klar, können wir gerne machen. Gleich morgen Vormittag oder wann?“

„Ehrlich gesagt dachte ich an heute Abend. Jetzt gleich, wenn du willst. Vorhin habe ich noch nicht ahnen können, dass du den ganzen Tag in Meetings hockst."

„Warum denn abends? Da sieht man doch gar nichts. Gleich geht die Sonne schon wieder unter. Das ist immer so deprimierend, wenn die Tage rasant kürzer werden."

„Ich dachte, so könnten wir uns etwas besser in den Täter hineinversetzen. Weil wir die Szenerie in seinen Augen sehen. Und ich hatte ehrlich gesagt auf den Zufall gehofft."

„Okay ...", Joshua klang sehr zögernd. So als sehe er sie in ganz neuen Augen.

Sie blieb aber hartnäckig. Ihrem neckischen „Komm schon, du musst heute auch noch etwas Richtiges arbeiten" schob sie deshalb die ernst gemeinte Begründung nach. „Ist es nicht so, dass Täter oft noch einmal an einen Tatort zurückkehren? Weil sie die Tat noch einmal erleben oder sich innerlich davon distanzieren wollen oder warum auch immer? Vielleicht haben wir ja Glück und laufen ihm sogar über den Weg."

„Puh."

„Na komm schon, du willst es doch auch. Lass uns gemeinsam um die Häuser ziehen!"

„Ich würde tatsächlich gerne mal mit dir um die Häuser ziehen, hätte mir das aber anders vorgestellt!"

„Das machen wir ein andermal. Ich lade dich dann auch auf ein Bier ein. Also, wann geht es los?"

„Na, meinetwegen. Gib mir noch zehn Minuten, dann kann ich wenigstens diesen nervigen Bericht noch abschließen. Oder besser noch: lass uns zunächst kurz nach Hause fahren, eine

Kleinigkeit essen und umziehen, und dann hole ich dich ab und wir fahren die Tatorte ab, die wir kennen."

„Klasse!"

Kaisa freute sich wirklich, obwohl sie bis spät abends arbeiten würde.

„Willst du eigentlich nicht laufen?", wunderte sich Joshua währenddessen. Langsam kehrte sein schnelles Denken zurück.

„Nein", strahlte Kaisa. „Ich habe heute einen Ruhetag nach dem gestrigen Rennen!"

„Gibt's ja nicht. So was machst du?"

„Klar, ab und zu muss das sein."

„Erzähl mir nichts, mir tut von gestern alles weh!"

„Stimmt, du musst mir noch genau erzählen, wie euer Spiel war."

„Und du mir von deinem Lauf. Aber das machen wir nachher!"

„Alles klar, dann bis später!", und schon war Kaisa, ihre Tasche über die Schulter schwingend, zur Tür hinaus.

Eine Radfahrt und ein kurzes Abendessen mit Michi später saß Kaisa auf der Wohnzimmercouch und las die Rennberichte des Vortags. Michi fragte sie etwas, was sie aber, konzentriert wie sie war, gar nicht recht wahrnahm. Ohne Zusammenhang antwortete sie nur: „Ja, ich möchte bitte einen Espresso!"

Wie aus weiter Ferne hörte sie ihn lachen und war froh, dass er viele ihrer Unarten einfach mit Humor nahm. Und natürlich bekam sie ihren Espresso. Dafür setzte er sich zu ihr, ließ sie aber lesen.

Kurz darauf stand Kaisa auf dem Bürgersteig, strich sich letzte Kekskrümel vom Revers und wartete auf Joshua. Der wiederum hatte sich per Kurznachricht angekündigt und kam auch prompt um die Ecke gefahren, diesmal mit einem VW Multivan.

In einem solchen hatte Kaisa noch nie gesessen. Obwohl solch schwere, platzraubenden Vehikel nicht ihr Ding waren, musste sie Joshua zugestehen, dass er für diesen Anlass das richtige Fahrzeug gewählt hatte: man saß nicht nur gemütlich und fühlte sich durch den Abstand zur Außenwelt sicher, man hatte auch einen wirklich guten Überblick.

Ihre erste Station am Tannenwald war schnell erreicht. Kaisa dachte, sehnsüchtig auf die falsche Straßenseite blickend, wehmütig an die gute Bewirtung durch Frau Büchler zurück. Ihr gemeinsamer Besuch dort lag gerade einmal eine Woche zurück, schien doch aber sehr lange her zu sein. Bevor ihr allerdings zu viel Wasser im Mund zusammenlaufen konnte, wurde sie durch Joshua aus ihren zuckrigen Kohlenhydratfantasien gerissen. Er wollte alles über das Rennen des Vortags wissen und war selbst nicht weniger ausschweifend in seinen Schilderungen über Spielzüge, Pässe sowie natürlich seinen spielentscheidenden Touchdown.

Trotz aller Plaudereien waren ihre Blicke stets konzentriert nach draußen gerichtet. Kaisas erhoffter Aha-Moment blieb aber aus. Ab und an spazierte zwar jemand vorbei, niemand erregte allerdings ihr besonderes Interesse. Schließlich beschlossen sie, kurz auszusteigen, um wenigstens die Atmosphäre aufzunehmen und sich so eventuell zukünftig besser in den Täter hineinversetzen zu können. Nur fünf Minuten später saßen sie aber wieder im Auto. Nun gut, Testballons platzten schließlich meistens.

„Wohin soll es jetzt gehen?", wollte Joshua wissen.

„Ich würde Dietzenbach vorschlagen. Da an diesen Bahndamm, so ganz kann ich mir nämlich nicht vorstellen, wie es dort aussieht."

„OK. Nach Darmstadt willst du heute aber nicht mehr, oder?", vergewisserte sich Joshua. Von Nahem betrachtet sah er zugegebenermaßen ziemlich müde aus.

„Nein, die Strecke rechtfertigt den Aufwand nicht. Aber du bist schließlich der Chef. Willst du unbedingt?"

„Haha. Für solche Aktionen bin ich heute definitiv zu müde. Lass uns sehen, wie lange wir in Dietzenbach brauchen und dann abwägen, ob wir Heusenstamm noch mitnehmen wollen oder es für heute gut sein lassen."

Dietzenbach war schnell erreicht, kaum eine Viertelstunde später rollten sie bereits langsam auf der Carl-Ulrich-Straße am Bahndamm entlang. Die Straße war einseitig schwach beleuchtet, linker Hand standen Gebäude hinter von Zäunen umschlossenen Gärten oder Parkplätzen, rechter Hand wurden die Bahngleise durch Hecken abgeschirmt. Nur auf der bewohnten Seite gab es einen Bürgersteig, an dem in unregelmäßigen Abständen Fahrzeuge parkten.

Es war ein lauer Spätsommerabend, sodass Kaisa problemlos ihr Seitenfenster herunterlassen konnte, um auch die Geräusche der Kulisse wahrzunehmen. Liegengelassene Papiertüten, Pappkartons und –becher mit einem goldenen „M" deuteten darauf hin, dass die Abgeschiedenheit dieser Straße für abendliche Treffen genutzt wurde. Als sie schließlich im Wendehammer ankamen, um dort ihren Bogen zu drehen, sprangen gar einige dunkle Gestalten in den nahen Schutz der Dunkelheit. Woher wussten die, dass Joshua und sie von der Polizei waren? Joshua hatte wie immer ein Zivilfahrzeug gewählt. Aber dafür waren sie nicht hier. Kaisa amüsierte sich nur über den blumigen Geruch, der durch ihr offenes Fenster geweht wurde.

Joshua parkte schließlich wenige Meter weiter auf der rechten Seite, mit großzügigem Abstand zwischen einem Transporter und einem Wohnmobil. Nachdem er den Motor abgestellt hatte, wurde es recht still um sie herum. Nur die Hunde des anliegenden Grundstücks bellten in regelmäßigen Abständen jede vorbeifahrende S-Bahn an.

„Tja, wahrscheinlich war es doch keine so gute Idee, wahllos die bisherigen Tatorte abzufahren. Hier ist ja wirklich tote Hose“, brach Kaisa schließlich das Schweigen der letzten ereignislosen 15 Minuten.

„Das kann man nie wissen“, meinte Joshua nur lapidar. Weiter kam er nicht, weil einmal mehr Hundegebell die nächste Durchfahrt einer Bahn ankündigte.

„Warum bellen die eigentlich jede S-Bahn an?“, wollte er dann wissen. „Ich hätte erwartet, dass sie sich mit der Zeit an die Züge gewöhnen.“

„Das kann man nie wissen“, war es jetzt an Kaisa, lapidar zu antworten. Sie war froh, einen Zaun zwischen sich und den Tieren zu haben, auch beim Laufen konnte sie oft nicht einschätzen, ob die Vierbeiner nun gut erzogen waren oder eben nicht. Sie hatte schon des Öfteren brenzlige Situationen erlebt.

„Lass uns wieder kurz die Straße abgehen, vielleicht fällt uns doch noch etwas auf. Willst du dann noch nach Heusenstamm?", fragte Kaisa.

„Ja, einen Versuch geben wir uns noch! In Heusenstamm kennen wir uns immerhin auch schon aus, seit wir mit Frau Yirgin dort waren."

„Alles klar!", sprach sie und öffnete die Tür.

Also spazierten sie noch in den Wendehammer sowie ein kleines Stück die schmale Zufahrtsstraße zur Kläranlage entlang. Es tat gut, nach dem Sitzen und vor der Weiterfahrt kurz die Beine zu vertreten. Weil es mittlerweile auf 22:30 Uhr zuging, verwunderte es nicht, dass sie nur einem verdrießlich dreinblickenden Hundebesitzer samt desinteressiert-schnupperndem Wollknäuel begegneten. Sonst kam ihnen nur eine schwarze Katze mit weißen Pfoten entgegen, die sich von Kaisa aber nicht streicheln ließ. Nachdem Joshua einen Blick auf das Tor der Kläranlage hatte werfen können, machten sie also kehrt.

Sie passierten den Dienstwagen, weil sie noch einen Blick auf die S-Bahn-Station „Dietzenbach Mitte" werfen wollten. Auch dort gab es aber nicht viel zu sehen. Im Windfang saß ein gelangweilt wirkender Raucher, die Anzeige über dem Ticket-Automaten verkündete eine pünktlich einfahrende S-Bahn in acht Minuten. Nun gut, sie hatten ein Gefühl für den Ort. Also zurück zum Wagen.

Der Rückweg war dafür umso spannender. Noch bevor sie wieder in Sichtweite ihres Busses waren, kam ihnen ein ganz in schwarz gekleideter, zügig ausschreitender Mann entgegen.

Joshua war sehr irritiert über die Schuhe, die so schwarz waren, dass er keine Marke erkennen konnte. Bevor er aber im Folgenden weiter darüber nachdenken konnten, schlug ihm Kaisa schon hektisch auf den Arm: „Joshua, das war er!"

„Wer?"

„Na wer wohl? Ben Stiller! Also nicht der echte, sondern der, den wir suchen."

„Was? Krass! Bist du dir sicher?"

„Natürlich nicht, aber die Laterne hat ihn gerade voll angeleuchtet. Was machen wir jetzt?"

Aber Joshua hatte schon umgedreht und mit ein paar raschen Schritten zu dem Mann aufgeschlossen. Mit wenigen Metern Abstand rief er mit einer Stimme, die eigentlich keinen Widerspruch duldete: „Entschuldigen Sie bitte, würden Sie kurz stehenbleiben?"

Doch der Mann wandte noch nicht einmal den Kopf, sondern beschleunigte nur seine Schritte. Noch rannte er nicht, aber Joshua musste an die Geher bei den Olympischen Spielen denken, die schlicht abstrus schnell unterwegs waren. Joshua versuchte es erneut, legte alle Autorität in seine Stimme: „Polizei! Bleiben Sie stehen. Personenkontrolle!"

Jetzt rannte der Mann wirklich.

Und Joshua fluchte innerlich. Ihm tat doch noch alles vom gestrigen Spiel weh: die Hüfte knarzte, der Nacken war verspannt, die Oberschenkel und Waden brannten schon beim Gehen.

Doch damit hatte er zu lange gezögert: „Nein, Kaisa, nicht!" – diese kam nämlich mit großen Schritten an ihm vorbeigeschossen, ohne zu zögern die Verfolgung aufnehmend.

Joshua war beeindruckt, wie spielerisch leicht sie dieses schnelle Tempo aussehen ließ und gleichzeitig besorgt um ihr Wohlergehen. Immerhin war sie keine Polizistin, Verfolgungen oder ähnliches waren strikt ausgeschlossen. Doch so sehr er auch wünschte, ebenso nachzusetzen, gar Kaisa zu überholen, um sie in relativer Sicherheit zu wissen, er konnte es nicht. Schon nach den ersten, staksigen Schritten war ihm klar, dass sein Sprint kaum von Erfolg gekrönt sein würde. Die Schmerzen waren zu groß. War er etwa schon genauso heruntergekommen wie Meistersprinter Lars?

Kurz entschlossen – während sowohl der Verdächtige als auch Kaisa bereits in der Dunkelheit der Zufahrtsstraße zur Kläranlage verschwunden waren – machte Joshua kehrt und humpelte so schnell er konnte zurück zum Bus. Schon hatte er sich auf den Fahrersitz geworfen und den Motor angelassen. Das Lenkrad war maximal nach links eingeschlagen, um die schnellste Wende aller Zeiten hinzulegen, da hatte er auch schon den Motor wieder abgewürgt. Mit seinen Gedanken den Wagen anfeuernd, bitte endlich wieder anzuspringen, kam er nicht umhin, sich in ein E-Auto zu wünschen, das er gar nicht erst hätte abwürgen können.

Endlich konnte er zum zweiten Versuch ansetzen, wendete in drei schnellen und diesmal reibungsfreien Zügen, um dann mit Vollgas den beiden Rennenden nachzusetzen. Würde er sie überhaupt finden? Ohne es zu merken, war er schweißgebadet. Wie machte Kaisa das überhaupt, nur einen Tag nach einem Halbmarathon?

Doch jetzt war Konzentration gefragt: viel zu schnell schoss er die kleine Straße entlang. Trotz Fernlicht sah er eigentlich nicht genug, den Poller mitten auf dem Weg hätte er fast umgefahren. Eben noch hatte er es gut gefunden, dass dieser vor der Kläranlage stand, um die Durchfahrt zu erschweren, jetzt ging er volles Risiko und zog an der Seite vorbei. Es war sehr knapp, insbesondere für einen Kleinbus, dennoch gab es glücklicherweise genug Platz zur Durchfahrt. Wie durch ein Wunder fuhr er ohne Kratzer haarscharf am Zaun entlang, dann hoppelte der Wagen zurück auf den Asphalt. Und er hatte wieder Glück, dort vorne sah er sie endlich. Ihm fiel ein solcher Stein vom Herzen, dass es eigentlich ein heftiges Erdbeben hätte geben müssen.

Als hätte sie nie etwas Selbstverständlicheres getan, kniete Kaisa auf dem Rücken des Mannes, dessen Arm schmerzhaft nach oben biegend, die Wange nicht allzu sanft auf den Asphalt pressend. Die Pose sah schmerzhaft aus, aber Joshua spürte keinerlei Anflug von Mitleid. Die Sorgen der letzten Minuten – gefühlt Stunden – gingen allein auf dessen Konto. Nach einem abrupten Halt wenige Meter vor den beiden stürzte er mit Handschellen in der Hand auf Kaisa zu, die, vom Fernlicht geblendet, nur ganz ruhig feststellte: „Da bist du ja endlich!"

„Jep, ich war noch kurz Bier holen." Joshua wusste selbst nicht, warum er ihr nicht Tränen der Erleichterung heulend um den Hals fiel. Vielleicht, weil Kaisa die Situation so vollständig unter Kontrolle hatte. Die Handschellen klickten, der Mann stöhnte und krümmte sich in eine etwas angenehmere Position. Sie ließen ihn liegen, aber nicht aus den Augen, während sie Verstärkung anforderten, um den Verdächtigen bis zur Vernehmung in Gewahrsam zu nehmen.

Es würde eine lange Nacht werden.

Achtzehn

SCHLECHTES TIMING

Dienstag, 13. September
Offenbach, Hessen

Einträchtig schweigend saßen Kaisa und Joshua zwei Stunden später im gemeinsamen Büro. Noch genossen sie die Ruhe vor dem Sturm. Abwechselnd nahmen sie hin und wieder einen Schluck vom Kaffee, der zwar immer noch nicht gut war, dafür aber schön heiß. Joshua hatte gar die Augen geschlossen, er fühlte sich unfassbar müde. Nach dem sehr langen Tag und der Aufregung des bisherigen Abends hätte er sich am liebsten einfach nur in sein Bett gelegt, um endlich zu schlafen – doch sie mussten den Verdächtigen sofort befragen, ein Gewahrsam über Nacht war nicht zulässig.

Noch vor Ort hatten die Kollegen den Flüchtigen festgenommen und versucht, dessen Identität festzustellen. Weil er aber weder etwas gesagt noch einen Ausweis bei sich gehabt hatte, hatten sie beschlossen, ihn mitzunehmen. Sie hatten ihn aufs Präsidium gebracht, um die Fingerabdrücke zu nehmen und Bilder zu machen. Die Prüfung, ob die Fingerabdrücke bereits bekannt waren, lief gerade. Joshua ging aber nicht davon aus, sodass er aller Wahrscheinlichkeit nach gleich jetzt noch befragt werden musste. Um ihn festzuhalten und am nächsten Morgen dem Amtsgericht vorzuführen, fehlten ihnen einfach die Beweise, auch wenn dessen Flucht für sein persönliches Befinden ein klares Indiz war.

Kaisa war zwar ebenso müde und genoss den Augenblick der Stille, im Gegensatz zu Joshua war sie aber sehr aufgekratzt. Über den Punkt der für ein Marathontraining normalen, grundsätzlich sehr früh einsetzenden Müdigkeit war sie längst hinaus. Die Verfolgungsjagd tat ihr Übriges. Dass sie sonst immer sehr viel Wert auf ausreichend Schlaf legte, war komplett vergessen.

Natürlich war sie stolz darauf, die Idee mit den Tatorten gehabt zu haben. Ansonsten wären sie bis jetzt mit ihrem Fall längst nicht so weit. Sie war sich sicher, just den Richtigen erwischt zu haben. Glück gehörte eben auch dazu, auch diese Weisheit hatte sie beim Laufen gelernt.

„Wie geht das jetzt gleich vonstatten?“, brach sie schließlich, nach zwei weiteren Schlucken des schwarzen Lebenselixiers, das Schweigen. Die letzten Minuten wollte Kaisa noch zur Vorbereitung nutzen. „Hast du eine Taktik für die Befragung?“

„Die Frage ist, ob wir eine Taktik brauchen.“ Joshua sah nicht nur unglaublich erschöpft aus, auch seine Stimme troff vor Müdigkeit. „So wie er vorhin bei seiner Verhaftung reagiert hat, scheinen wir es mit einem sehr merkwürdigen Menschen zu tun zu haben. Ich befürchte gleich ein sehr einseitiges Verhör.“

„Du meinst, weil er dort in Dietzenbach nichts gesagt hat?“

„Nicht ein einziges Wort! Findest du das nicht merkwürdig? Oder reagieren alle Männer so, die du niederrennst und dann schmerzhaft auf dreckigem Asphalt fixierst?“

„Ha, ha.“ Immerhin hatte er seinen Humor nicht verloren. „Du kannst froh sein, dass er sich nicht gewehrt hat.“

„Du hast ja Recht. Mir war das Herz wirklich tief in die Hose gerutscht, das kannst du mir glauben.“

Der Mann, den sie gleich verhören würden, hatte sich vorhin wirklich ungewöhnlich verhalten. Ganz im Ernst: Kaisa wäre sofort stehengeblieben, wäre sie in diesem Ton von Joshua angesprochen worden. Allerdings würde sie sich auch selbst als absolut gesetzestreue Bürgerin bezeichnen. Und hatte natürlich nichts zu verbergen.

Dieser Mann hingegen war weggelaufen. Und noch ehe sie weiter darüber nachgedacht hatte, hatten ihre Beine auch schon die Initiative ergriffen. Kaisa wusste im Rückblick nicht, ob sie sich wirklich aktiv für die Verfolgung entschieden hatte. Um ehrlich zu sein war sie auch fest davon ausgegangen, dass Joshua sofort hinterher laufen würde. Doch während er noch zu zögern schien, war sie schon an ihm vorbei und im Verfolgungsmodus. Als sie etwa 100 m später feststellen musste, dass sie alleine war, konnte sie nicht mehr stoppen. Der Flüchtige durfte nicht entkommen!

Natürlich hatten ihre Beine noch vom Vortag geschmerzt. Dass sie vorher schon zur Kläranlage und zurück spaziert waren, hatte aber für genügend Lockerung gesorgt. Ein Kaltstart wäre so gut wie unmöglich gewesen. So waren die ersten Schritte zwar noch steif, schnell hatte sie ihren runden, so oft verinnerlichten Bewegungsablauf aber gefunden. Und hatte schnell aufgeholt. Ein Entkommen schien unmöglich, doch was genau sollte sie machen, wenn sie den Mann eingeholt hatte? Während sie bereits den schweren Atem des Mannes hörte, entschied sie sich, den Abstand zu halten, um sich darüber klar zu werden, was sie eigentlich tun würde.

Diesmal war jedoch die Dunkelheit auf ihrer Seite. Bei dem Zufahrtsweg zur Kläranlage handelte es sich zwar um eine asphaltierte Straße, diese war aber mitunter sehr uneben. In Kombination mit der fehlenden Beleuchtung war es nicht unwahrscheinlich, dass man sich dort vertrat. So geschah es auch: eine Bodenwelle ließ den Mann, der bereits an seiner Leistungsgrenze lief, straucheln. Schon war Kaisa heran und half spontan mit einem kräftigen Schubs mit beiden Händen nach, wodurch der Mann unsanft auf dem Bauch landete.

Noch ehe er sich versah, war er chancenlos. Kaisa war sofort über ihm und drückte ihm, während sie ihm gleichzeitig entschlossen den linken Arm verdrehte, das rechte Knie in den Rücken. Unter ihr regte sich erst gar keine Gegenwehr, sie vernahm nur heftiges Atmen.

„So! Jetzt ganz ruhig. Liegen bleiben und nicht bewegen", sagte sie mit unnachgiebiger Stimme. Als der Mann auch nur zuckte, verbog sie dessen Arm umso mehr. Geantwortet hatte er aber nicht, und seitdem auch sonst keinen Mucks von sich gegeben.

Trotz der vollkommenen Kontrolle über die Situation dauerte es schier ewig, bis sie endlich das helle Autolicht auftauchen und heranbrausen sah. Zum Glück war es dann auch wirklich Joshua, der angefahren kam.

„Da bist du ja endlich!“

Der Rest war Geschichte.

„Zumindest“, führte Joshua weiter aus, „um deine Frage zu beantworten, belehren wir ihn zuallererst über seine Rechte, dann nehmen wir die Personaldaten auf. Dazu muss er sich äußern. Dann legen wir dar, welche Taten wir ihm vorwerfen und erklären zum einen, dass er dazu aussagen kann oder nicht, genauso, wie dass er auch vor dieser ersten Vernehmung einen Verteidiger seiner Wahl befragen kann. Er muss allerdings nur solche Fragen nicht beantworten, durch deren Beantwortung er sich selbst einer Straftat belasten würde. Auch kann er einzelne Beweiserhebungen beantragen. Das weißt du ja sicher alles.“

„Nur in der Theorie. Ganz sicher hingegen weiß ich, dass wir bisher noch viel zu wenig Stichhaltiges haben, um ihn festzuhalten. Er sollte uns noch etwas an die Hand geben.“

„Genau, aber weil er vorhin schon so komisch war und kein Wort von sich gegeben hat – übrigens auch später nicht, ich habe die Kollegen gefragt – fürchte ich, dass uns das Verhör gleich nicht weiterhelfen wird.“

„Wenn wir nur nett genug sind, wird er schon etwas von sich geben, denke ich“, gab Kaisa sich optimistisch.

„Nun denn“, Joshua rieb sich über sein Gesicht, stand auf und sprang dann doch tatsächlich ein paar Hampelmänner, um wach zu werden. „Die Fingerabdrücke haben natürlich nichts ergeben, also los zur Befragung!“

Gemeinsam gingen sie in den Verhörraum ein Stockwerk tiefer. Sie betraten einen Raum, der geradezu klischeehaft wie von einer Fernsehserie übernommen zu sein schien: ohne

Tageslicht, ohne Wandschmuck, ohne Einrichtung ausgenommen einem Tisch und drei unbequemen Stühlen. Zeitlos, man konnte sich also einreden, draußen schiene strahlender Sonnenschein, statt dass sie sich hier die Nacht um die Ohren schlugen. Auf dem einen der Stühle saß bereits ihr Bekannter von eben, auf dem Tisch stand nichts als ein Audio-Aufnahmegerät.

Ohne Begrüßung betraten sie zunächst den Raum, Kaisa schloss ordnungsgemäß die Tür hinter sich. In aller Ruhe nahm Joshua Platz, rückte sich den Stuhl zurecht und nahm, nach vorne gebeugt und die Unterarme auf dem Tisch abgelegt, eine fordernde Sitzposition ein. Kaisa tat es ihm gleich. Erst dann startete Joshua mit seiner Standarderöffnung sowie der Belehrung über die Rechte des Verdächtigen. Noch sagte ihr Gegenüber nichts, genau wie Joshua befürchtet hatte.

Als Kaisa den Mann eingehender aus der Nähe musterte, musste sie feststellen, dass dieser wirklich ganz besonders blaue Augen hatte. Eisblau geradezu. Im schummrigen Licht der Laternen war ihr die Besonderheit seiner Augen zwar auch aufgefallen, im hellen Licht der Neonröhre über ihnen war die Wirkung aber noch intensiver. Und das trotz der tiefen Traurigkeit, die im Blick des Mannes zu liegen schien. Jene blauen Augen waren jetzt aber weder kalt, noch tief oder traurig, sondern leer, nach innen gerichtet. Als sei ihr Besitzer ganz weit weg. Schlief er mit offenen Augen? Hörte er Joshua überhaupt? Der hatte ihn gerade nach seinen Personaldaten gefragt. Seitdem waren schon einige regungslose Momente vergangen.

„Jetzt müssen Sie antworten", bekräftigte Joshua deshalb.

Damit kehrte dessen Blick ins Hier und Jetzt zurück.

„Schrödinger“, krächzte der Befragte. Schrödinger musste sich räuspern. „Rudolf Schrödinger. Wohnhaft im Nieder-Röder Weg 3 in Heusenstamm. Mehr werde ich nicht sagen.“

Immerhin – der Verdächtige verstand sie und war in der Lage zu sprechen. Joshua führte also aus, dass sie ihm schwere Körperverletzung in mehreren Fällen sowie Waffenbesitz vorwarfen, dann erläuterte er ihm das Recht auf einen Verteidiger. Doch wieder wurde er durch keinerlei Reaktion enttäuscht.

„Herr Schrödinger, fangen wir ganz einfach an“, machte Joshua den nächsten Versuch. „Warum sind Sie vorhin weggelaufen?“

Auf diese Frage folgten volle zwei Minuten des Schweigens. Der Mann hatte ganz offensichtlich nicht das Bedürfnis, die Stille zu füllen. Durchaus bewundernswert, wie Kaisa fand.

Schließlich war es doch wieder Joshua, der das Schweigen brach: „Herr Schrödinger, erinnern Sie sich an den heutigen Abend?“

Aber nein, immer noch keine Reaktion. Die Sekunden tickten, ohne dass etwas passierte. Drei Menschen, die gemeinsam am Tisch saßen, die atmeten, deren Herzen schlugen, die sich sonst aber nicht regten.

Diesmal ließ Joshua sogar fünf Minuten verstreichen. Dann erhob er sich. „Das scheint ja hier noch länger zu dauern, ich hole uns mal den nächsten Kaffee.“ Zu Kaisa gewandt fuhr er fort: „Für den Fall der Fälle steht ein Kollege vor der Tür. Aber ich bin ja gleich wieder da. Lass dir derweil nicht das Ohr abkauen.“

Danach sah es zwar nun wirklich nicht aus, aber vielleicht änderte die Situation etwas an Herrn Schrödingers Bereitschaft, sich zu öffnen. Wie wäre es mit einer Runde offizieller Cop und Small-Talk-Cop? Auch eine Idee, heutzutage musste man kreativ sein. Kaisa war an sich keine Entertainerin, redete aber einfach drauf los, um die Atmosphäre zu entspannen. Schrödinger sollte sich wohlfühlen.

„Wenn mich Herr Grimm an meine Erinnerung an vorhin gefragt hätte, hätte ich von der süßen schwarzen Katze erzählt, die uns vorhin über den Weg gelaufen ist, als Herr Grimm und ich uns die Straße angeschaut haben. Sie war ganz schwarz, aber mit weißen Farbklecksen im Fell. Hoch erhobenen Schwanzes ist sie an uns vorbeigetapst, hat sich aber nicht streicheln lassen. Sonst hätte ich natürlich kurz angehalten. Haben Sie die auch gesehen?"

Schrödinger schwieg weiterhin, schaute Kaisa aber interessiert an. Immerhin! Er wollte wohl ebenso wenig über Belanglosigkeiten sprechen. Ihr kam eine neue Idee.

„Wissen Sie, später bei der Verfolgung ist mir Ihr Laufstil aufgefallen. Gleich auf dem ersten Stück, wo es noch nicht so stockfinster war, sind Sie recht ökonomisch gelaufen. Haben Sie das früher öfter gemacht? Hätte ich jetzt zumindest so interpretiert, denn erst nach und nach, mit vielen gelaufenen Kilometern, entwickelt man erst einen für sich persönlich immer effizienteren Laufstil. Jetzt laufen Sie wohl nicht mehr, sonst wären Sie nicht so schnell außer Atem gewesen. Ich vermute mal, ihr rechtes Knie?" – jetzt schaute er sie direkt an. Aber nicht zustimmend. „Nein? Das sah etwas instabil aus, vielleicht war es die rechte Achillessehne oder die Hüfte?"

Mit der Hüfte hatte sie wohl Recht. Sie meinte, so etwas wie Anerkennung in seinem Blick zu lesen. Weiter kam aber keinerlei Reaktion. Kaisa dachte an Joshua und zählte innerlich langsam bis zehn.

„Ich persönlich", erzählte sie dann weiter, „habe mich auf den Berlin-Marathon vorbereitet, der ist schon am nächsten Wochenende. Die letzten Wochen bin ich wirklich viel gelaufen, aber ich denke, ich bin gut vorbereitet. Wissen kann man das ja nie... Wobei, das kann man schon sagen, nur weiß man trotzdem nicht, wie das Rennen laufen wird."

Sie hatte damit zwar keine Frage gestellt, aber in Schrödinger regte sich etwas. Zwischendurch, das hatte sie ganz sicher gesehen, war er zusammengezuckt. Unmerklich, aber sichtbar. Hatte sie ihn gleich soweit, dass er doch etwas sagte?

Ein kurzer Moment des Zögerns verstrich, während dessen sie sich gegenseitig mit den Augen fixierten – Kaisa auffordernd, Schrödinger Vertrauen suchend – dann holte er Luft, wie um etwas zu sagen.

Doch was Kaisa als nächstes hörte, waren nicht die Worte Schrödingers – was auch immer er ihr hätte mitteilen wollen – sondern erst ein lautes Klirren, dann einen noch lauteren Fluch, den definitiv Joshua ausgestoßen hatte. Damit war die Chance vertan, Schrödinger war wieder verschlossen, vielleicht noch stiller und zurückgezogener als zuvor.

Kaisa stürmte aus dem Raum, hinaus auf den Flur zu Joshua. Die Tür fiel hinter ihr nicht allzu sanft ins Schloss.

„Was machst du?", fuhr Kaisa ihren Kollegen zwar leise, aber umso eindringlicher an. „Gerade hatte ich ihn endlich! Fast hätte er etwas gesagt."

„Ich weiß, sorry." Joshua kniete noch und sammelte Scherben vom PVC Boden auf. Auch die Wand hatte braune Spritzer abbekommen. „Ich war schon recht schnell wieder zurück, habe aber noch vor der Tür gemerkt, dass du einen neuen Ansatz hast. Und dabei hast du mich so sehr gefesselt, dass ich die Hitze der Tasse erst dann bemerkt habe, als es schon zu spät war. Wie im Reflex habe ich gezuckt, mir die Hand verbrannt und beide Tassen zerbrochen. Sorry, wirklich!"

Im Anschluss – nach einer kurzen Pause, um den verschütteten Kaffee aufzuwischen und neuen zu holen – versuchten sie es erneut mit Schrödinger, durch den Schreck schien er aber nur umso verbissener daran festzuhalten, kein Sterbenswörtchen mehr von sich zu geben. Sowohl alleine als auch zu zweit waren alle Mühen umsonst, er schien sie gar nicht erst zu hören. Schließlich gaben sie auf, sie mussten ihn laufen lassen.

Gut war, dass schon für Donnerstag die nächsten Befragungen angesetzt waren. Und natürlich, dass sie endlich ins Bett kamen.

Neunzehn

DUNKLER WALD

Mittwoch, 14. September
Heusenstamm, Hessen

Tja, so schnell konnte es gehen. Schon war er entlarvt, aufgeflogen. Er hätte sich selbst in den Allerwertesten beißen können! Metaphorisch gesprochen, denn so gelenkig war er natürlich schon lange nicht mehr. Und helfen würde es auch nichts.

Warum nur war er schon wieder dort am Bahndamm entlanggelaufen? Die Welt war so groß – und mit der S-Bahn überdies so wunderbar einfach erreichbar – warum musste er in so kurzer Folge auf den gleichen Wegen wandeln? Wenn er doch wenigstens bekannte Pfade genommen hätte, auf denen er noch niemanden attackiert hatte. Nun, den Weg hinaus auf die Felder, dann an der ehemaligen Mühle von Renigishausen und am Hofgut Patershausen vorbei nahm er einfach zu gerne. Aber warum war er dann nicht gleich in Dietzenbach-Steinberg in die S-Bahn gestiegen, sondern noch eine Station weitergelaufen? Die friedvolle Natur war dort bereits weit entfernt, auch von urbaner Schönheit konnte man dort keinesfalls sprechen.

Tja, so schnell konnte es gehen. Was ein dummer Fehler!

Immerhin – zumindest hatte er das Schlimmste zunächst abgewendet, indem er sich durch sein Weglaufen zwar entlarvt hatte, dadurch aber seine Waffen losgeworden war. Die pfiffige Polizistin hätte ihn sicher auch ohne seine Flucht zumindest absuchen lassen. Schon als sich ihre Blicke nur ganz kurz kreuzten, schien sie ein Erkennen zu durchzucken, seitdem schien sie sich sicher zu sein, in ihm den Gesuchten gefunden zu haben. Womit sie natürlich Recht hatte.

Also war er gerannt und hatte gleich zu Beginn des unbeleuchteten Weges zur Kläranlage alles von sich geworfen. Seine schönen Schlagringe sowie die Pistolenattrappe lagen jetzt wohl irgendwo im Gebüsch neben den Bahnschienen. Er war sich noch nicht sicher, ob er sie suchen sollte. Wahrscheinlich hatte sie schon längst jemand anderes für nützlich befunden und mitgenommen. Andererseits: wer achtete schon auf all den Müll, der sich neben den Gleisen stapelte? Es blieb nur zu hoffen, dass sie nicht von der Polizei gefunden und gegen ihn verwendet wurden. Dennoch wäre es wohl am besten, wenn er die Gegend in naher Zukunft meiden würde.

Auch wenn es für ihn unglücklich gelaufen war, beeindruckt hatten ihn die beiden Ermittler, ganz besonders die blonde Frau. Dass er bei einer Flucht mit seiner Hüfte keine Chance haben würde, war ihm klar gewesen – erwartet hatte er allerdings ehrlicherweise, dass ihn der Kommissar erwischen würde. Verblüfft war er indes nicht von dieser Aktion, sondern vielmehr davon, dass er allein durch seinen Laufstil Informationen preisgegeben hatte. Damit hatte er nicht gerechnet. Nur wegen dieser Erkenntnis hätte er sich fast verplappert.

Glücklicherweise hatte ihn der Kommissar im letzten Moment noch mit seinem Gepolter erschreckt. Dadurch war ihm dieser ebenso sympathisch wie durch dessen Augenringe, die den Kommissar fast so müde hatten wirken lassen, wie er sich fühlte. Ganz grundsätzlich musste er sich eingestehen, dass er beiden Gegenspielern freundlich gesonnen war. Dadurch schrillten seine Alarmglocken jedoch nur umso lauter. Besonders in Gegenwart dieser Frau Nieminen fühlte er sich wohl, sodass er umso wachsamer sein musste. Sie wirkte zwar sehr entschlossen, hatte jedoch gleichzeitig diesen vergebenden Blick, als könne man sich durch ein Geständnis bei ihr reinwaschen. Also Vorsicht!

Seinen Kopf aus der Schlinge hatte er dadurch gezogen, dass er schlicht und einfach keinerlei Kommentar abgegeben hatte. Ohne Beweise hatten sie ihn so laufen lassen müssen, zumindest vorerst. Doch dieses Ermittlerpaar schien ihm leider sehr fähig zu sein. Wieder war es die blonde Frau gewesen, die ihn so entschlossen angeschaut hatte. Ihm war vollkommen bewusst, dass sie alles daransetzen würde, weitere Indizien und Beweise zu sammeln. Schon bei der Verfolgung hatte sie ihn allein durch ihre Entschlossenheit niedergerissen und ihm keine Chance gelassen. Dazu noch der humpelnde Hüne, der auch nicht auf den Kopf gefallen zu sein schien.

Es wurde Zeit, all diese Gedanken im Kopf zu ordnen. Es wurde Zeit für einen Spaziergang.

Einmal mehr schnürte er also seine schwarzen Laufschuhe und griff zu seiner ebenso schwarzen Kappe, die wie immer einen so beruhigenden Schatten in sein Gesicht warf. Kurz schloss er die Augen, atmete tief durch und genoss das Gefühl des bis hierhin gewohnten Ablaufs. Als er dann aber die obere Schublade seiner Kommode aufzog, musste er schweren Herzens zu den Schlagringen aus Kunststoff greifen, die sich immer noch nicht richtig anfühlen wollten. Es fehlte ihnen an Kühle, an Schwere, an glänzender Makellosigkeit. Nun, aktuell mussten sie genügen.

Nachdem er aus der Haustür auf die dunkle, von den Laternen nur spärlich beleuchtete Straße getreten war, ging er sofort nach links. Nach rechts führten die Straßen und Wege nach Dietzenbach, diesen Weg wollte er tunlichst vermeiden. Natürlich gab es viele unverfängliche Abzweige, allein die Richtung aber widerstrebte ihm.

Er hielt sich nach links, allerdings am Kreisel nicht weiter zur S-Bahn, sondern geradeaus und am Friedhof vorbei. Dort führte der Waldweg schnurgerade nach Offenbach-Bieber und -Waldhof. Am Ende des zum Friedhof gehörenden Parkplatzes bog er indes nach rechts auf einen schmalen, aber umso schöneren kleinen Pfad ein. Er mochte diesen Pfad, durch dessen Ursprünglichkeit fühlte er sich der Natur verbundener als auf den ausgebauten Fahrradwegen. Etwas weiter hinten, nachdem der Zaun zu seiner Rechten endete, bemerkte man auch den menschlichen Einfluss nicht allzu offensichtlich. Das waren noch Wege, wie sie sein sollten. Trotz der Dunkelheit hatte er keinerlei Probleme, seine Schritte auf den bekannten Pfaden zu lenken. Gefühlt kannte er jede Wurzel, sodass er zwar hin und wieder stolperte, dennoch aber ganz seinen Gedanken nachhängen konnte. Nie konnte er so gut nachdenken, wie wenn er sich stetig im gleichen Rhythmus bewegte. Doch was war das für ein Knacken?

Bisher war er so gedankenverloren daher spaziert, dass er seine Umgebung kaum registriert hatte. Die Szenerie kannte er, die Geräusche des Waldes waren vertraut und deshalb nicht beängstigend, doch dass ihm hier zu so später Stunde jemand begegnete, war äußerst ungewöhnlich.

Zudem schien der- oder diejenige dort nicht weit hinter ihm zum ersten Mal im Wald unterwegs zu sein. Ständig knirschte und knackte es, einmal meinte er sogar einen Fluch gehört zu haben.

Nach zwei Kehren, die er sonst nicht gegangen wäre, war klar, dass er verfolgt wurde. Die Polizei hatte ihn also doch nicht so einfach seiner Wege ziehen lassen, sondern ihm einen Aufpasser zugeteilt. Wahrscheinlich sollte dieser seinen nächsten Ausbruch bezeugen. Nun, sie hätten jemand fähigeres abstellen sollen.

In seinem Heimatwald war es ihm ein Leichtes, den Verfolger loszuwerden. Eigentlich handelte es sich im Wald zwischen Heusenstamm, Bieber und Obertshausen um ein fast ausschließlich rechtwinklig angelegtes Wegenetz, welches dennoch selbst bei Tageslicht für all diejenigen sehr verwirrend sein konnte, die dort nicht regelmäßig unterwegs waren, weil es eben doch ab und an schräg verlaufende Pfade und Wege gab, deren Verlauf überraschte. So spazierte er zunächst ganz gemütlich weiter, um dann plötzlich scharf rechts in einen kleinen Pfad abzubiegen, dessen sanfter Untergrund seine Schritte dämpfte. Dort legte er ein kleines Stück im Laufschritt zurück, bevor er wieder abbog und so sowohl aus dem Sicht- als auch dem Hörfeld seines Verfolgers verschwand. Im dunklen Wald brauchte dieser schon sehr viel Glück, um ihm erneut über den Weg zu laufen. Sich nun allein wähnend, setzte er seine Wanderung zügigen Schritts weiter fort. Seine Hüfte tat jetzt zwar bestimmt wieder weh, das Adrenalin unterdrückte aber den Schmerz. Nach einer Viertelstunde war er sich sicher, nun allein unterwegs zu sein. Wahrscheinlich stand sein Verfolger längst im Wohngebiet von Obertshausen, ohne eine Ahnung davon zu haben, wie es ihn dort hinverschlagen hatte. Wenn er nicht gar auf die Autobahn getaumelt war.

Amüsiert schritt er weiter zügig aus. Mittlerweile befand er sich auf dem recht gut ausgebauten Waldweg bis vor zu den S-Bahn-Schienen, dem er dort nach links parallel zu denselben bis zur Unterführung folgte. Nach dieser ungewöhnlich abwechslungsreichen Wanderung war es Zeit, mit der Bahn zurück nach Hause zu fahren.

An der Unterführung angekommen sah er sie, noch immer seinen Gedanken nachhängend, zu spät. Wieder sein eigener Fehler! Er wurde unkonzentriert.

„So, so. Wen haben wir denn da?“

Sie saßen auf den Treppenstufen der S-Bahn-Unterführung – sehr unhygienisch für seinen Geschmack – und hatten sich eine süßlich riechende, selbst gedrehte Zigarette geteilt. In seiner Unachtsamkeit hatte Schrödinger seine alten Bekannten erst wahrgenommen, als er schon halb die gegenüberliegende Schräge hinabgeschritten war. Jetzt war es zu spät. Erkannt hatte er die drei Taugenichtse dann aber sofort, was angesichts der noch immer bunt gefleckten Visage des Mittleren keinen Meisterdetektiv brauchte. Dieser wiederum schien sich sehr zu freuen, ihm in seiner Einsamkeit gegenüberzustehen. Auf eine sehr aggressive Art und Weise.

Schrödinger kroch Angst durch die Gedärme. Sein Gegenüber sah nicht so aus, als akzeptiere er eine Entschuldigung. Es blieb ihm nichts anderes übrig, als durch unerschütterliches Selbstbewusstsein jegliche Attacke im Keim zu ersticken.

„Guten Abend die Herren. Ich bin gerade nicht in Stimmung für weitere körperliche Ertüchtigung, Sie dürfen also sitzenbleiben."

„Ha! Hältst du dich jetzt auch noch für witzig, du Arschloch? Ich reiße dir jetzt die Eier ab und du kannst froh sein, wenn es dabei bleibt."

Gut, etwas anderes hatte er nicht erwarten können. Umgekehrt wäre es ihm wahrscheinlich ähnlich gegangen, auch wenn er keine Zeit mit Drohungen verschwendet hätte. Irgendwie musste er sich aus dieser Situation wieder herausmanövrieren. Jetzt vermisste er seine Pistole, dass es fast körperlich wehtat.

Also denn, Selbstbewusstsein war angesagt: „Ich zähle jetzt bis drei, solange habt ihr die Möglichkeit, euch bei mir für die Verschwendung meiner Zeit zu entschuldigen."

„Sonst was?", kam es prompt und mit sehr aggressivem Unterton zurück. Doch er zwang sich selbst zur Ruhe und begann zu zählen.

„Eins!"

Genau wie sein geheimes Vorbild Jack Reacher hatte er vor, schon bei Zwei selbst und mit voller Wucht zu attackieren, um das Überraschungsmoment auf seiner Seite zu haben. Doch der andere war dennoch schneller, dessen Geduldsfaden war scheinbar unglaublich kurz. Ehe Schrödinger sich versah oder gar seine Schlagringe greifen konnte, hatte er auch schon eine Faust im Unterleib und konnte sich kaum vor Schmerz zusammenkrümmen, schon bekam er ein Knie mitten ins Gesicht. Er hatte nicht gewusst, dass Knie so hart sein konnten. Noch ehe er den Boden erreichte, war alles schwarz um ihn herum.

Vielleicht war es doch nicht so schlau gewesen, seinen Begleiter abgeschüttelt zu haben. So verging fast eine ganze Stunde, bis er gefunden und ein Krankenwagen gerufen wurde.

Zwanzig

EIN SINNESWANDEL

Donnerstag, 15. September
Offenbach, Hessen

Kaisa hatte sich vom Halbmarathon schnell gut erholt gefühlt. Wobei das schwer zu sagen war, seit Sonntag war sie nur zwei Mal gelaufen, und beide Male nur ganz locker und kurz: einmal in den Wald, dort zwei Linkskurven, und wieder zurück. Sechs Kilometer gingen immer, waren entsprechend aber auch nicht aussagekräftig.

Viel mehr Relevanz hatten hingegen 15 km Tempodauerlauf. An diesem Donnerstag, zehn Tage vor dem Marathon, sollte sie noch einmal im angedachten Marathontempo laufen, möglichst gleichmäßig und unangestrengt. Das wiederum war aber so eine Sache. Wahrscheinlich hatte sie doch noch die Anstrengungen des Halbmarathons in den Beinen, das angestrebte Tempo schaffte sie nämlich nur mit Ach und Krach. Michi konnte sie nach der Einheit, die sie sich deutlich entspannter vorgestellt hatte, allerdings schnell wieder aufbauen. Was man im Training über 15 km laufen könne, sei im Wettkampf über die volle Distanz möglich. Neben all den Kilometern, die jetzt noch bis zum Rennsonntag wirken mussten, argumentierte er auch mit dem fehlenden Schlaf. Kaisa gab ihm natürlich Recht, hätte aber jederzeit wieder so gehandelt. Sie war sich weiterhin sicher, sich an die Fersen des Richtigen geheftet zu haben.

Die Hiobsbotschaft erhielt sie dann beim Betreten des Präsidiums.

Manche behaupten, Menschen änderten sich nie. Ali Jafari war der personifizierte Gegenbeweis. Noch in der Schule hatte er zu den Unruhestiftern und Schlägern gehört. Er hatte gerne seine schwächeren Mitschüler schikaniert und einen großen Bogen um Hausaufgaben gemacht. Schon mit zwölf hatte er seine erste Zigarette geraucht, mit vierzehn dann seinen ersten Joint. Er hatte mutwillig geklaut, betrogen und Eigentum demoliert.

Über seinen Notenschnitt hatte sich zu dieser Zeit niemand gewundert. Darüber, dass er den Realschulabschluss überhaupt geschafft hatte, dafür umso mehr.

Der Grund für seinen Sinneswandel war ein Schicksalsschlag gewesen: Sein Vater war eines Nachts nach dem Schichtdienst nicht mehr nach Hause gekommen. Aber nicht, weil er etwa Alis Mutter und seine Söhne absichtlich verlassen hätte – das wäre undenkbar gewesen – sondern weil er Opfer eines rassistisch motivierten Gewaltverbrechens geworden war. Auf dem Weg von der Bushaltestelle war er auf offener Straße niedergestochen worden.

Ab diesem Tag war Ali ein anderer. Den Tod seines Vaters hatte er als göttliche Strafe für all seine Fehltritte interpretiert und Besserung gelobt. Seit diesem Tag hatte er sich vorgenommen, Polizist zu werden, um all jene ihrer gerechten

Strafe zuzuführen, die sich anderen gegenüber übergriffig verhielten. Er vermisste seinen Vater und wünschte jeden Tag, es hätte nicht dieses Unglück für seinen Sinneswandel gebraucht.

Seine Noten hatten sich von jetzt auf gleich schlagartig verbessert. Ali hatte gewissenhaft und fleißig gearbeitet und es tatsächlich geschafft, direkt nach der Schule einen Ausbildungsplatz zu bekommen. Darüber war er stolz, dankbar und revanchierte sich mit Fleiß und Herzblut. Mit seinem alten Ich wollte er selbst nichts mehr zu tun haben, sondern die Welt jeden Tag ein Stückchen besser machen.

Am Tag nach der Befragung Schrödingers hatte Ali spät am Abend noch die Aufgabe bekommen, dessen Unterschrift unter dem Protokoll einzuholen. In der Nacht war das wohl aufgrund der Müdigkeit sowie dem Frust über den mundtoten Verdächtigen vergessen worden. Das hatte er im Anschluss an seine Spätschicht erledigen wollen, Heusenstamm lag auf seinem Rückweg. Er hatte sich einfach schon um kurz vor 22 Uhr aufgemacht und war in den Nieder-Röder-Weg gefahren, um dort das Protokoll zur Unterschrift in den Briefkasten zu werfen. Schrödinger würde es unterschreiben und dann abgeben oder per Post einsenden.

In Heusenstamm angekommen, hatte Ali auf seinem Handy noch kurz zwei Nachrichten beantwortet. Wie es der Zufall wollte, hatte er anschließend, als er vom Handydisplay aufschaute, genau in jenes Gesicht geblickt, dass ihn vorhin immer wieder vom gleichen Foto aus angeschaut hatte. Rudolf Schrödinger war gerade dabei, das Haus zu verlassen. Um diese

Uhrzeit mutmaßlich etwas ausheckend, die nächste Straftat im Sinn.

Ali hatte förmlich gespürt, wie ihm das Adrenalin in die Adern geschossen war: das war seine Chance, den Verdächtigen zu überführen, ihn mit eigenen Augen bei frischer Tat zu beobachten und den Fall damit aufzuklären. Noch vor Ort würde er ihn festnehmen und dann die Kollegen rufen können. Er würde nicht nur die Welt von einem Kriminellen befreien, er würde sich außerdem hervortun und damit seine Karriere vorantreiben. Er hatte sein Handy eingesteckt, den Jackenkragen hochgeschlagen und war aus dem Auto gestiegen, um sich an die Fersen des gemächlich dahinschlendernden Verdächtigen zu heften.

Bis zum Friedhof hatte er sich, seines Erfolgs noch gewiss, über sein Glück gefreut. Mit den Laternen war es in dieser kaum bewölkten Nacht kein Problem, seiner Zielperson unauffällig zu folgen. In fünf Tagen würde Vollmond sein, entsprechend hell war es noch zu später Stunde.

Dann jedoch war der Verdächtige in den Wald abgebogen. Damit hatte Ali nicht gerechnet, viel eher war er von einem Spaziergang durch die Stadt ausgegangen. In diesem Moment, da ihm klar geworden war, wie töricht diese Annahme gewesen war, lief es ihm kalt den Rücken herunter. Der dunkle Wald mit all den unsichtbaren Geräuschen war ihm unheimlich. Dennoch: jetzt gab es kein Zurück mehr. Also war er Schrödinger auf den schmalen Pfad gefolgt. Zu Beginn war die Verfolgung weiterhin problemlos möglich, was sich jedoch schnell geändert hatte. Unter zunehmend dichterem Blätterdach war es teilweise stockfinster. Immer wieder hatten Dornen in den Weg geragt, die ihm trotz langer Hose die Schienbeine zerkratzt hatten. Auch war er ob der vielen Wurzeln und groben Steine immer öfter ins Straucheln geraten, zeitweise war er sich sicher gewesen, seinen rechten Knöchel böse verstaucht zu haben. Schließlich war er gar gegen einen Baum gelaufen! Entsprechend schnell hatte Ali trotz aller Selbstbeherrschung die Schnauze gestrichen voll gehabt. Aus den anfänglich stummen Flüchen waren ihm bald welche über die Lippen gerutscht. Und dann war auch noch Schrödinger wie vom Erdboden verschluckt. Prompt war seine schlechte Laune über seine Verfolgungsidee in Panik umgeschlagen. Bevor er auch nur einen vernünftigen Gedanken gefasst hatte, war er kopflos umhergeirrt, vermutlich nur im Kreis laufend. Kalter Schweiß hatte ihm auf der Stirn gestanden, während Ali zwischen Verzweiflung und Panik geschwankt hatte.

Schließlich hatte er sich besinnen können und sich von seinem Mobiltelefon zur nächstgelegenen S-Bahn-Station leiten lassen. Diese modernen Geräte waren doch ein Wunderding an Technik. Während er selbst vermutlich stundenlang durch die Dunkelheit geirrt wäre, hatte ihm der grell leuchtende Bildschirm zielsicher die richtige Richtung gewiesen. Im Grunde hatte er nur geradeaus laufen müssen, mit einer kurzen Abzweigung nach rechts und anschließend nach links. Alles auf gut ausgebauten Wegen. So einfach war das.

Weil ihm der Rückweg nach Heusenstamm zu weit erschienen war, hatte er sich per Karte auf dem Handy zur S-Bahn-Station in Offenbach Waldhof leiten lassen. Sein Auto hatte er am nächsten Vormittag vor der zweiten Nachtschicht abholen wollen. Als er aber gerade in Hochstimmung hatte verfallen wollen, weil endlich wieder Zivilisation in Sicht war und außerdem zu seiner großen Freude die nächste Bahn bereits in nur zehn Minuten einfahren sollte, hatte er ihn gesehen. Zunächst nur als dunkles Bündel am Boden, bald schon als kollabierte Gestalt. Die letzten Meter war Ali gerannt, nur um dann kurzzeitig in Schockstarre zu verfallen. Er hatte Schrödinger auf den ersten Blick erkannt, obwohl dieser böse zugerichtet worden war. Da hatte er gelegen, weggeworfen auf den Kies auf der Waldseite vor der S-Bahn-Station. Schrödinger hatte wirklich übel ausgesehen.

Ali war es gelungen, sich aus seiner Schockstarre zu befreien. Nach der Atemkontrolle hatte er den Notruf gewählt und den Verletzten in die stabile Seitenlage gebracht.

So war für Ali aus dem angedachten Spätdienst an diesem Nachmittag nichts geworden. Gleich in der Früh war er nach einer kurzen Nacht aufs Präsidium gekommen, um seine Geschichte den leitenden Ermittlern zu erzählen. Kaisa und Joshua waren von der unüberlegten Aktion selbstredend nicht sonderlich angetan, dennoch rechneten sie es Ali hoch an, dass er ihnen die ungeschönte Wahrheit erzählte. Immerhin hatte er Schrödinger gefunden und Hilfe gerufen. Wie es um ihn stünde, wäre ihm Ali nicht gefolgt, stand ebenso in den Sternen wie ob er denselben Weg gewählt und die gleiche unliebsame Begegnung gehabt hätte.

Während Kaisa noch ihren Gedanken nachhing – Ali war zwar groß und schlank, für einen Läufer aber zu muskulös; dennoch gefielen Kaisa seine Grübchen und die Uniform stand ihm gut – war Joshua schon längst wieder dabei, sich die Haare zu raufen.

Ihr Hauptverdächtiger war also in der vergangenen Nacht übel zugerichtet worden und lag im Krankenhaus. Aufgrund von schweren Kopfverletzungen hatte man ihn in ein künstliches Koma versetzt. Erst am Sonntag würde man versuchen, ihn wieder aufzuwecken. Schrödingers Chancen standen derzeit in den Sternen. Auch Kaisa, wieder im Hier und Jetzt, war geschockt. Joshua hingegen gab sich zwar unbeeindruckt – wahrscheinlich eine Mischung aus Abstumpfung und Selbstschutz – wusste aber auch nicht so recht, was sie mit der neuen Sachlage anfangen sollten.

Wie gut, dass sie nicht allzu lange darüber nachgrübeln konnten. Nicht lange nach der Besprechung mit Ali standen schließlich die Befragungen von Leon Grintzki und Anton Schnabel, also den Opfern der ersten gewaltsamen Übergriffe, an. Eine gute Gelegenheit, den Schock zu verdrängen und gleichzeitig im Fall weiterzukommen. Schließlich hatten sie gegen Schrödinger noch nichts Stichhaltiges in der Hand.

Die Befragung von Anton Schnabel hatte Kaisa zuerst angesetzt. Um einen ersten Eindruck ihres Gegenübers zu bekommen, ließen sie ihn von einem Kollegen in den Besprechungsraum bringen und schauten ihm zunächst durch das verspiegelte Seitenfenster beim Warten zu.

Umgangssprachlich hätte Kaisa Herrn Schnabel als verzogene Schwabbelbacke bezeichnet, auch wenn sie solche Begriffe Joshua gegenüber nie in den Mund nehmen würde. Anton Schnabel trug zwar scheinbar Markenklamotten, diese aber derart nachlässig, dass er trotz der kunstfertig hochgegelten Haare ungepflegt wirkte. Sein gemeines Grinsen, mit dem er sich umsah, sowie die gerümpfte Nase, so als röche es schlecht, vervollständigten den Eindruck.

Kaugummikauend fläzte sich ihr Gesprächspartner schließlich auf den ihnen zugewandten Stuhl und legte die Schuhe auf den Tisch. Doch damit nicht genug. Kurz darauf nahm er gar seinen Kaugummi aus dem Mund und klebte ihn unter sein Sitzpolster!

Diese dreist-anmaßende Attitüde und respektlose Ausstrahlung machten ihn in Kaisas Augen direkt derart unsympathisch, dass sie am liebsten in den Besprechungsraum gestürmt wäre, um ihm eine Ohrfeige zu verpassen. Dennoch wollte sie unvoreingenommen in die Befragung gehen. Schließlich war ganz offensichtlich, dass er beobachtet werden konnte, vielleicht wollte er also nur provozieren. Doch die Wortwahl Schnabels stellte ihre Selbstbeherrschung schnell auf eine Bewährungsprobe.

Nachdem die Formalien geklärt waren, auf die zu antworten Anton Schnabel sich auffallend um Lässigkeit bemühte, begann das eigentliche Gespräch mit Joshuas Aufforderung: „Bitte schildern sie uns den bewussten Vorfall vom 19. August in Heusenstamm."

„Also, ganz ehrlich, ob es jetzt der 19. August war, weiß ich nicht mehr. Aber es war ein Donnerstag. Das weiß ich. Hundert Pro. Donnerstag hatten wir früher immer Fußball, da haben wir jetzt aber keinen Bock mehr und chillen lieber. Manchmal woanders, manchmal auch direkt am Bahnhof, wenn wir später noch nach Dietzenbach, Frankfurt oder Offenbach wollen. Ich hatte voll Bock auf einen Chicken-Burger, deswegen wollten wir noch nach Offenbach, am Marktplatz gibt es einen KFC. Aber erst haben wir noch abgehangen, uns ausgetauscht. Der Igor hat gerade echt Probleme zu Hause und der Viktor will die Ausbildung schmeißen. Es tut echt gut, wenn man weiß, dass es auch andere nicht leicht haben im Leben. Wir unterstützen uns, die Jungs sind meine Brüder."

Mittlerweile wirkte Anton Schnabel nicht mehr so aufgesetzt lässig, die Schilderung seiner Erinnerung nahm ihn so sehr in Anspruch, dass die ganze aufgesetzte Attitüde von ihm abgefallen war.

„Zumindest", fuhr er fort, „um jetzt nicht zu viel zu labern, hätte eine Kippe uns echt richtig gut getan in dem Moment. Und da kam dieser Typ, der sah echt so aus, als hätte er Zigaretten – so etwas ungesund von der Hautfarbe aber sonst recht lässig, so als hätte er auch eine für uns übrig – da habe ich echt freundlich gefragt, ob er eine Kippe für uns hat. Aber der Typ hat nicht geantwortet, sondern ist direkt hart eskaliert. Als ob ich ihm etwas getan hätte oder für seine Probleme verantwortlich wär! Der Typ …"

„Was genau heißt das denn: echt freundlich gefragt?", hakte Joshua ein. Er wollte es etwas genauer wissen.

„Na wahrscheinlich sowas wie: Jo, Bruder! Hast du eventuell eine Kippe für uns?"

„Also keine Beleidigung oder ähnliches?"

„Nein, Mann! Echt freundlich. Hab ich doch gesagt."

„Okay, ich wollte nur sichergehen. Wie ging es dann weiter?"

„Wie gesagt, der Typ war echt irre drauf. Ist ohne ein Wort zu sagen direkt auf mich zu und hat mir eine reingehauen. Aber echt heftig, ich war sofort weg. Was er also genau gemacht hat oder was dann passiert ist, müsst ihr die anderen fragen. Im Krankenhaus haben sie mir gesagt, was alles gebrochen ist. Die lateinischen Begriffe weiß ich nicht, aber quasi meine linke Gesichtshälfte und die Nase. Tut immer noch weh, ehrlich gesagt."

„Den Bericht kennen wir, Sie haben uns ja freundlicherweise Einsicht gewährt. Danke dafür und gute Besserung! Können Sie sich an den Täter erinnern?"

„Auf jeden Fall. Das Gesicht vergesse ich nicht, das können Sie mir glauben!"

„Das hilft uns sehr weiter. Bitte schauen Sie sich diese Fotos an. Ist derjenige, der Sie angegriffen hat, darunter? Können Sie ihn wiedererkennen und identifizieren?" – die moderne Gegenüberstellung.

„Ganz klar, hab ich doch gesagt. Der da!"

Der dicke Zeigefinger landete mitten im Gesicht von Rudolf Schrödinger. Trotz Kaisas großen Unbehagens hatte sich die Befragung also als sehr gewinnbringend entpuppt. Dass sich Anton Schnabel, während sein Finger einen Fettfleck auf dem Foto hinterließ, ein kurzes, diabolisches Grinsen nicht verkneifen konnte, entging Kaisa und Joshua, weil sie sich just siegessicher anstrahlten.

Zur ausgiebigen Nachbesprechung blieb Kaisa und Joshua keine Zeit, es reichte nicht einmal für einen Kaffee. In aller Kürze waren sie sich einig: ein unsympathischer Typ, dieser Anton Schnabel, dessen Identifizierung Schrödingers ihnen bei der

Überführung aber deutlich weiterhalf. Sein Wiedererkennen war definitiv echt. Sie hatten das erste handfeste Indiz!

Gleich im Anschluss stand die nächste Befragung an. Ihre Vorgehensweise blieb die gleiche, das Verhalten von Leon Grintzki war jedoch das komplette Gegenteil zu Anton Schnabel. Leon Grintzki war groß und dünn, fast schon abgemagert, mit streichholzartigen Gliedmaßen. Mit seinem Kapuzenpulli, den unordentlichen Haaren und den Pickeln im Gesicht fehlte eigentlich nur noch die Zahnspange, dann hätte ihn Kaisa auf 15 Jahre geschätzt, nicht auf die scheinbar zutreffenden 29. Ihr potentieller Zeuge setzte sich nicht, sondern schritt fahrig im Raum auf und ab, die Augen unsicher umherblickend, fast so scheu wie ein Reh im Scheinwerferlicht, die Schultern hochgezogen, während sich seine Finger nervös immer wieder öffneten und schlossen. Fast, als wäre er es, der etwas ausgefressen hatte.

Nun gut, sie wollten ihn nicht länger zappeln lassen. Den Gesprächsbeginn nutzte Joshua, um Herrn Grintzki Sicherheit zu vermitteln, sodass sich dieser etwas entspannte. Das funktionierte nur bedingt, obwohl die Formalitäten natürlich Fragen waren, die Leon Grintzki ohne Probleme beantworten konnte. Ganze zehn Minuten plauderten Kaisa und Joshua mit ihrem Zeugen, bis dieser endlich aufhörte, nervös mit dem Knie zu zucken. Es stellte sich heraus, dass Leon Grintzki begeistert und durchaus selbstbewusst von Comicbüchern erzählen konnte. Damit war es endlich an der Zeit, zum Kern der Besprechung zu kommen.

„Herr Grintzki", wechselte Kaisa also das Thema, „wenn Sie sich an Mittwoch, den 8. September zurückerinnern, wie kam es dazu, dass Sie angegriffen wurden?"

Leon Grintzki zögerte zwar kurz, war aber noch so im Redefluss, dass er nicht wieder so nervös wurde wie zu Beginn ihrer Unterhaltung.

„Der Typ war völlig irre. Wie aus heiterem Himmel hat der einfach zugeschlagen! Und dann auch noch mitten in der Nacht! Was macht der überhaupt noch so spät da draußen?", brach es aus ihm heraus. Doch damit hatte er den Großteil der Geschichte wohl ausgelassen.

„Wenn Sie bitte etwas weiter ausholen würden?", ermutigte ihn Kaisa deshalb.

„Ja, Entschuldigung, besser ist das wahrscheinlich." Leon Grintzki atmete tief durch. „Also, dieser Mittwoch war ein richtig mieser Tag – zumindest dachte ich das schon, bevor ich später auch noch niedergeschlagen wurde und es damit ja nochmal deutlich schlechter wurde. Tja, zumindest war ich absolut frustriert vom Leben. Meine Freundin hat seit letztem Monat einen anderen, an der Uni läuft es überhaupt nicht, weil ich mich weder aufs Lernen konzentrieren kann noch Spaß an der Sache habe. Und dann hat mir noch mein Bruder vorgeworfen, wie sehr ich unsere Eltern ausnutzen würde, weil ich nicht in die Pötte komme und ihnen mit Ende zwanzig immer noch auf der Tasche liege. Die finanzieren mir meine Wohnung, müssen Sie wissen. Ich war so wütend an diesem Abend.

Natürlich war ich deshalb beim Lernen wieder nicht allzu erfolgreich, später konnte ich dann wegen diesem ganzen Frust keine Ruhe finden. Eigentlich lag ich schon im Bett, an Schlaf war aber nicht zu denken. Also bin ich irgendwann wieder aufgestanden, hab mir etwas übergezogen und bin nochmal raus. Spazieren gehen.

Sonst hilft das ja. Spazieren entspannt mich normalerweise, einfach durch diesen stetigen Rhythmus. Und so mitten in der Nacht war natürlich nichts los. Alles ist so friedlich, insbesondere, wenn der Mond scheint. Ich bin rüber zum See gelaufen, der ist ganz bei mir in der Nähe und es ist sehr schön dort. Rundherum geht auch ein schöner, breiter Schotterweg. Dort ist mir niemand entgegengekommen, da war keine Menschenseele. Erst auf dem Rückweg, da war es wie immer: wenn man jemandem begegnet, dann immer genau dort, wo kein Platz ist. Es kam mir also dieser Typ genau dort entgegen, wo wegen der ganzen parkenden Autos kaum Platz auf dem Gehsteig ist. Aber ich war immer noch so wütend auf Gott und die Welt – warum muss mir dieser Typ auch genau dort entgegenkommen? –, dass ich einfach stur weiter geradeaus gelaufen bin. Sollte der halt Platz machen! Hat er aber nicht.

Deshalb sind wir zusammengestoßen. Und das war ziemlich schmerzhaft. Wahrscheinlich eine spitze Schulter oder so. Zumindest habe ich mich deswegen ziemlich laut beschwert, obwohl das gar nicht meine Art ist. Ich habe etwas gerufen wie, „was soll das?“, wobei wahrscheinlich auch ein Schimpfwort dabei war, weil der Tag so unglaublich scheiße war. Entschuldigen Sie meine Wortwahl.“

Joshua winkte nur ab.

„Und dann“, fuhr Leon Grintzki fort, „ist dieser Typ direkt voll ausgerastet. Ohne zu schreien oder so, aber mit wutverzerrtem Gesicht hat der sich umgedreht und ist auf mich zu, völlig außer Kontrolle! Erst hat er mich geschubst, sodass ich gegen ein Auto geknallt bin und noch ehe ich mich versah, hatte der Typ zugeschlagen.

Mehr weiß ich nicht mehr. Aufgewacht bin ich im Krankenhaus. Drei Tage später, wie man mir sagte."

„Das ist eine wirklich – wie soll ich sagen, mir fehlen die Worte? – unglaubliche Geschichte", merkte Kaisa nach ein paar Sekunden Stille an. Was heutzutage alles passieren konnte.

„Unglaublich und verstörend", ergänzte Joshua. „Können Sie sich an den Mann erinnern, Herr Grintzki? Wie groß war er, was hatte er an? Wie sah sein Gesicht aus?"

„Ein bisschen", antwortete Leon Grintzki. Worte, die nicht unbedingt Mut machten. Aber er ergänzte: „Er war auf jeden Fall etwas kleiner als ich, vielleicht einen halben Kopf. Und er hatte dunkle Sachen an und eine Schirmmütze auf dem Kopf. Deshalb habe ich das Gesicht nur halb gesehen, der Rest lag im Schatten. Dunkel würde als Beschreibung passen: dunkle Augenbrauen, dunkler Bartansatz. Wenn ich jetzt darüber nachdenke, würde ich den Wangenknochen noch als sehr prominent bezeichnen."

„Das könnte zu einem dieser Bilder passen, was meinen Sie?", fragte Joshua, während er Herrn Grintzki die gleichen Bilder vorlegte wie zuvor Anton Schnabel. Doch Leon Grintzki war bei der Identifikation weit weniger sicher als ihr erster Zeuge. Zwar deutete auch er auf das Bild Schrödingers, doch erst, nachdem er alle Bilder eingehend studiert hatte. Außerdem ergänzte er auf der Tonspur: „Das könnte er gewesen sein. Sicher bin ich mir aber nicht."

Durch die Gespräche und all die neuen Wendungen war der Tag bereits verflogen, obwohl er gefühlt gerade erst angefangen hatte. Dennoch war Kaisa froh, schon wieder nach Hause radeln zu dürfen. Im Fahrtwind konnte sie sich noch einmal alles durch den Kopf gehen lassen. Doch die einzig nennenswerte Erkenntnis nach der knappen halben Stunde war die, dass der Fall noch bis zum nächsten Tag warten konnte. Und zum Glück war Michi bereits zu Hause. Er war wohl gerade erst angekommen, zumindest hielt er ihr sehr zuvorkommend das Hoftor auf, sodass sie gar nicht erst absteigen musste. Ihm gelang es, sie direkt abzulenken.

Nach einem Kuss zur Begrüßung kam entsprechend die erhoffte Frage: „Wie nennt man einen Cowboy ohne Pferd?"

Und weil Kaisa nur lächelnd mit den Schultern zuckte und ihm aufmunternd zunickte, ergänzte er: „Einen Sattelschlepper!"

Wieder einmal hatte er es damit geschafft, dass Kaisa mit einem Lächeln die gemeinsame Wohnung betrat. Kurz darauf verließen sie sie wieder, weil sie beide keine Lust zum Kochen hatten. Spontan beschlossen sie deshalb, zum Italiener essen zu gehen. Schließlich war Carboloading angesagt.

Zeitgleich mit Michi und Kaisa betrat einige Luftkilometer entfernt ebenso Joshua ein Lokal. Er war mit seinem alten Kumpel Luis im Hanauer Bub verabredet. Dort gab es hessische Spezialitäten, während man im Grünen entspannen konnte.

Dass Joshua weiterhin Kontakt zu Luis hatte, war ein Wunder, hatten sie doch eigentlich keinerlei Gemeinsamkeiten – außer ihrer Vergangenheit. Die beiden kannten sich schon, bevor sie gemeinsam in den Kindergarten und später in die gleiche Klasse gegangen waren. Weil sie nicht weit voneinander entfernt gewohnt hatten, hatten sie den heimatlichen Wohnblock mächtig aufgemischt. Sie hatten zusammen Fahrradfahren gelernt und Inline-Hockey gespielt, hatten am Kiosk an der Ecke Süßigkeiten geschnorrt sowie sich mit Klingelstreichen nicht immer nur Lob der Nachbarn abgeholt. Die vielen gemeinsamen Kindheitsstunden hatten sie aber zusammengeschweißt, per Chat standen sie nach all den Jahren stets im lockeren Austausch und hin und wieder – so wie heute – verabredeten sie sich zu einem gemeinsamen Essen.

Weil sich Luis und Joshua schon so lange kannten und sich selbstredend schon häufig voreinander blamiert hatten, brauchten sie sich voreinander für nichts zu schämen. Entsprechend hatten sie keine Geheimnisse voreinander. Auch deshalb freute sich Joshua stets auf die Treffen. Wann sonst konnte er so offen sprechen, ohne sich Gedanken darüber machen zu müssen, vom Gegenüber verurteilt zu werden?

Deshalb brachte Joshua beim zweiten alkoholfreien Weizenbier, als sie bereits einigermaßen gesättigt waren und sich gegenseitig auf den aktuellen Stand gebracht hatten, ein Thema auf den Tisch, das ihn schon ein paar Tage quälte: die Zusammenarbeit mit Kaisa. Die Vorlage lieferte Luis, als sich dieser erkundigte, wie er auf der Arbeit zurechtkomme, seit sie dessen langjährige Partnerin Antonia in den Ruhestand verabschiedet hatten.

„Eigentlich sehr gut“, antwortete Joshua darauf wahrheitsgemäß, fuhr anschließend aber fort: „Ich hatte dir doch das letzte Mal davon erzählt, dass erstmal kein Ersatz gefunden werden konnte, ich zur Unterstützung aber eine junge Referendarin bekomme."

„Und die taugt nichts?", mutmaßte Luis.

„Ganz im Gegenteil. Kaisa ist klasse. Sie ist fleißig und hat uns durch einen guten Instinkt im Fall sehr gut weitergebracht. Sogar ins Team hat sie sich schnell integriert und das will bei unserer Truppe etwas heißen!"

„Oh weh! Ich höre es an deiner Stimme: du stehst auf sie!"

„Deutlich mehr zumindest, als einer professionellen Zusammenarbeit gut tut", gab Joshua zu. „Das ist mein erstes Problem."

„Dass du dabei Bauchschmerzen hast, spricht aus meiner Sicht erst einmal für dich. Seit dir Julia damals das Herz gebrochen hat, habe ich dich nicht mehr von einer Frau sprechen gehört. Ein gutes Zeichen, mein Lieber! Aber irgendwann ist das Ref doch mal vorbei und damit ihre Abhängigkeit von dir, wenn man so will. Was also ist dein zweites Problem?"

„Dass sie scheinbar glücklich vergeben ist. Sie beschwert sich nie über irgendwelche Marotten von ihrem Michi, gleichzeitig bringt er sie immer wieder zum Lächeln. Auf der einen Seite freue ich mich darüber, weil sie dann besonders hübsch ist, auf der anderen Seite sticht es immer ein wenig im Herz."

„Ach herrje. Joshua, der alte Romantiker ist zurück. Irgendwann wirst du die Karten auf den Tisch legen müssen. Im Krieg und in der Liebe ist alles erlaubt."

„Da hast du wohl Recht", meinte Joshua nur nachdenklich. „Hoffentlich ergibt sich dazu noch die passende Gelegenheit."

Einundzwanzig

EINE ERINNERUNG

Sonntag, 18. September
Offenbach, Hessen

Schrödinger fühlte sich wie in einer Schnulzen-Komödie, in der man vorher schon weiß, was als nächstes passieren wird. Dennoch hoffte er darauf, dass es für ihn anders ausgehen würde. Nach so langer Zeit war er doch endlich einmal wieder an der Reihe, Glück zu haben.

Dass er so richtig glücklich gewesen war, lag bereits so weit in der Vergangenheit, dass er sich kaum noch daran erinnerte, wie sich das eigentlich anfühlte. Dennoch sehnte er sich danach. Im Unterbewusstsein wohl so sehr, dass er sich selbst einen Streich spielte. Sein Gehirn gaukelte ihm Bilder vor, von denen er im Grunde wusste, dass er träumte. Dennoch hoffte er – entweder, dass er gestorben und im Himmel war, oder dass er wie durch ein Wunder doch noch einmal von vorne anfangen konnte. Um die Dinge anders – besser – zu machen. Insbesondere diesen einen Fehler würde er so gerne korrigieren. Was er dafür alles geben würde!

Als er also, drei Tage, nachdem er das letzte Mal die Augen geöffnet hatte, der Krankenschwester vor dem sonnendurchschienenen Fenster entgegenblinzelte, nahm er nicht allzu viel wahr. Nur die freundlichen Augen, das hübsche Lächeln sowie das helle Sonnenlicht drangen zu ihm durch. Und er erinnerte sich. Erst einmal zuvor im Leben hatte er bei einer Person solch ein schönes Lächeln gesehen. Erikas Lächeln, das allein für ihn vorgesehen war.

Schon war er gedanklich zurück in der vielleicht schönsten Zeit seines Lebens. Zurück in dem Sommer, der sein Leben geprägt hatte. Der ihn wie ein Schutzschild vor all den Zurückweisungen und Enttäuschungen bewahrt hatte, weil er seitdem wusste, dass es das Leben gut mit ihm meinte. Weil er seine Erika hatte.

Allen Widerständen zum Trotz – seine eigenen Eltern drängten ihn, mit der Ausbildung zu beginnen, um auf eigenen Füßen zu stehen, Erikas Eltern mochten ihn nicht und waren partout dagegen, dass Erika überhaupt Zeit mit ihm verbrachte – waren sie losgefahren. Beide mit einem Rucksack auf dem Rücken, Schrödinger zusätzlich mit einem Zelt unter dem Arm. Einfach los, mit dem Zug in Richtung Norden. Obwohl die Fahrkarten nicht teuer gewesen waren, hatten sie sich diese eigentlich nicht leisten können. Es war dennoch die richtige Entscheidung gewesen, die Investition hatte sich gelohnt. Erinnerungen waren wertvoller als materieller Besitz.

Der Zufall hatte sie nach Cuxhaven gebracht, von wo aus sie einfach losmarschiert waren. Nach Westen, in die Heide dicht am Strand. Dort, mitten im Nirgendwo, hatten sie ihr Zelt aufgeschlagen und nicht viel zum Leben gebraucht. Hand in

Hand hatten sie barfuß im feinen Sand hunderte Kilometer zurückgelegt und tausende Muscheln gesammelt. Ihre Küsse waren salzig, und doch so süß! Sie hatten nackt im Meer gebadet und sich im Zelt geliebt.

War er wieder zurück? Zurück in einer Zeit, als es das Leben nicht besser mit ihm hatte meinen können? Oder war er gar endlich im Himmel?

Doch ein regelmäßiges Piepsen sprach gegen seine Wunschvorstellungen. Sollte er wirklich die Augen öffnen, um Gewissheit zu haben?

Seine Finger spürten leider keine Sandkörner, sondern Stoff. Er roch leider kein Meer, sondern Desinfektionsmittel. Sein Rücken schmerzte nicht aufgrund einer Nacht am Strand, sondern wegen Immobilität. Vor allem war es nicht Erika, die im Zelt dicht bei ihm lag, sondern die Bettdecke, die seinen Oberkörper einschnürte.

Er spürte sein Herz schlagen und wie sich sein Oberkörper im stetigen Rhythmus seines Atems hob und senkte. Er lebte noch. Leider. Da konnte er auch die Augen öffnen und die sich wiederholende Frage beantworten.

„Herr Schrödinger, hören Sie mich?"

„Hallo", seine Stimme kam sehr brüchig, sein Hals war zu trocken. Er schmeckte noch das Salz auf den Lippen. „Ja, ich kann Sie hören."

Dann überwand er sich. Schrödinger schlug die Augen auf, um sich wieder einmal dem Elend der Welt auszusetzen. Seine felsenfeste Überzeugung, dass es das Leben gut mit ihm meinte, hatte noch tiefere Risse bekommen.

Zweiundzwanzig

EIN CHARMANTES LÄCHELN

Montag, 19. September
Neu-Isenburg, Hessen

Ein entspanntes Wochenende lag hinter Kaisa. Es war einfach unglaublich, wie viel Zeit man auf einmal hatte, wenn man nicht morgens und abends stundenlang durch die Wälder rannte. Das war natürlich etwas übertrieben, dennoch genoss es Kaisa sichtlich, einmal die Füße hochzulegen. Aufgeregt war sie noch nicht, nur hin und wieder kribbelte es in den Beinen und sie wollte länger und schneller laufen. Die letzten beiden Tagen war es aber sehr angenehm gewesen, einfach mal in der Sonne sitzen zu bleiben, statt sich schon wieder für die nächste Trainingseinheit umziehen zu müssen.

Besonders gut war das Wochenende losgegangen, als Joshua am Freitagmittag beschlossen hatte, dass gerade jetzt eine gute Zeit sei, ihre Überstunden abzubauen. Kaisa hatte keine Einwände gehabt, insbesondere, weil sie Schrödinger frühestens am Montag würden befragen können. Also hatten sie kurzerhand ihre Siebensachen gepackt und das Präsidium um zwölf Uhr mittags verlassen.

„Schönes Wochenende!“

Gemeinsam mit Michael hatte sie es sich dann Samstag und Sonntag richtig gut gehen lassen. Nach einem kurzen Dauerlauf und fünf Kilometern im angestrebten Marathontempo hatten sie bei ihrem Lieblingsbäcker ausgiebig gefrühstückt, später hatten sie noch mit Freunden eine gemütliche Fahrradtour zur besten Eisdiele der Region gemacht. Die Sonne hatte sich währenddessen extra für sie angestrengt. Der süßliche Geruch der Sonnencreme ließ gar noch Urlaubsstimmung aufkommen!

Am Sonntagmorgen stand zwar ein „kurzer langer Lauf“ auf dem Programm – also noch einmal zwei Stunden, allerdings keine 30 Kilometer und außerdem auch in einem gemütlichen Tempo –, den restlichen Tag wurde aber gefaulenzt. Das tat richtig gut, am Nachmittag mussten sie aber lachend feststellen, dass ihnen der Rücken wehtat. Der Trick war, regelmäßig aufzustehen, um sich etwas zu essen oder trinken zu holen!

Schließlich hatte am Montagmorgen der Wecker geklingelt – der Alltag hatte wieder gerufen. Wobei Alltag bei Kaisa derzeit so eine Sache war. Nun, das morgendliche Espressoritual zumindest blieb von Tag zu Tag genauso unverändert wie die Fahrradfahrt ins Büro.

Beide Rituale mochte Kaisa, obwohl sie ohne den Job nicht auf die Idee gekommen wäre, so früh aufzustehen, um frischgebrühten Bohnensud mit etwas Zucker zu trinken und dann nach Offenbach zu radeln. Doch sobald die viel befahrenen Straßen der Stadt hinter ihr lagen und ihr die frische Waldluft um die Nase wehte, freute sie sich darüber, dass sie das Privileg genoss, es mit eigener Muskelkraft ins Büro zu schaffen.

Ihrem rothaarigen Kollegen Johannes Walther begegnete sie diesmal nicht am Fahrradständer, dessen Rad war bereits sorgsam angeschlossen. Kaisa tat es ihm gleich, um sich kurz darauf im Präsidium über die aktuellsten Entwicklungen informieren zu lassen.

Die Überraschung fiel an diesem Morgen glücklicherweise positiv aus. Nach dem ersten gemeinsamen Kaffee, währenddessen es mit zwei weiteren Kollegen um das E-Auto im Fuhrpark mit sämtlichen Vor-, Nach- und Vorurteilen ging, warf ein erfreulicher Anruf die komplette Tagesplanung durcheinander: Schrödinger war wieder bei Bewusstsein und bereits so stabil, dass sie ihm einen Besuch abstatten durften.

Statt also weitere Nachforschungen über den Angriff auf Schrödinger anzustellen oder gar einen anderen Fall zu bearbeiten, fuhren sie ins Krankenhaus. Man hatte Schrödinger im Sana Klinikum untergebracht, also just in jener Einrichtung, in die man sie keine zwei Wochen zuvor gar nicht erst eingelassen hatte. Diesmal waren sie jedoch angemeldet.

Auf der Fahrt ins Klinikum gab sich Joshua zuversichtlich, diesmal mehr aus ihrem Verdächtigen herauszubekommen: „So, dann soll uns dein Herr Schrödinger doch mal erklären, warum er erstens von einem Verletzten identifiziert werden konnte und zweitens, warum er schon wieder in eine Schlägerei geraten ist. Auf die Erklärung bin ich gespannt."

„Warum denn „mein" Herr Schrödinger?", wollte Kaisa wissen.

„Na weil er deinem Charme schon im Verhörraum fast erlegen wäre und kurz davor war, dir etwas zu erzählen.

Komisch eigentlich, immerhin hast du ihn nicht gerade mit Samthandschuhen angefasst."

„Manche Männer stehen eben drauf, wenn man als Frau ordentlich zupacken kann", gab Kaisa schlagfertig zurück. Sie verzog dabei keine Miene, sodass Joshuas Augen immer größer wurden, bis Kaisa breit grinste. Der Punkt ging eindeutig an sie.

Während er sie so im Profil betrachtete, wurde Joshua bewusst, wie lieb ihm dieses Lächeln geworden war. Er würde sie definitiv vermissen, wenn Kaisas Station im Offenbacher Präsidium bald vorbei sein würde. Wenn sie so lächelte wie beispielsweise erst an diesem Morgen, als sie kurz auf ihr Smartphone geblickt hatte, wurde ihm ganz warm. Doch er hütete sich mit größter Selbstdisziplin davor, sie das auch nur im Ansatz spüren zu lassen. Zum einen war sie scheinbar glücklich vergeben – auf seine Nachfrage hatte sie ihm die Kurzmitteilung von Michael gezeigt, die fragte: „Was sagt ein Chemiker, wenn ihm ein Goldbarren auf den Fuß fällt?" und etwas weiter unten die Antwort gab: „Au!" –, wenn man sich gegenseitig zum Lachen brachte, war das seiner Erfahrung nach ein gutes Zeichen für eine Beziehung. Zum anderen konnte er nun wirklich keiner ihm anvertrauten Referendarin Avancen machen. Er riss sich zusammen und konzentrierte sich wieder auf die nächste Aufgabe. Gerade rechtzeitig.

„Du denkst also, dass er diesmal etwas sagen wird?", hakte Kaisa just nach, weil Joshua wie in Gedanken versunken zu sein schien. Dieser blinzelte zwei Mal und antwortete dann: „Ja, immerhin kennt er uns mittlerweile schon. Ich vermute, dass du ihm sympathisch bist. Das ist für uns von großem Vorteil, senkt es doch die Schwelle, die er überwinden muss, um ins Reden zu kommen.

Ich hätte folgenden Plan: wir begrüßen ihn gemeinsam und erkundigen uns nach seinem Befinden. Etwas Small-Talk, um ins Reden zu kommen. Dann belehre ich ihn über seine Rechte. Von den Kollegen wird das in solchen Situationen nicht immer lehrbuchmäßig gemacht, dennoch halte ich unser Rechtssystem gerade dann für richtig und wichtig. Und das sage ich nicht nur, weil du jetzt als angehende Anwältin dabei bist! Gleichzeitig werden meine formellen Ansagen wahrscheinlich dazu führen, dass er sich weiter von mir distanziert – aber sich eben dafür mehr zu dir hingezogen fühlt. Danach übernimmst nämlich du und ich mache mich unscheinbar. Also quasi guter Cop, böser Cop, wenn du so willst. Aber so sehr es nach Klischee klingt, so gut funktioniert es ab und an. Vielleicht ja auch mit deinem Herrn Schrödinger." Deinem betonte er dabei extra, während er sie anlächelte. „Ich kann es mir gut vorstellen."

„OK, einen Versuch ist es wert."

Der Einlass in die Klinik klappte diesmal ohne Probleme. Ein fester Termin war das Zauberwort. Überhaupt waren, hatte man einmal das Krankenhaus betreten, sämtliche Mitarbeiterinnen und Angestellte auffallend freundlich. Spontan versuchte Joshua deshalb, am Empfang Kontaktdaten von weiteren potentiellen Opfern Schrödingers zu bekommen, was die netten Damen aber sehr bestimmt ablehnten. Sie nahmen es ihnen aufgrund des Tonfalls aber nicht im Geringsten übel. Ein weiteres Mal nachzufragen lohnte nicht, sie brauchten eben einen richterlichen Beschluss.

Stattdessen hatte man sie zunächst zur behandelnden Ärztin geschickt, bevor sie direkt mit dem Patienten würden sprechen dürfen. Sie nahmen die Treppe zur Intensivstation auf der zweiten Ebene, wo man die Tür extra für sie öffnete. Man bat sie, kurz Platz zu nehmen, Frau Doktor sei sofort bei ihnen. Kaisa gefiel, was sie sah. Die Klinik war hell und einladend, trotz der Art der Einrichtung fühlte sich Kaisa sehr entspannt. Auch fehlte der sonst für Krankenhäuser so typische penetrante Geruch nach Desinfektionsmitteln. Zumindest nahm sie Gerüche normalerweise auch durch die FFP2-Maske wahr.

Auf einer Intensivstation war „sofort" natürlich ein dehnbarer Begriff, dennoch dauerte es nicht allzu lange, bis eine Frau im weißen Kittel angeweht kam. Man sah ihr schon beim Gehen an, dass sie weder sonderlich viel Zeit hatte, noch hadern würde, wenn es galt, Entscheidungen zu treffen. Obwohl sie sich natürlich nicht die Hand schüttelten, konnte sich Kaisa gut vorstellen, wie es sich angefühlt hätte.

„Hallo die Herrschaften, ich bin kein echter Käse, sondern Dr. Keese. Anina Keese, um genau zu sein. Mit welchen geschätzten Vertretern der Kriminalpolizei habe ich das Vergnügen?"

Kaisa musste grinsen, diese Ärztin wäre ganz nach Michaels Geschmack.

„Hallo Frau Dr. Keese, ich bin Kaisa Nieminen, angehende Staatsanwältin. Mein Kollege von der Kriminalpolizei ist Hauptkommissar Joshua Grimm."

„Hallo Frau Doktor", übernahm Joshua. „Wir sind wegen Herrn Rudolf Schrödinger hier. Laut unserer Information dürfen wir ihn vernehmen. Wie ist sein aktueller Zustand und was können Sie uns insgesamt über seine Verletzungen erzählen?"

„Lassen Sie uns hier um die Ecke in mein Büro gehen."

Kurz darauf saßen sie in der kleinen Sitzecke ihres modern und unaufdringlich eingerichteten Büros. Zwar wurde der Raum durch das an der Längsseite stehende Bücherregal dominiert, ansonsten war der Raum – wie auch das Krankenhaus – hell und luftig gestaltet. Bis auf zwei Bilderrahmen auf dem Schreibtisch entdeckte Kaisa keinerlei Dekoration, die beiden großen Leinwände an der anderen Wand zeigten kunstvoll fotografierte Landschaften.

Das Büro passte zu Frau Doktor Keese, die groß und schlank war, zwar mit bereits strohig werdendem Haar, die aber weder die typische, um den Hals hängende Lesebrille, noch ein Klemmbrett, von dessen Zettel sie ablesen musste, dabeihatte. Überhaupt machte sie einen sehr gelassenen Eindruck, die angenehme Mezzosopran-Stimme untermauerte den beruhigenden Eindruck. Kaisa konnte sich gut vorstellen, dass Dr. Keese eine Meisterin darin war, schlechte Nachrichten so zu überbringen, dass die Empfänger nicht jeder Hoffnung beraubt wurden.

Nach ein wenig Smalltalk über die üblichen Kapazitätsengpässe in der Klinik und bei der Offenbacher Polizei im Speziellen als auch im öffentlichen Dienst im Allgemeinen kam Dr. Keese zum Punkt. Allzu viel Zeit hatte sie nicht zu verschenken.

„Gut, was wollen Sie Herrn Schrödinger betreffend alles wissen?"

„Nun“, formulierte Joshua die Frage recht offen, „was können Sie uns denn zu seinem Gesundheitsstatus alles sagen?“

„Dann fangen wir am besten chronologisch an. Eingeliefert wurde er bewusstlos, aber stabil. Trotz der vermutlich großen Gewalteinwirkung waren keine Wiederbelebungsmaßnahmen seitens der Ersthelfer oder des Rettungsdiensts notwendig. Herr Schrödinger hatte scheinbar großes Glück. Das hätte auch anders ausgehen können. Ich persönlich vermute, dass er trotz Bewusstlosigkeit weiter traktiert wurde, weil sich neben den gravierenden Kopfverletzungen großflächige Hämatome an den Außenseiten des Oberkörpers zeigten. Im Gesicht selbst gab es Anzeichen von stumpfer Gewalteinwirkung, ebenso am Hinterkopf, woraus meiner bescheidenen Meinung nach der Schädelbasisbruch resultierte.

Ein mögliches Szenario könnte so ausgesehen haben“, fuhr Frau Dr. Keese fort, „dass Herr Schrödinger frontal angegriffen wurde, wodurch er zu Boden gegangen ist. Es folgte ein absichtliches oder unabsichtliches heftiges Aufschlagen des Hinterkopfes auf den Boden – dafür braucht es allerdings einiges an Krafteinwirkung, weshalb ich, wenn ich Sie wäre, letzteres unterstellen würde. Anschließend vermute ich Tritte in die Seite des am Boden Liegenden, wobei er damit, wie bereits erwähnt, noch Glück hatte. Hätte der oder die Täter seinen Kopf ein weiteres Mal attackiert, gäbe es aller Wahrscheinlichkeit nach keinen Herrn Schrödinger mehr.

Allzu lange kann die Malträtierung Herrn Schrödingers jedoch nicht angedauert haben, der oder die Angreifer scheinen relativ abrupt geflüchtet zu sein, denn Herr Schrödinger hatte ein weiteres Mal Glück im Unglück: er wurde recht schnell entdeckt und ein Notruf abgesetzt. So wurden die notwendigen Maßnahmen noch rechtzeitig eingeleitet. Allzu viel Spielraum blieb nicht mehr, sonst hätte er bleibende Schäden erlitten, wenn er nicht gar seinen Verletzungen erlegen wäre."

Während sich Joshua noch den Angriff bildlich vorstellte und Dr. Keeses Schilderungen abspeicherte, fragte Kaisa bereits: „Haben Sie auch die Hände von Herrn Schrödinger untersucht? Beziehungsweise – was ich eigentlich fragen will: können Sie einschätzen, ob Herr Schrödinger selbst zuerst zugeschlagen hat?"

„Ich verstehe, was Sie meinen, Frau Nieminen", erwiderte die Ärztin. „Natürlich haben wir uns auch die Hände angesehen. Wir konnten daran keinerlei Anzeichen von Gegenwehr feststellen. Ebenso wenig scheint er seinen Sturz mit den Händen abgefangen zu haben. Sämtliche Schrammen und Kratzer waren bereits verheilt und scheinen entsprechend älter zu sein."

Nach einem prüfenden Seitenblick zu Joshua, der keine weiteren Fragen zu haben schien, bedankte sich Kaisa für die sehr hilfreichen Informationen.

„Und damit natürlich zu der alles entscheidenden Frage:", ergänzte sie, „Dürfen wir zu ihm?"

„Ja, dürfen Sie. Sonst hätten wir Sie ja erstens nicht angerufen und zweitens hätte ich Ihnen gleich zu Beginn unseres Gesprächs widersprochen."

Dr. Keeses Antwort ließ die beiden aufatmen. Bis eben waren sich Joshua und Kaisa noch nicht sicher gewesen, Rudolf Schrödinger wirklich befragen zu dürfen. Die Verletzungen hatten sich sehr heftig angehört.

„Gehen Sie dafür einfach den Gang entlang", fuhr Frau Dr. Keese fort, „Zimmer 213 kommt auf der rechten Seite. Er hat das Zimmer für sich allein. Bitte regen Sie ihn aber nicht zu sehr auf. Ich gebe Ihnen heute für die Befragung 15 Minuten, in einer Viertelstunde werde ich Sie unterbrechen, wenn Sie bis dahin nicht fertig sind."

Es gab also doch einen Haken, eine Viertelstunde war nicht sonderlich lang. Vielleicht würden sie länger brauchen, um ihn überhaupt zum Reden zu bewegen. Kaisa konnte dem Gespräch aber dennoch etwas Positives abgewinnen.

„Wir hatten Glück, dass sie Schuhe anhatte!"

„Wieso das jetzt?", wunderte sich Joshua.

„Na, die Frau hatte definitiv Keese-Füße!"

Michi wäre stolz auf sie.

Während der kurzen Passage durch den Krankenhausflur konnten Kaisa und Joshua durch die vielen Fenster auf einen Innenhof schauen, auf dem große Pflanzenkübel für viel Grün sorgten. Wieder fiel Kaisa auf, wie angenehm das Ambiente war: hell, mit ansprechenden Bildern an der Wand und hin und wieder sogar mit Blumenvasen! Sie hatte sich ein Krankenhaus in Offenbach definitiv anders vorgestellt.

Dann hatten sie bereits Zimmer 213 erreicht. Joshua klopfte und ließ Kaisa den Vortritt. Sie betrat vorsichtig den verhältnismäßig großen Raum. Gleich ihr erster Blick traf direkt den Blick von Schrödinger. War das ein Wiedererkennen, das dort in den blauen Augen aufblitzte?

Viel sahen sie nicht von ihrem Verdächtigen, Schrödinger war bis zum Kinn zugedeckt. Kaisa wäre das viel zu warm gewesen, die Blässe in seinem Gesicht ließ den Patienten aber so wirken, als sei ihm immer noch kalt. Vermutlich verstärkten der weiße Kopfverband sowie der dunkle Bartschatten diesen Eindruck.

Der Rest des Raums bestätigte zwar durch die Sauberkeit und die helle Einrichtung Kaisas positiven Grundeindruck, war aber sehr unpersönlich. Nirgends standen Blumen, Süßigkeiten oder Gute-Besserungs-Karten. Es schien nicht so, als hätte Schrödinger bisher Besuch empfangen oder als vermisste ihn jemand.

Ungeachtet dessen steuerte Kaisa zielsicher auf das Krankenhausbett zu. Sie setzte sich auf den Besucherstuhl. „Hallo Herr Schrödinger! Wir sind es wieder, Joshua Grimm und Kaisa Nieminen. Wie geht es Ihnen?"

Eine Antwort gab Schrödinger nicht, doch seine Augen fixierten Kaisa. Dann bekam sie ein Nicken. Immerhin. Joshua ignorierte er völlig, der sich wie besprochen etwas abseits hielt. Noch stand er, nach seiner Eröffnung würde er sich auf die ungemütlich aussehende Zweiercouch setzen, die an der Längsseite des Zimmers stand.

„Wissen Sie noch? Das letzte Mal habe ich Ihnen von meinen Marathonplänen erzählt. Am Sonntag ist es jetzt so weit. 42 Kilometer durch Berlin. Ich bin schon ziemlich aufgeregt, muss ich sagen. Sind Sie eigentlich auch mal einen Marathon gelaufen?"

Man konnte fast körperlich spüren, wie sich hinter der Stirn ihres Gegenübers die Zahnrädchen drehten. Er schnaufte. Und antwortete dann! Während sich Schrödingers Blick an Kaisas Augen festhielt, ballte Joshua die Faust: ein kleiner Sieg.

„Ich war nie der Wettkampftyp“, lautete die Antwort. „Bin immer nur für mich gelaufen.“

Kaisa stieg sofort darauf ein und führte weiter aus, was einem das Laufen alles geben konnte, auch wenn man nicht speziell auf bestimmte Wettkämpfe trainierte. Dabei entlockte sie ihrem Gegenüber immer wieder Antworten, die nach und nach weniger verkrampft wirkten. Es war Kaisa gelungen, eine Beziehung aufzubauen, auch wenn sie noch so fragil war.

„Herr Schrödinger“, übernahm Joshua dann die Belehrung über die Rechte, nachdem klar wurde, dass Kaisa die Lust am Smalltalk verging. Nur widerwillig lösten sich schließlich Schrödingers Augen von Kaisas Blick und wanderten zu Joshua. Auch er bekam überraschenderweise eine Reaktion: auf die Frage, ob er für die Befragung sein Recht auf einen Pflichtverteidiger in Anspruch nehmen wolle, verneinte er klar und deutlich.

Kaisa stimmte diese vermeintliche Geschwätzigkeit ihres Gegenübers positiv. Heute schien ein guter Tag für die Befragung zu sein. Also fragte sie, nachdem Joshuas Part abgehakt war, so sanft wie sie sonst höchstens mit einem Baby oder Welpen gesprochen hätte: „Wer könnte dermaßen wütend auf Sie gewesen sein?“

Eine vage Geste verdeutlichte, dass sie mit der Frage auf den körperlichen Zustand hinauswollte. Schrödinger stöhnte. Es war ein Laut, der aus seinem Innersten zu kommen schien, so viel Schwermut schwang unartikuliert mit.

„Ausgleichende Gerechtigkeit.“

Er schloss die Augen und atmete tief durch. Um sich zu beruhigen, aber auch, um Luft zu holen: „Wissen Sie, Frau Nieminen, …“

Fast hätte ihn Kaisa unterbrochen, um ihm das Du anzubieten. Aber das schickte sich nicht für eine Befragung, sie ließ ihn lieber reden. Etwas Fundamentales schien sich in seiner Einstellung verändert zu haben.

„Es gab eine Zeit, als ich noch nicht so eigenbrötlerisch und seltsam war“, fuhr er fort. „Zugegeben, das ist schon eine Weile her, aber ich war auch mal jung, hatte viel Hoffnung für die Zukunft – und war verliebt.“

Ein kurzes Lächeln deutete sich auf seinen Lippen an. Kaisa lehnte sich zurück – das würde eine längere Geschichte werden – hielt den Blickkontakt aber interessiert aufrecht. Joshua war vollkommen vergessen. Er gab auch keinen Mucks von sich, um daran etwas zu ändern, sondern hörte nur äußerst gespannt zu.

„In Erika, die Liebe meines Lebens. Wir waren noch jung, als wir uns gefunden hatten, und sind gemeinsam durchgebrannt. Viel Glück war uns nicht beschert. Unsere Familien waren mit der Ehe nicht einverstanden, es war uns nicht vergönnt, eine eigene zu gründen und wir hatten auch keine sonderlich hochdotierten oder spannenden Jobs. Aber wir hatten ja uns. Das reichte. Und ich glaube noch heute, das Richtige getan zu haben, als wir auf und davon sind. Auch 30 Jahre später haben wir noch Händchen gehalten, sie hat mich immer noch angelächelt, wie sie sonst nie gelächelt hat und für mich war und blieb sie die schönste Frau der Welt. Wir gehörten einfach zusammen.“

Kaisa war gerührt. Eine solche Befragung hatte sie nicht erwartet. Schrödinger war wirklich ausgesprochen gesprächig. Mittlerweile war auch Frau Dr. Keese von Schrödinger unbemerkt in den Raum getreten. Sie hatte ihren Patienten aber nicht unterbrochen, sie hörte genauso aufmerksam und mucksmäuschenstill zu wie Joshua.

„Ganz besonders liebte ich Erikas Lächeln. Das Ihre, Frau Nieminen, ist das erste, das dem von Erika entfernt ähnlich ist."

Kaisas Unterkiefer klappte im wahrsten Sinne des Wortes nach unten, Joshua saß plötzlich ganz aufrecht. Das erklärte einiges. Die Oberärztin runzelte die Stirn. Doch Rudolf Schrödinger bemerkte das gar nicht. Er hatte nur ausgesprochen, was für ihn ganz selbstverständlich war, ohne damit etwas andeuten zu wollen.

„Ich habe mich", erzählte er, jetzt ganz von seinen Erinnerungen gebannt, „immer glücklich geschätzt, dass ich Erika gefunden hatte. Welche Steine uns auch in den Weg gelegt wurden, ich wusste immer, dass ich mich auf sie verlassen konnte. Das ist viel Wert, dessen war ich mir immer bewusst.

Abseits der freien Wochenenden und Urlaube haben wir auch sonst immer versucht, möglichst viel Zeit miteinander zu verbringen. Erika war Altenpflegerin und hat im Schichtdienst gearbeitet, was das nicht immer einfach gemacht hat. Aber wir haben uns Rituale geschaffen. Frühmorgens vor der Frühschicht oder abends nach der Spätschicht sind wir gemeinsam Zug gefahren. Zusammen hin oder zusammen zurück. Die jeweils andere Strecke bin ich gelaufen."

Jetzt war sein Blick nicht mehr in die Vergangenheit gerichtet, sondern war wieder auf Kaisa fixiert.

„Das ist Ihnen ja bereits aufgefallen."

Er fuhr fort: „So hatten wir mehr gemeinsame Zeit und ich gleichzeitig meine Bewegung. Bis irgendwann, was mich sehr mitgenommen hat, meine Hüfte nicht mehr mitspielen wollte. Nach und nach wurden die Schmerzen immer heftiger, bis ich aufhören musste zu laufen. Zu Beginn meiner Laufpause bin ich manchmal einfach wieder mit dem Zug zurückgefahren oder habe das Rad mitgenommen, um Erika weiterhin zu begleiten. Als die Hüfte wieder etwas besser war, bin ich die Teilstrecke sogar ab und zu gewandert. Aber das Zugfahren hat mich genervt, das Radfahren gefiel mir nicht sonderlich und Wandern dauerte einfach viel zu lang. Deshalb hatte ich immer weniger Lust, Erika zu begleiten. Und das, obwohl ich mein Leben lang erzählt habe, ich würde alles für sie tun!

Tja", er stockte, „und dann kam der 07. Januar 2021. Es war nass, kalt und dunkel, sodass ich getan habe, was ich nie hätte tun sollen. Statt Erika abzuholen, bin ich auf dem Sofa liegengeblieben. An dem Abend ist sie nicht wieder nach Hause gekommen."

Er stockte, räusperte sich. Die Sekunden tickten ganz laut.

„Was ist passiert?", hauchte Kaisa.

Carola Etterling war noch müder als sonst. Dass ihr die offenen, dunklen Haare ins Gesicht fielen, war Absicht. Sie hoffte, sie würden die tiefen Augenringe verdecken, die ihr Gesicht so anders aussehen ließen. Noch vor ein paar Jahren hätte sie nicht gedacht, dass Augenringe überhaupt so dunkel und tief werden können.

Aber sie hatte die ganze Nacht wach gelegen. Geld ist nicht wichtig, solange man genug davon hat. Und wenn man, wie Carola, jeden Monat aufs Neue kreativ werden musste, um über die Runden zu kommen, hatte man definitiv nicht genug. Deshalb hatte sie einmal mehr ihre Sorgen gewälzt, statt sich für den nächsten Tag zu regenerieren. Wie gern würde sie ihren kleinen Thorben auf Klassenfahrt schicken. Aber selbst die recht kurze Fahrt in den nahe gelegenen Odenwald würde ein tiefes Loch in ihr Budget reißen.

Die Miete war einfach zu teuer. Oft hatte sie schon daran gedacht, in einen Vorort zu ziehen. Aber dann würde nicht nur Thorben komplett aus seinen sozialen Strukturen gerissen, auch müsste sich Carola wahrscheinlich ein Auto zulegen, um alle Wege in angemessener Zeit zu schaffen. Das wäre noch teurer und die Reparaturkosten unkalkulierbar. Wie immer war sie also zu keinem Ergebnis gekommen.

Es würde wieder sehr unangenehm werden, aber sie musste wohl einmal mehr Thorbens Vater darum bitten auszuhelfen. Am liebsten wäre sie vollkommen unabhängig von diesem Mistkerl. Nur seinetwegen war sie damals aus der Schweiz ins Rhein-Main-Gebiet gekommen, sich eine rosarote gemeinsame Zukunft ausmalend.

Normalerweise, nach einer erholsameren Nacht, hätte sie das rutschende Tablett noch reflexartig aufhalten können. Vor Müdigkeit war sie allerdings wie gelähmt, sodass sie nur zusah, wie es schnell an Fahrt gewann, um kurz darauf scheppernd zu Boden zu fallen. Sie schloss kurz die Augen und atmete durch. Dann ging sie einen Lappen suchen.

Ein Scheppern irgendwo draußen im Flur unterbrach die ungewöhnliche Stille im Zimmer. Schrödinger schüttelte sich, wie um sich von alten Dämonen zu befreien.

„Genau an diesem Abend wäre es besonders wichtig gewesen, dass ich bei ihr gewesen wäre. War ich aber nicht. Und ich frage mich wieder und wieder, warum. Warum war ich an genau diesem Abend zu faul? Warum war genau an diesem Abend das Wetter so schlecht? Und warum hatten diese Nichtsnutze genau an diesem Abend die Idee, am Bahnhof eine Frau zu überfallen?

Soweit ich herausfinden konnte, wollten ein paar nicht-identifizierbare Unbekannte Erika die Handtasche klauen. Aber sie war diesbezüglich schon immer sehr vorsichtig, sie hat Handtaschen nie offen getragen, sondern sich immer erst die Tasche umgehängt und dann die Jacke darüber gezogen. Damit war es unmöglich, ihr ihre Wertsachen einfach so zu entreißen. Auch das war aber anscheinend ein Fehler. Beim versuchten Raub wurde Erika wohl umgerissen und ist auf die Schienen gestürzt."

Die Liebesgeschichte hatte ihren Tiefpunkt erreicht. Anders als bei Disney-Filmen glaubte Kaisa aber nicht mehr an ein Happy-End. Leider sollte sie Recht behalten.

„Ich weiß genau, wo sie stand." Schrödinger erzählte stoisch weiter, er wirkte trotz seiner Worte recht gefasst. „Sie wollte immer in den letzten Wagen einsteigen und stand deshalb im hinteren Drittel des Bahnsteigs. Deswegen war die Bahn noch relativ schnell, als sie Erika erreichte. Weder sie noch der Lokführer hatten die Chance, den Unfall zu verhindern.

Seitdem ist auch mein Leben vorbei. Ohne Erika habe ich nichts mehr, wofür es sich zu leben lohnt."

Das war also die Geschichte des Rudolf Schrödinger. Kein Wunder, dass er sich für den Mord an seiner Frau rächen wollte. Für Joshua passten die Puzzleteile zusammen, auch wenn er die Racheaktionen für absolut wahllos hielt. Weil die Täter nach dem verunglückten Überfall längst über alle Berge waren, bevor auch nur der erste Notruf abgesetzt war, konnten sie nie identifiziert und zur Rechenschaft gezogen werden. Und deshalb projizierte der trauernde Rudolf Schrödinger seine Wut auf sämtliche Halbwüchsige, die auch nur entfernt aggressiv wirkten. Und damit potentiell ähnliche Unfälle verantworten könnten.

Auch sein Vorgehen erschloss sich für Joshua vollends. Wie früher, als er noch seine Frau begleitet hatte und die Wege als Hin- oder Rückweg zu den Bahnhöfen überbrückt hatte, unternahm er jetzt regelmäßige Spaziergänge mitten in der Nacht. Wer ihm nicht in den Kram passte, bekam die ganze Wut zu spüren, die sich seit dem Unfall aufbaute.

Dass einer dieser Angriffe irgendwann einmal schiefgehen musste, war Joshua klar. Die Frage war nur, wie lange Schrödinger bereits so unterwegs war; wie viele Menschen er bereits verletzt hatte, bevor er in Offenbach Waldhof selbst hatte einstecken müssen.

„Wie ist es denn dann weitergegangen, Herr Schrödinger?", fragte just Kaisa, als hätte sie seine Gedanken gelesen, nach einer der Tragweite dieser Geschichte angemessenen Pause, „Wann ist die Trauer über ihren Verlust in Tatendrang umgeschlagen?"

„Wie meinen Sie das?“, fragte Schrödinger ganz verdutzt.

„Nun ja, wir haben Augenzeugen, die Sie in Darmstadt und Heusenstamm erkannt haben wollen. Wann haben Sie damit begonnen, die Dinge selbst in die Hand zu nehmen?“

„Ich weiß immer noch nicht so recht, was Sie da andeuten wollen, Frau Nieminen. Dass ich so ausgetickt bin, war am Mittwoch das erste Mal. Die wollten mir doch wirklich am Bahnsteig mein Geld abnehmen, da musste ich natürlich an Erika denken und habe die Beherrschung verloren. Und habe mich dabei ja ganz offensichtlich nicht wie ein großer Kämpfer angestellt, gegen diese Jungs hatte ich keine Chance. Zack war schon mein Licht aus.

Und wie soll ich denn überhaupt nach Darmstadt kommen? Sie meinen, ich fahre extra mit Bus und Bahn dorthin, um wahllos irgendjemanden anzugreifen? Ganz ehrlich: wenn ich irgendwo hinkommen will, dann laufe ich am liebsten. Geht Ihnen das nicht genauso?“

„Warum sind Sie dann in Dietzenbach vor uns davongelaufen? Wenn Sie bisher ein unbescholtener Bürger waren, was hätte Ihnen eine Polizeikontrolle denn ausgemacht?“

„Ja, das war dumm von mir. In Dietzenbach war ich der guten alten Zeiten wegen. Obwohl die Bahnhöfe nicht sonderlich ansehnlich sind, bin ich gerne dort und erinnere mich an das gemeinsame Lachen mit Erika. Dummerweise hatte ich an diesem Abend bereits eine verbale – ich betone: nur mit Worten! – Auseinandersetzung mit eben jenem jungen Kerl, der mich dann in Waldhof, vielleicht aus Rache, mit seinen beiden Kumpeln um meinen Geldbeutel erleichtern wollte. Schon in Dietzenbach war er frech, da habe ich ihn mit der Leere seines

Lebens konfrontiert, was ihm wohl nachträglich im Gedächtnis geblieben ist und ihm nicht gefallen hat. Kein Wunder, wie ich finde."

„Aha", kommentierte Kaisa.

„Lassen Sie mich noch ergänzen, dass ich anschließend so voller Adrenalin war, dass ich nach Hause laufen wollte. Und dann sprechen Sie mich mit diesem autoritären Ton an und wollen etwas von mir. Da sind die Pferde mit mir durchgegangen und ich bin losgelaufen. Wer hätte denn ahnen können, dass Sie so geistesgegenwärtig handeln und vor allem schneller rennen können als ich?"

„Ich bin mir noch nicht sicher, ob ich Ihnen das wirklich abkaufe, Herr Schrödinger. Unüberlegtes Handeln passt eigentlich nicht zu Ihnen. Aber erst einmal vielen Dank, dass Sie endlich eine Aussage gemacht haben. Und natürlich mein Beileid, Erika muss eine tolle Frau gewesen sein."

„Danke." Rudolf Schrödingers Blick ging nach unten. „Ich weiß, dass ich mich in Dietzenbach anders hätte verhalten sollen. Manchmal vermisse ich Erika aber so sehr, dass ich die Täter oder jemanden wie die Täter bestrafen will."

„Aber Selbstjustiz kann doch kein Mittel sein! Insbesondere, wenn gar nicht feststeht, wer überhaupt verantwortlich ist." Von diesem Glaubenssatz war Kaisa unumstößlich überzeugt.

„Und da bin ich komplett bei Ihnen! Es gab jedoch Zeiten, als ich wegen der Trauer so fertig war, dass ich vor Wut nur die Ungerechtigkeit in meinem Leben gesehen habe. Ich konnte nicht schlafen, weil ich Herzrasen hatte und die Gedanken nicht stoppen konnte. Ich gebe zu, da hatte ich Gewaltphantasien. Nur war ich in meiner Vorstellung immer viel stärker und geschickter, wie sie ja sehen können. Zwischendurch, in meiner schlimmsten Phase, war ich sogar drauf und dran, eine Bombe zu bauen und einfach alles, inklusive mir selbst, in die Luft zu jagen. Ein solches Ende habe ich mir immer relativ gnädig vorgestellt, außerdem hätte ich viele böse Menschen mitnehmen können. Ich dachte mir, dass ich so meine Rache hätte und gleichzeitig nicht mehr leiden müsste. Aber das war natürlich keine Lösung. Da brauchen Sie sich keine Sorgen zu machen, über diesen Punkt bin ich hinweg."

„Da bin ich aber beruhigt", atmete Kaisa auf. „Haben Sie schon einmal daran gedacht, Ihre Trauer konstruktiv zu verarbeiten? Bitte verstehen Sie das nicht als Vorwurf, aber da Sie ja selbst einmal gelaufen sind, wissen Sie ja, was einem der Sport alles geben kann. Sie könnten Taugenichtsen", Kaisa markierte Anführungsstriche in die Luft, „wie Sie sie nennen, ein Ziel und Zusammenhalt geben und damit Teil der Lösung und nicht des Problems sein! Indem Sie dabei helfen, Angriffe wie den auf Ihre Frau zu verhindern, bewirken Sie viel mehr als wenn Sie Ihrer Wut freien Lauf lassen und zum Rächer werden."

Schrödinger schaute nachdenklich. Die Idee war ihm scheinbar noch nicht gekommen.

„Denken Sie einmal darüber nach", beendete Kaisa schließlich das Gespräch. Auch wenn der Fall noch nicht gelöst war, hatte sie das gute Gefühl, etwas bewegt zu haben.

Joshua hingegen war nicht sonderlich überzeugt. Er nahm Schrödinger seine Geschichte, nichts mit den bisherigen Vorfällen zu tun zu haben, nicht ab. Als sie das Krankenhaus verlassen hatten, entfuhr es ihm: „Der stellt sich doch als Opfer dar! Was ist mit den Vorfällen im Vorfeld? Das soll er nicht gewesen sein? Natürlich war er das! Er hatte sowohl das Motiv als auch die Gelegenheit!"

Kaisa hingegen war sich nicht mehr so sicher. Ob Schrödinger wirklich der Täter war? War dieser schmächtige Mann wirklich zu solchen Ausbrüchen fähig? Und wie hatte er Chancen gegen ganze Gruppen gehabt, wenn er zuletzt so sehr unterlegen gewesen war?

„Ich bin mir da nicht mehr so sicher", antwortete sie deshalb zögerlich.

„Du bist einfach zu gut für diese Welt. Und den Schwenk zur Bombe mit der Andeutung, sich selbst in die Luft jagen zu wollen, können wir übrigens auch nicht einfach so stehen lassen. Um ihn festzuhalten, ist die Andeutung zu wenig. Einen Pflichttermin mit einer Psychologin zieht das aber auf jeden Fall nach sich."

„Soll ich mich darum kümmern?", wollte Kaisa wissen.

„Ja, gerne. Ich leite dir die Kontaktdaten von Frau Dr. Kühnast weiter. Sie ist sehr nett und hat uns in der Vergangenheit schon öfter extern durch ihre Einschätzungen unterstützt. Da kannst du neue Kontakte für die Zukunft knüpfen, wer weiß, was du später einmal für Gutachten brauchst."

Auf der restlichen Rückfahrt hingen sie beide ihren Gedanken nach. Auch im Präsidium kamen sie an diesem Tag zu keinem Gedankenblitz mehr, aber manchmal half es ja, das Unterbewusstsein arbeiten zu lassen und einfach eine Nacht darüber zu schlafen. An diesem Abend radelte Kaisa also recht nachdenklich nach Hause.

Zu ihrer Überraschung wurde sie, zuhause angekommen, nicht von Michael, sondern von Nikolas im Hof begrüßt.

„Hallo Kaisa!“, grinste dieser.

„Hi Niko! Wie geht es dir – und vor allem, was machst du hier?“, fragte sie Michis besten Freund, während sie sich umarmten. Seit Niko vor vier Jahren maßgeblich zu Kaisas Rettung beigetragen hatte, drückte sie ihn deutlich fester als andere. Sie war ihm für immer dankbar – eigentlich brauchte es also gar keine Begründung für den Besuch, Niko war jederzeit willkommen.

Dessen Grinsen wurde aber nur noch breiter: „Ich wollte euch jemanden vorstellen.“

Dieser Jemand kam gerade fröhlich lachend gemeinsam mit Michi aus der Wohnung, um draußen den Tisch zu decken. Michael hatte also mutmaßlich darauf bestanden, ihre Freunde zum Essen einzuladen. Für diesen Abend hatten sie Tapas geplant und vermutlich zu viel eingekauft, weshalb es keinen günstigeren Zeitpunkt hätte geben können.

„Darf ich vorstellen?“, tönte Niko derweil, einen ganzen Kopf größer als sonst, während er die hübsche junge Frau in den Arm nahm, „meine Freundin Samantha.“

Sam stellte sich nicht nur als zuvorkommend, sondern auch als sehr gesprächig heraus, sodass Kaisas Marathonwoche sehr unterhaltsam begann. Durch die vielen Geschichten konnte Kaisa das ganze Drama des Arbeitstags mit Leichtigkeit vergessen.

Dreiundzwanzig

EIN BREITER RÜCKEN

Dienstag, 20. September
Neu-Isenburg, Hessen

Dann war es plötzlich Dienstag. Wobei die Abfolge der Wochentage für Kaisa natürlich keinesfalls überraschend kam, vielmehr wurde ihr an diesem Dienstag siedend heiß bewusst, dass ihr Marathon bereits in fünf Tagen stattfinden würde.

Ändern konnte und wollte sie daran nichts mehr, dennoch war sie vom einen auf den anderen Moment aufgeregt. Was sie wohl am Sonntag auf den Straßen Berlins erwartete? Würde sie gut durchkommen oder ihr blaues Wunder erleben? Würde sie eine Gruppe haben oder alleine laufen müssen?

Zumindest hinsichtlich der letzten Frage musste sie sich keine Sorgen machen. Über die sozialen Medien, die zwar sicherlich auch viele Probleme verursachen, dennoch aber Kommunikation erleichtern können, war es ihr gelungen, einen Tempomacher zu finden. Der in Berlin wohnende Ruben Doria war nach seiner COVID Erkrankung weit von seiner persönlichen Höchstform entfernt, wollte aber dennoch gerne die Atmosphäre des Hauptstadtmarathons aufsaugen, um sich davon für den Rest der Saison motivieren zu lassen. Dass er dabei gleichzeitig noch Kaisa unterstützen konnte, gab ihm ein gutes Gefühl. Durch seine Größe und den breiten Rücken würde er Kaisa im Gewimmel einen Weg bahnen und außerdem Windschatten geben können. Er hatte versprochen, sie mit einem sehr gleichmäßigen Tempo bis zur Rennhälfte zu bringen. Bis dahin hatte sich sicher eine Gruppe gebildet, in der Kaisa dann würde weiterlaufen können.

So weit, so gut. Das gab schon mal ein beruhigendes Gefühl. Dennoch war Kaisa aufgeregt. Ausgelöst wurde die Nervosität durch die letzte Einheit, die sie vor dem Rennen an diesem Dienstag absolviert hatte: drei mal zwei Kilometer im angestrebten Marathontempo. Auf der einen Seite war ihr die Einheit glücklicherweise leicht gefallen, auf der anderen Seite musste sie zugeben, dass sie sich für ein ziemlich hohes Tempo entschieden hatte. Ob sie diese Geschwindigkeit wirklich 42 Kilometer lang durchhalten würde? Gerade jetzt kam ihr ein Marathon wieder so unglaublich lang vor.

Und leider boten die Ermittlungen im Fall Schrödinger keine aufregende Abwechslung, die sie ablenken konnte. Beruflich waren sowohl der Dienstag als auch der darauffolgende Mittwoch sehr frustrierend: Sie kamen im Fall einfach nicht voran. Joshua hatte bereits zwei Mal empfohlen, dass Kaisa laufen gehen solle, um unterwegs auf die zündende Idee zu kommen, mit der sie ihren Hauptverdächtigen überführen würden. Doch bisher war keinem der beiden klar, wo sie Beweise finden könnten.

Einen Versuchsballon hatten sie am Mittwoch gestartet, als sie die Freigabe zum Einspannen eines weiteren Kollegen bekommen hatten. Dieser würde ab Ende der Woche die Haustüren um die Tatorte abklappern, in der Hoffnung, dass jemand etwas gesehen hatte. Ihre Hoffnungen hielten sich allerdings leider auch diesbezüglich in Grenzen, war bei dieser Art der Beweise doch fragwürdig, wie aussagekräftig sie sein würden: Selbst wenn jemand etwas gesehen hatte, würde man sich daran erinnern, wenn die Polizei vor der Tür stand? Und wenn ja: wie genau würden diese Erinnerungen sein? Ein Mann in dunkler Kleidung konnte schlicht jeder sein.

Joshua hätte am liebsten ein Fahndungsplakat mit Schrödingers Konterfei veröffentlicht, das auf sämtlichen Infotafeln des öffentlichen Nahverkehrs gezeigt werden würde. Diese waren heutzutage digital, sodass sie ganz unkompliziert und schnell viele Menschen erreichen konnten. Vielleicht hätten sie damit Glück gehabt und weitere Zeugen gefunden, sodass sich die Indizien gegen Schrödinger erhärtet hätten. Ein solches Plakat wäre aber einer Vorverurteilung gleichgekommen. Joshua war völlig klar, dass sie keine Freigabe für eine solche Fahndung erhalten würden.

Gegen den Frust über den Stillstand im Fall half die zusätzliche Unterstützung also nur bedingt. Aufregung brachte dann der Donnerstag, allerdings nicht beruflich.

Als Kaisa nach einem verhältnismäßig frühen Feierabend nach Hause kam und sich bei Michael über gleich zwei Kolleginnen beschweren wollte, weil diese so überhaupt nicht zu schätzen wussten, was sie an ihrem Familienglück hatten und aus Kaisas Sicht einfach nur undankbar waren, lag dieser, so ungewöhnlich das auch war, bereits auf der Couch.

Allzu viel brauchte Kaisa gar nicht näherkommen, sie sah sofort, dass er sich eine Erkältung eingefangen hatte. Sein „Hallo mein Schatz!“ klang, als er sie entdeckte, auch sehr leidend. Doch Mitleid brauchte er von Kaisa nicht zu erwarten.

Ganz im Gegenteil: Kaisa hatte bei diesem Anblick sofort ihre FFP2-Maske aufgesetzt, dann die Fenster geöffnet und war schnurstracks in die Küche geflüchtet. Ihr Plan kam spontan, war dafür aber schnell sehr ausgereift.

Innerhalb kürzester Zeit war alles organisiert: ein Zugticket nach Berlin war gebucht und das Hotelzimmer auf die frühere Anreise verlängert. Joshua war informiert und mit dem kurzfristigen Urlaubsantrag einverstanden, außerdem war Michis Mutter gerne bereit, hin und wieder nach ihrem Filius zu schauen. Es hatte durchaus auch Vorteile, wenn die Schwiegereltern in der Nähe wohnten. Außerdem war natürlich die Tasche für den Kurztrip gepackt. Die Liste mit all den für den Lauf wichtigen Dingen hatte sie zum Glück schon vor Tagen ausgedruckt. Michi hatte ob des überhasteten Aufbruchs zwar überrascht geschaut, war aber nicht beleidigt. Auch er wollte Kaisas Marathon, für den sie gemeinsam so lange trainiert hatten, nicht gefährden.

So kam es, dass Kaisa an diesem Donnerstagabend nicht gemütlich mit Michi auf der Couch, sondern allein im ICE saß. Trotz der späten Stunde, zu der sie im Hotel ankam, wurde sie freundlich begrüßt. Gleich am nächsten Morgen konnte sie in aller Ruhe Hauptstadtluft schnuppern und bereits ihre Startunterlagen abholen. Am liebsten hätte sie Michi zwar dabeigehabt, so brauchte sie indes kein schlechtes Gewissen zu haben, dass sie die Sehenswürdigkeiten nur kurz im Laufschritt abhakte und sich ansonsten auf dem Hotelzimmer einen faulen Lenz machte. Die Beine wollten für Sonntag geschont werden.

Vierundzwanzig

EIN INTERCITYEXPRESS

Samstag, 24. September
Frankfurt am Main, Hessen

Die Masse an Menschen war schier unglaublich. Überall wimmelte es. Mal schnell, mal gemütlicher. Alt oder jung, schick oder verwahrlost, fröhlich oder traurig – alles lief durcheinander. Von links nach rechts, von unten, also von den S-Bahnen, von den Zuggleisen oder aus der Stadt kommend, zu Beginn oder am Ende der Reise. Joshua war fasziniert, er hätte nicht gedacht, dass so viele Leute mit der Bahn reisten – und allem Kreuz und Quer zum Trotz scheinbar auch alle ihr Ziel erreichten. Gerade jetzt, am richtigen Gleis stehend und mit der Erwartung des in wenigen Minuten pünktlich einfahrenden Intercityexpress nach Berlin, wusste er gar nicht so recht, was er eigentlich erwartet hatte. Doch es schien alles einwandfrei zu klappen, er würde Berlin stressfrei und ohne Stau erreichen.

Joshua hatte sich kurzerhand die Deutsche Bahn-App heruntergeladen und ein Ticket in die Hauptstadt gebucht. Eigentlich hätte er an diesem Samstag in Wetzlar auf dem Footballfeld gestanden. Nachdem er sich am Donnerstag im

Training allerdings durch sehr unglückliche Umstände die Schulter ausgekugelt hatte, kam sein Einsatz nicht infrage. Nach Kaisas Anruf mit der Bitte, ihr den Freitag freizugeben, hatte er den Unfall als Zeichen gedeutet und als Wink des Universums gesehen, dass er am Samstagnachmittag nicht am Spielfeldrand stehen, sondern im Zug sitzen sollte.

Komischerweise war ihm Kaisa auch wichtiger als sein Team, für das er sonst immer vollen Einsatz zeigte. In anderen Situationen hatte er seine Teamkameraden gar als seine Familie bezeichnet. Dennoch wollte er lieber bei Kaisa sein und sie bei ihrem Abenteuer unterstützen, als seine Hornets als Zuschauer im Rückspiel gegen die Wölfe zum Sieg zu schreien. Angekündigt hatte er sich bei seiner Arbeitskollegin allerdings nicht, er wollte Kaisa an der Strecke überraschen. Hätte er zu diesem Zeitpunkt nur gewusst, wie dicht beim Berlin-Marathon die Zuschauer standen!

Rudolf Schrödinger hatte auf seiner Entlassung am Freitag bestanden. Sämtliche Formulare, die ihm deshalb vorgelegt worden waren, hatte er ohne zu lesen unterschrieben. Er wollte das Krankenhaus so schnell wie möglich verlassen, denn auch war er zu einem Entschluss gekommen. Seit dem Besuch am Montag von Frau Nieminen und Herrn Grimm hatte es in ihm gebrodelt. Sein Gewissen war erwacht. Im Grunde hatte die Ermittlerin Recht: er würde keine Ruhe finden, solange er destruktiv unterwegs war. Er musste selbst dafür sorgen, dass sich etwas zum Positiven veränderte, und wenn sein Anteil auch noch so klein war!

Seit er zu dieser Erkenntnis gelangt war, wollte er heraus aus seinem regelmäßig piepsenden Gefängnis. Das Fernsehprogramm verabscheute er, guten Lesestoff hatte er leider nicht dabei. Zu seinem Glück hatte ihm eine sehr engagierte Krankenschwester, die von seinen blauen Augen über die Maßen fasziniert war, zumindest einige Romane mitgebracht. Die Erzählungen über Cafés und allerlei Beziehungsdramen an der Nordseeküste Deutschlands waren zwar eigentlich nicht sein Fall, so konnte er sich aber zumindest an seine Zeit dort mit Erika erinnern. Außerdem musste er so nicht die ganze Zeit nachdenken. Nur durch Grübeln konnte er jetzt nichts mehr ändern, er musste Handeln!

Sühnen wollte er für seine Taten allerdings nicht. Dem Anstoß von Frau Nieminen wollte er durchaus nachgehen und sich als Streetworker versuchen, als Bestrafung für seine Körperverletzungen musste das aber ausreichen. Keinesfalls ließ er sich dafür zur Rechenschaft ziehen. Er ging doch nicht ins Gefängnis, nur weil er ein paar aggressiven Halbstarken eine Lektion erteilt hatte!

Dieser Plan musste allerdings noch etwas warten. Auf ein Wochenende kam es nun wahrlich nicht an. Die Ermittlerin hatte ihm schließlich gleich mehrmals von ihrem Vorhaben erzählt, in Berlin den Marathon laufen zu wollen. Das fand Schrödinger in gleichem Maße bewundernswert und beeindruckend. Da war es doch nur logisch, dass er sie zum Dank für ihren Anstoß, mit dem sie ihn zurück auf die rechte Bahn gestoßen hatte, bei ihrem großen Ziel unterstützte und anfeuerte! Entsprechend hatte er am Freitag, nachdem er endlich wieder zu Hause war und für etwas Ordnung gesorgt hatte, seine Tasche gepackt. Am Samstagvormittag war er mit der S-Bahn zum Frankfurter Hauptbahnhof gefahren, um dort am Schalter ein Ticket nach Berlin zu lösen. Er freute sich über seine Idee, so spontan war er schon lange nicht mehr gewesen. Seine Unternehmungslustigkeit, die Erika so sehr gemocht hatte, war ein kleines Bisschen zurück.

Am morgigen Sonntag würde er früh aufstehen müssen, denn zum Dank wollte er Kaisa Nieminen nicht nur anfeuern, er hatte auch noch eine Überraschung geplant. Er war wirklich stolz auf sich! Sie würde sich sicher darüber freuen. Angekündigt hatte er sich bei der Ermittlerin aber natürlich nicht, er wollte sie nach ihrem Zieleinlauf überraschen. Hätte er zu diesem Zeitpunkt nur gewusst, wie dicht beim Berlin-Marathon die Zuschauer standen!

Während Joshua mehr oder weniger gemütlich bereits durch den zweiten Waggon schlenderte, um noch einen Sitzplatz zu ergattern, fragte er sich, ob Kaisa eigentlich noch dazu gekommen war, das Gespräch mit der Psychologin zu organisieren. Natürlich hatte ihr Verdächtiger seine Idee mit der Bombe nur in einem Nebensatz erwähnt und gleich wieder relativiert, dennoch war es Joshua kalt den Rücken hinuntergelaufen. Allein wie Rudolf Schrödinger von der Idee gesprochen hatte, sowohl in der Ausdrucksweise als auch mit der Körperhaltung, hatte Joshua die Gewissheit vermittelt, dass sich ihr Verdächtiger sehr ernsthaft mit dem Thema befasst hatte. Umso wichtiger war ihm das Gespräch und die resultierende psychologische Einschätzung, was Kaisa aber mit keiner Silbe mehr erwähnt hatte. Ob er ihr dazu eine kurze

Nachricht schreiben sollte? Nein. Erstens war Wochenende, zweitens sollte sie sich auf ihren Marathon konzentrieren und drittens arbeitete sie so gewissenhaft, dass sicher längst alles organisiert war. Immerhin lag Schrödinger im Krankenhaus, da konnte alles Weitere auch bis Montag warten.

Gerade jetzt, auf dem Weg zum Berlin Marathon, dachte er allerdings wieder daran zurück, wie ihm Kaisa vom Boston Marathon erzählt hatte, bei dem es vor etwa zehn Jahren wirklich einen Bombenanschlag gegeben hatte. Es war doch grausam, wie schnell böse Menschen Angst und Schrecken verbreiten konnten. Denn die Terror-Gefahr schwang heutzutage jederzeit mit.

Dann sah er sie. Gerade, als er einen Sitzplatz ohne Reservierung ausgemacht hatte und zielstrebig darauf zusteuerte, sah er weiter vorne bei den durch Glas abgetrennten Kabinen durchdringend blaue Augen aufblitzen. Kaum hatte er erschrocken den Kopf gewandt, war der entsprechende Kopf aber auch schon wieder verschwunden. War etwa Schrödinger auch auf dem Weg nach Berlin? Aber das konnte doch nicht sein, jetzt sah er schon Gespenster! Es war definitiv an der Zeit, um abzuschalten, immerhin war Wochenende. Und er freute sich auf die kurze Auszeit, auf die Hauptstadt sowie auf Kaisa. Nur über die Reihenfolge war er sich noch nicht im Klaren.

Es stellte sich heraus, dass sich der freie Platz neben einer hübschen Frau befand, die ihm auch noch, als er höflich nachfragte, ob er sich setzen dürfe, mit einem bezaubernden Lächeln zunickte. Während er sie mit all seinem Charme in ein anregendes Gespräch verwickelte, war Schrödinger schnell vergessen. Die Stunden bis Berlin vergingen wie im Flug. Man musste auch mal Glück haben!

Schrödinger hatte sich von der netten Dame am Schalter auch einen Sitzplatz reservieren lassen. Schließlich musste er sich von seinen Verletzungen erholen. Im Zweifel all die Stunden der Zugfahrt stehen zu müssen, wäre dabei sicherlich nicht hilfreich. Die paar Euro extra ließ er sich die Reise gerne kosten, immerhin gab es etwas zu feiern: er war auf dem Weg zurück in sein altes Leben – oder zumindest in ein vages, bruchstückhaftes Abbild davon. Aber immerhin!

Zu seiner eigenen Überraschung hatte er nicht nur den richtigen Waggon auf Anhieb gefunden, genauso fand er auch seinen Sitzplatz ohne Umwege. Während er es sich schon längst auf dem gepolstertem Sitz gemütlich gemacht hatte, wuselte es hinter der Scheibe noch mächtig hin und her. Seine Reservierung hatte sich schon längst bezahlt gemacht.

Mit seinem Fensterplatz konnte er entweder seine Blicke durch die dahingleitende Landschaft schweifen lassen, oder, weil er einen Platz in einem Ruheabteil gewählt hatte, endlich wieder richtige Bücher lesen. Laut telefonierende Leute waren ein Graus, die waren hier verboten. Obwohl alle fünf Plätze um ihn herum besetzt waren, fühlte er sich wohl. Bis auf ein flüchtiges Hallo zur Begrüßung hatte niemand etwas gesagt. So gefiel ihm das!

Schrödingers Wohlbefinden ging gar so weit, dass er, als der Zug schließlich angefahren war, so untypisch das auch für ihn war, aufstand, um nach einem Kaffee schauen zu gehen. Man gönnte sich doch sonst nichts.

Als er jedoch die Glastür zum Gang geöffnet hatte und sich nach rechts und links umblickte, in der Hoffnung, einen Hinweis darauf zu entdecken, in welcher Richtung das Bordbistro lag, fuhr ihm der Schreck in die Knochen. Dort hinten im Gang, das war doch der Kommissar! Dieser Grimm, der Partner von Frau Nieminen. Den konnte er nun wirklich nicht gebrauchen! Schnell zog Schrödinger seinen Kopf zurück ins Abteil, stürzte zu seinem Sitzplatz und schlug die aktuelle Tageszeitung in ihrer kompletten Breite auf, sodass er selbst dann, wenn der Ermittler nachschauen kommen sollte, nicht auf den ersten Blick zu erkennen wäre. Dem war aber scheinbar nicht so, der Kommissar schien ihn nicht erkannt zu haben. Trotz oder gerade wegen dieses Schreckmoments vergingen die Stunden bis Berlin wie im Flug. Man musste auch mal Glück haben!

Fünfundzwanzig

ZWEIUNDVIERZIG KILOMETER

Sonntag, 25. September
Berlin, Berlin

Anders als erwartet war Kaisa wirklich angespannt. Solch ein Lampenfieber kannte sie bisher vor normalen Rennen noch nicht. Selbst damals, als sie bei wirklich wichtigen Meisterschaften gestartet war, hatte sie die Nacht davor seelenruhig durchgeschlafen. Fast fühlte sie sich in ihr bisher dunkelstes Kapitel nach Frankreich zurückversetzt. Sie bekam Gänsehaut.

Das gehörte wohl dazu, wenn man Marathon laufen wollte. Wobei ihr Ergebnis höchstens eine Handvoll Leute interessierte. Dennoch lag sie gefühlt die komplette Nacht wach, wälzte sich von der einen auf die andere Seite und ging im Kopf alle möglichen Szenarien für das Rennen durch. Welch ein Irrsinn! Konnte sie abschätzen, was da auf sie zukommen würde?

Einen Marathon gelaufen zu sein hieß immerhin etwas geschafft zu haben, was zwar immer öfter als selbstverständlich dargestellt wurde, was es aber für niemanden sein sollte. Ein Marathon ist lang und sehr schwer vorhersehbar. Entsprechend groß war Kaisas Verunsicherung. Warum nur war Michi krank geworden? Er hätte sie so wunderbar beruhigen können. Angst hatte sie nicht einmal. Was konnte schon groß schiefgehen? Im schlimmsten Fall würde sie eben aussteigen und mit der Bahn zurück zum Start fahren. Dennoch schlug ihr Herz wie wild, so als wollte es schon jetzt all den Sauerstoff bereitstellen, den ihre Beine in wenigen Stunden brauchen würden.

Schließlich durfte sie endlich aufstehen. Immerhin: im Gegensatz zu Michi war sie glücklicherweise gesund geblieben. Und das war die Hauptsache. Voller Tatendrang machte sie sich an die unmittelbare Wettkampfvorbereitung. Trotz der Aufregung konnte sie immerhin genug frühstücken, auch wenn sie nicht sonderlich viel davon mitbekam, was sie da in sich hineinschaufelte. Ansonsten lag alles bereit, es konnte losgehen.

Am Start war sie dann schier überwältigt. Was für Menschenmassen! Nach anderthalb Jahren Corona-Isolation mit möglichst wenigen Kontakten kamen ihr die etwa 25.000 Starter wie das Vielfache vor. So viele Menschen! Vor der Pandemie waren es beim Berlin-Marathon sogar noch mehr gewesen. Unfassbar. Was ein Gewimmel, was eine in Vorfreude brummende Atmosphäre!

Um nicht den Kopf zu verlieren, flüchtete sich Kaisa einfach in ihre Routine. Ganz gemütlich einlaufen. Noch etwas essen und trinken. Ein paar Lockerungsübungen. Dann schließlich die warme Kleidung im Beutel verstauen und sichergehen, dass die Startnummer richtig saß, die Schuhe fest geschnürt waren und der Zeitmesschip nicht verloren gehen konnte. Auf zum Start!

„Da seid ihr ja endlich!“, Michael riss daheim die Wohnungstür auf und sprintete auch schon wieder zurück ins Wohnzimmer, wo auf dem großen Bildschirm die Menschenmassen am Start des Berlin-Marathons zu sehen waren.

„Dir auch einen guten Morgen.“, erwiderte Niko seinem besten Kumpel, auch wenn dieser ihn längst nicht mehr hören konnte. Niko grinste Samantha an. Die unfreundliche Begrüßung nahm er ihm nicht krumm, er war selbst mindestens genauso aufgeregt. Sam schaute zwar irritiert, machte aber nicht den Eindruck, sich davon abschrecken zu lassen. Zum Glück hatte sie Michi in entspannter Atmosphäre kennengelernt. Seit ihrem Tapas-Abend zu viert hatte sie richtiges Marathon-Feuer gefangen und war sehr gespannt darauf, wie Kaisa abschneiden würde. Sie hatte Niko gar vorgeschlagen, extra für das Rennen nach Berlin zu fahren – leider hatten dessen berufliche Termine den Kurztrip aber nicht zugelassen. So konnten sie aber zumindest Michis schwaches Nervenkostüm aufbauen. Von dessen Krankheitssymptomen – Michael hatte den ganzen Freitag im Bett verbracht und sich pflegen lassen, seit Samstagmorgen ging es ihm aber wieder besser – hatte sich Niko nicht abschrecken lassen. Michi hatte schon einige Männergrippen hinter sich.

Niko ärgerte sich allerdings, dass Samantha und er die Stimmung vor dem Start nicht so entspannt wie möglich aufsaugen konnten, denn eigentlich waren sie gut in der Zeit gewesen – nur hatte sein Rad ausgerechnet heute einen Platten gehabt. In der plötzlichen Hektik hatte er zwar auf das Flicken verzichtet und einfach einen neuen Schlauch aus der Satteltasche genommen, dennoch hatte er gefühlt ewig zum

Aufpumpen gebraucht. Immerhin hatte sich Sam beeindruckt gezeigt. Und zumindest pünktlich hatten sie es noch geschafft. Nur um die knisternde Atmosphäre, wenn der Start immer näher rückte, war es etwas schade. Nun, es würde hoffentlich noch viele Marathons geben, auf die er gemeinsam mit Sam hinfiebern konnte.

„Da bist du ja!" – fast hatte Kaisa nicht mehr daran geglaubt, Ruben noch rechtzeitig in diesem Gewimmel zu finden. Obwohl es im vordersten Block – je nach angestrebter Laufzeit wird man am Start einem Laufblock zugeordnet, die schnelleren Läuferinnen und Läufer starten zuerst, sodass ein möglichst optimaler Lauffluss ermöglicht wird – noch verhältnismäßig viel Platz gab, sahen doch irgendwie alle Läufer gleich aus: kurze Hose plus ein Trikot oder T-Shirt. Trotz Rubens Größe hatte sie Glück gebraucht, ihn zu finden.

„Dir auch einen guten Morgen", erwiderte dieser grinsend und gut gelaunt. Er schien sich auf das Rennen zu freuen und wirkte überhaupt nicht aufgeregt. Dadurch beruhigte sich Kaisa ein wenig, hatte aber dennoch einen zu großen Kloß im Hals, um auf Rubens Fragen, wie sie in der Nacht geschlafen hatte und wie sie sich fühlte, zu antworten. Sie nickte nur zaghaft. Ruben hingegen war sich nicht sicher, ob ihn Kaisa überhaupt hörte. Sie schaute immer wieder auf ihre Uhr und nach rechts und nach links. Nun gut, gleich nach dem Startschuss würde das Gedankenkarussell zur Ruhe kommen, sie musste sich einfach nur an ihn dranhängen. Und laufen, einfach nur laufen. Auch für ihn galt es jetzt also, sich zu konzentrieren: er würde sie auf den ersten 21 Kilometern auf Kurs bringen, für das richtige

Tempo sorgen und sie, wenn möglich, vor dem Wind und unnötigen Rempeleien schützen.

Nachdem sie Freitag und Samstag quasi nichts gemacht hatte, sondern im Großen und Ganzen nur herumgelegen und gegessen hatte – mit kurzen Unterbrechungen, um die Startnummer zu holen sowie beim lockeren Dauerlauf (dabei hatte sie Ruben bereits kurz kennengelernt) die Beine zu lockern, hatte sie es nun endlich geschafft. Der Countdown ging los: „10, 9, 8, 7, 6, 5", die Menge zählte zwar lautstark im Chor, aber dennoch etwas schneller, als die Sekunden verstrichen, „4, 3, 2, 1, …", weshalb es einen Wimpernschlag gespenstig still war, bevor der Startschuss wie ein Donnerschlag krachte. Jetzt durften sie endlich alle losrennen, mussten nicht mehr warten, sondern durften sich selbst für all das Training belohnen.

Kaum hatten es Samantha und Niko ins Wohnzimmer zu Michi geschafft, ging auch schon der Countdown los: „10, 9, 8, 7, 6, 5", schallte es lautstark aus dem Fernseher. Auf dem flachen Wohnzimmertisch hatte Michi außerdem den Laptop stehen, auf dessen großem Bildschirm der Live-Ticker des Berlin-Marathons zu sehen war. Bisher war die Tabelle unter Kaisas Namen noch leer, was sich aber bald ändern würde: alle fünf Kilometer würden sie ihre aktuellen Zwischenzeiten angezeigt bekommen.

Während Michi wie von der Außenwelt abgeschnitten nur Augen für den Bildschirm hatte und Sam es sich im Sessel gemütlich machte, ging Niko schnurstracks zu den Wohnzimmerfenstern, um diese zu öffnen. Obwohl er im Grunde unbesorgt war, konnte man mit Frischluft dennoch die

Infektionsgefahr möglichst gering halten. An der Fensterbank stehend verfolgte er dann, wie sich die Menschenmassen in Berlin in Bewegung setzten. Der Regisseur schwenkte immer wieder zwischen der Spitzengruppe, die loslegte, als gelte es nur einen Kilometer und nicht einen ganzen Marathon zu rennen, sowie der Luftperspektive hin und her. Von oben sahen die vielen Menschen wie ein monströser Wurm aus, der sich langsam durch Berlin bewegte.

Kaisa war natürlich nicht zu sehen. Sie würde dort laufen, wo es keine Kameras gab. Wenn sie Glück hatten und das Timing stimmte, würden sie sie an den festinstallierten Kameras vorbeilaufen sehen. Ansonsten hieß es nur: Daumen drücken.

Ist schon einmal ein Tourist durch das Brandenburger Tor gelaufen, ohne dieses Bauwerk zu bewundern? Genau dieser Blick, diese Fotos, die hier geschossen werden, haben dem Berlin-Marathon dessen Image verpasst: der schnellste Marathon der Welt in der deutschen Hauptstadt. Kaisa tat genau das. Um ehrlich zu sein hätte sie im Nachhinein nicht einmal bezeugen können, überhaupt durch die größte aller Berliner Sehenswürdigkeiten gelaufen zu sein. Auf den letzten Kilometern bis zum Ziel hatte sie sich kein einziges Mal umgeschaut. Sie hatte stets nur starr nach vorne geblickt, sich wünschend, endlich die Ziellinie zu erspähen. Damit sie endlich würde aufhören können, ihre schmerzenden Beine zu noch einem weiteren Schritt zu zwingen. Und noch einem, und noch einem.

Dabei hatte Kaisas erster Marathon geradezu ideal angefangen. Von Beginn an hatte sie sich hinter Ruben geklemmt und war ihm einfach nur hinterhergelaufen. Der wiederum hatte einen hervorragenden Job gemacht. Er hatte das Tempo bereits beim ersten Kilometer getroffen und dann sehr gleichmäßig gehalten. Er hatte Kaisa mehrmals versichert, dass die Pace genau richtig, eher sogar zu schnell, war. Und er hatte Ruhe ausgestrahlt. So hatte Kaisa keine Energie damit verschwenden müssen, sich selbst um das richtige Tempo zu kümmern oder sich in der Masse an Läuferinnen und Läufern zu orientieren. Sie hatte sich von Beginn an keinerlei Gedanken machen müssen, sondern konnte sich ganz auf sich selbst konzentrieren – und die Atmosphäre genießen.

Es war einfach unglaublich, wie viele Menschen in Berlin am Streckenrand standen. Nachdem sie ins Rennen gefunden hatte und die Anfeuerungen genießen konnte, entdeckte sie keine einzige Lücke am Streckenrand. Überall standen jubelnde Zuschauer, klatschend und rufend, mit Schildern und Fahnen, mit Tröten und Ratschen. Es war ein kilometerlanges Fest, sodass Kaisa diesen Abschnitt wirklich genießen konnte. Noch konnte sie das Tempo mit Leichtigkeit laufen.

Bei Kilometer dreizehn, also kurz bevor das erste Renndrittel gelaufen war und sich Kaisa gerade bewusst machte, dass sie das große Gewusel zu Rennbeginn ohne Beeinträchtigung überstanden hatte, fuhr ihr ein Schreck in die Glieder. Gerade waren sie über die Michaelbrücke gelaufen und hatten die Spree überquert, da hatten in der Menge durchdringend blaue Augen aufgeblitzt.

Konnte das wirklich sein? War Schrödinger hier? Und wenn ja, warum? Sollte sie sich geehrt oder belästigt fühlen? Warum war er nicht mehr im Krankenhaus?

Bis sich Kaisa besonnen hatte und sich wieder aufs Rennen konzentrierte, hatte sie doch glatt eine Lücke zu ihrer Gruppe reißen lassen. Sie ärgerte sich über sich selbst, wie schnell sie sich hatte ablenken lassen. Zum Glück hatte sie Ruben, der sie langsam und stetig wieder in die Gruppe führte. Wäre sie allein unterwegs gewesen, hätte sie so eine Menge Energie verschwendet.

Weil die Gruppe, in der Ruben und Kaisa mitschwammen, so groß war, wurden die Verpflegungsstellen zum Problem. Aus einer kompakten Gruppe mit Dreier- oder sogar Viererreihen musste alle fünf Kilometer eine lange Läuferschlange werden, die sich danach wieder zusammenzog. Das war kein richtiger Tempowechsel, dennoch aber ein Unterschied in der Laufgeschwindigkeit. Sie musste konzentriert bleiben, um Ruben nicht noch mehr Arbeit zu machen.

Der machte seinen Job als Tempomacher weiterhin hervorragend. Es rollte gut. Bis auf ihren Konzentrationsfehler konnte man das Rennen bis Kilometer 20 sogar als perfekt bezeichnen. Als Extraservice hatte Ruben an den Verpflegungsstellen gar für Kaisa die Flaschen gegriffen und ihr weitergegeben, sodass sie perfekt versorgt war.

Schließlich war aber mit der Halbmarathonmarke die Streckenhälfte erreicht und Ruben verabschiedete sich. Ab dem Heinrich-von-Kleist-Park konnte er zu Fuß nach Hause gehen. Noch fühlte sich Kaisa so gut, dass sie ihn abklatschte und ein von Herzen kommendes Dankeschön hinterherrief. Auch fühlte sie sich in ihrer Gruppe sehr gut aufgehoben.

„Ich brauche jetzt erstmal einen Espresso“, meinte Niko.

„Machst du mir bitte auch einen?“, Michaels Blick war weiterhin wie an den Bildschirmen festgeklebt. Entweder überprüfte er am Laptop Kaisas Zwischenzeiten, auf die er immer lange fünf Kilometer warten musste, oder er starrte so gebannt auf den Fernseh-Bildschirm, dass Niko sich wunderte, dass die Kameras nicht allein durch Michis Willensstärke endlich Kaisa einmal zeigten.

Bei der Halbmarathonmarke hatten sie sie kurz durchs Bild huschen sehen. Der Laufstil hatte elegant wie immer gewirkt, alle Zwischenzeiten hatten bisher perfekt gepasst. Zuletzt auf die Sekunde exakt 1:17:30 Stunden für den Halbmarathon, also genau auf Kurs für 2:35 Stunden. Es wäre ein Hammer, wenn Kaisa das ins Ziel bringen würde! Was aber passierte jetzt, wenn sie ohne Tempomacher komplett auf sich allein gestellt war?

Niko war anders als Michi. Er konnte nicht dauerhaft auf die Bildschirme starren. Nervös sprang er immer wieder auf und tigerte durch die Wohnung. Der Wohnzimmerteppich hatte sicher schon Abnutzungsspuren, so oft war er an diesem Morgen bereits auf und ab gegangen. Jetzt zog es ihn zur Kaffeemaschine, deren Marke lustigerweise genauso benannt war, wie er mit Nachnamen hieß: Lelit.

Auch Samantha fieberte sichtlich mit. Zwar wirkte sie hin und wieder, wenn sie durch ihr Telefon scrollte, recht abwesend, ein Auge schielte aber doch immerzu auf den Fernseh-Bildschirm und den Live-Ticker, der sich viel zu langsam aktualisierte. Mensch, war das spannend!

Natürlich hatte Kaisa noch ihre Gruppe und viele andere Rücken, hinter denen sie sich verstecken konnte, dennoch fühlte sie sich nicht mehr ganz so gut aufgehoben, seit Ruben nicht mehr direkt vor ihr lief. Zwei Mal schon war sie fast gestolpert, weil vor ihr unvorhersehbar gekreuzt wurde. Sie ließ sich davon aber nicht verrückt machen, sondern versuchte weiterhin einfach so kraftsparend und locker wie möglich zu laufen. Anstrengend würde es noch von alleine werden.

Damit sollte sie Recht behalten. Denn bei Kilometer 25 kam wie erwartet die nächste Verpflegungsstelle. Wie zuvor wurde die Gruppe wieder länger, Kaisa nahm etwas Tempo heraus, um diesmal selbst ihre Flasche greifen zu können. Diese erwischte sie auch ohne Probleme, musste anschließend aber stark abbremsen, weil kurz vor ihr jemand stehen blieb.

Was ein Volldepp!

Obwohl sie durch diese Aktion kaum Zeit verlor, war doch der Anschluss an die Gruppe weg, weil die anderen selbstredend einfach das Tempo weiterliefen. Und diesmal gab es leider keinen Ruben mehr, der auf Kaisa wartete und sie zurück in die Gruppe brachte. Zu allem Überfluss ging es jetzt auch noch, so minimal es auf der flachen Berliner Strecke sein musste, leicht bergan, sodass Kaisa zunächst nicht aufschließen konnte.

Die erste kleine Krise.

Doch sie konnte sich zusammenraufen. Nachdem es eben noch gefühlt leicht bergan ging, ging es nun wieder leicht bergab und Kaisa konnte neue Kräfte sammeln. Die Krise schien überwunden und Kaisa fühlte sich wieder so stark, dass sie ihrer Gruppe langsam näherkommen konnte. Wie gerne wäre sie wieder dran, um sich auf dem Hohenzollerndamm, wo vermutlich der Wind von vorne wehen würde, zurück in Richtung Innenstadt ziehen zu lassen.

Aber der linke, hintere Oberschenkel begann zu zucken. Das war eindeutig Krampfgefahr, also Alarmstufe rot. Die Gruppe war damit zwar weg, was ihr in diesem Moment aber egal war. Hauptsache, sie bekam keine Krämpfe. Früher hatte sie nie Probleme mit Krämpfen gehabt, aber da waren die Streckenlängen auch noch kürzer. Jetzt war es vermutlich der kalte Wind, der nicht nur beim Laufen störte, sondern außerdem den Muskeln zu schaffen machte.

Aus 14 Kilometern, die ihr eben noch als gut bewältigbar und gar nicht mehr so lange vorgekommen waren, wurden jetzt 14 Kilometer auf der Rasierklinge. Kaisa konnte zwar zügig weiterlaufen, musste sich aber noch mehr konzentrieren. Fest stand nur: sie musste so schnell laufen, wie sie konnte. Sie wollte eine gute Zeit, die sie selbst und Michi stolz machte.

Die Party am Wilden Eber, die fünfhundert Meter später tobte, konnte sie allerdings schon nicht mehr genießen. Sie achtete auf jeden Schritt und war voll fokussiert. Kaisa lief wie im Tunnel, hörte zwar irgendwo weit entfernt die Anfeuerungen, war aber ganz bei sich. Es war ein wenig wie damals in Heidlberg, als sie sich selbst in einen meditativen Zustand gelaufen hatte.

So sah sie auch weder die blauen Augen, die erneut am Streckenrand blitzten, noch den großen Kasten, den Schrödinger in den Armen hielt.

„So ein Mist! Kacke, Kacke, Kacke!“

Michis Bann war gebrochen, seit die letzte Zwischenzeit auf ihrem Bildschirm aufgetaucht war. Aus den so regelmäßigen fünf-Kilometer-Zeiten um 18:20 Minuten waren es bei Kilometer 30 18:55 Minuten geworden. Den Abschnitt hatten sie sich noch schönreden können. Neben Kilometer 35 waren jetzt aber 19:26 Minuten aufgetaucht. Das hatten sie sich anders gewünscht, Kaisa hatte definitiv zu kämpfen.

„Sie liegt immer noch gut im Rennen“, erwiderte Niko jetzt bestimmt schon zum zehnten Mal. Konversationstechnisch drehten sie sich im Kreis, denn wie manisch antwortete Michi: „Du weißt selbst, wie schnell das gehen kann! Noch sieben Kilometer, die können sehr lang werden. Jetzt ist Beißen angesagt, sie muss einfach so schnell wie möglich ins Ziel!“

Sam hingegen blieb ganz pragmatisch: „Hoffentlich muss sie nicht aussteigen, hoffentlich geht es ihr gut!“

Damit hatte sie natürlich vollkommen Recht.

So weit war es nun doch gar nicht mehr. Aber Kaisa tat sich schwer – sowohl mit dem Laufen und den guten Gedanken, als auch mit ihren Kopfrechenkünsten. Normalerweise hatte sie kein Problem damit, mit der aktuellen Geschwindigkeit auf die ungefähre Endzeit zu schließen. Jetzt aber fiel es ihr schon schwer, zu 3:58 Minuten 4:05 Minuten zu addieren. Wenn sie sich aber nicht völlig täuschte, brauchte sie gerade einmal einen Vierer-Schnitt, um trotz aller Probleme noch eine 2:36er Stunden Zeit zu erzielen. Das sollte doch wohl möglich sein! Normalerweise konnte sie das in jeder Verfassung laufen. Als allerdings die Innenstadt endlich erreicht war, hatte der Wind geradezu heftig geblasen. Auf dem Potsdamer Platz hatte sie nur den Wind gehört! Und es war niemand da, hinter dem sie sich hätte verstecken können. Da half nur Augen zu und durch!

Zum Glück war sie von Krämpfen verschont geblieben, sie hatte nie gehen müssen. Die Krämpfe kamen erst später, als sie schließlich unter der Dusche stand, in den Armbeugen und im Rücken. Leider verpasste sie auch noch ihre letzte Flasche, die Cola hätte ihr sicherlich gutgetan. Immerhin waren 40 km passiert und ihr blieben noch 8:43 Minuten, um unter 2:37 Stunden zu bleiben.

Auf diesen langen letzten Metern halfen die vielen Zuschauer, die ohne Lücke rechts und links der Strecke standen und lautstark anfeuerten. Kaisa hätte nicht sagen können, wie lange sie für das Finale gebraucht hatte, es war, als würden Zeit und Raum verschwimmen. Sie schaffte die letzten 2,195 Kilometer schließlich in 8:57 Minuten und hätte keine Sekunde schneller gekonnt. Aber natürlich bedeuteten 2:37:13 Stunden nicht nur, dass sie ein fantastisches Marathondebüt abgeliefert hatte, sondern selbstredend auch eine neue persönliche Bestzeit. In diesem Moment war sie einfach nur glücklich, im Ziel zu sein. Wen interessierte schon das Brandenburger Tor?

Dann wurde Kaisa kalt, und zwar so richtig. Nie in ihrem Leben war ihr bisher so kalt gewesen, selbst früher in den besonders kalten finnischen Winternächten, als ihnen mal der Ofen ausgegangen war.

Noch schlimmer war allerdings, als sie niesen musste! Wenn einem alles weh tat, gibt es nichts Schlimmeres, als niesen zu müssen. Aber irgendwie schaffte sie es schließlich zu ihrem Kleiderbeutel und dann zu den Duschen. Das warme Wasser tat unendlich gut, dennoch zitterte Kaisa immer noch. So sehr, dass sich ihre Oberschenkel in Wellen bewegten und ihr Zähneklappern so laut war, dass es bis nach draußen schallen musste. Wärmer wurde ihr erst wieder, als sie sich abgetrocknet und schnell dick eingepackt hatte. Zum Glück hatte sie sich ein Halstuch und eine herrlich wollige Mütze eingepackt. Erst jetzt war er geschafft, der Marathon.

Zu Hause hingen sie alle drei in ihren Sesseln, so erschöpft, als wären sie auch den Marathon gelaufen. Was eine Erleichterung es gewesen war, Kaisas Zielzeit schwarz auf weiß angezeigt zu bekommen. Im Fernsehen hatten sie sie nämlich nicht ausmachen können, wahrscheinlich war sie gerade durch den Zielkanal gehuscht, als ein Interview gezeigt worden war. Auch die letzten Kilometer der Profis waren nämlich aufregend gewesen.

Dann plötzlich sprang Samantha auf.

„NEIN!", rief sie.

„Was ist?", wollten Niko und Michi wie aus einem Munde wissen.

„Hier", sie hielt ihnen mit schreckgeweiteten Augen ihr Mobiltelefon mit der Statusmeldung hin. „Laut Instagram gibt es Gerüchte über eine Bombendrohung für Berlin. Direkt an der Marathonstrecke!"

„Man kann sie echt nicht alleine reisen lassen!"

Sechsundzwanzig

SCHRÖDINGERS KASTEN

Einige Stunden zuvor. Sonntag, 25. September
Berlin, Berlin

So brach er schließlich an, der Morgen des großen Marathonsonntags. Der Tag des Marathons ist für jede Stadt immer etwas ganz Besonderes, schließlich fiebern nur einmal im Jahr Jung und Alt auf den Sonntagmorgen hin, sehen alle in den Tagen davor schon die blaue Linie auf den Straßen und rechnen in Minuten pro Kilometer statt in Kilometern pro Stunde. Genau das ist der Marathon in unseren modernen Zeiten: ein großes Fest, eine Herausforderung, ein Abenteuer!

Ein ganz außergewöhnliches Abenteuer war es in diesem Jahr auch für Rudolf Schrödinger. Zeitgleich mit vielen Elite-Athletinnen und -Athleten war er bereits um fünf Uhr in der Früh von seinem Wecker aus einem nervösen Halbschlaf aufgeschreckt worden. Nicht aber, um abgestimmt auf den Verdauungsrhythmus mit genügend Abstand zum Marathonstart frühstücken zu können, sondern um noch genügend Zeit zu haben, um sein Paket zu vervollständigen. Pünktlich um neun Uhr wollte auch er dann am Start sein, um das Rennen der netten angehenden Staatsanwältin zu verfolgen. Er wünschte ihr wahrlich einschlagenden Erfolg!

In seinem recht robust wirkenden Kasten hatte er bereits ein paar Kleinigkeiten deponiert. Im Grunde handelte es sich dabei aber nur um das Beiwerk, die eigentliche Überraschung und Grund für den Karton musste er erst noch abholen.

Also fuhr Schrödinger mit seinem Paket auf dem Schoß und einem darauf abgestellt heißen Kaffee aus der Bäckerei gleich neben seiner Haltestelle am frühen Sonntagmorgen aus der Stadt hinaus ins Grüne. Dort draußen, zwischen dem großen Müggelsee, dem Flakensee und dem Dämeritzsee, wo sich Fuchs und Hase noch gute Nacht sagten und von der Hauptstadt kaum noch etwas zu spüren war, sondern die Natur noch das Sagen hatte, war er fündig geworden. Heutzutage fand man schließlich alles im Internet, praktisch für ihn war, dass sich sein Vorhaben so kurzfristig hatte umsetzen lassen und sich dann auch noch mit dem Berlin-Marathon verbinden ließ.

Sein Hotel für die Nacht hatte er extra so gelegt, dass er nicht umsteigen musste, sondern einfach nur sitzen zu bleiben hatte, bis irgendwann seine Zielstation erreicht war. Noch war wenig los, auch wenn er an den Stationen immer wieder mehr oder weniger angespannt aussehende Frauen und Männer sah, die einen Kleidersack über der Schulter hängen hatten, der sie eindeutig dem Berlin-Marathon zuordnen ließ. Die fuhren natürlich in die Gegenrichtung. Dadurch packte auch Schrödinger so langsam das Marathonfieber. Warum war er eigentlich damals, als er selbst noch regelmäßig seine Laufschuhe geschnürt hatte, nie auf die Idee gekommen, einmal einen Marathon zu laufen?

Das Wetter zumindest spielte mit. Als er in Wilhelmshagen aus der S-Bahn stieg, um zu Fuß den letzten Kilometer zurückzulegen, fröstelte er in seiner dünnen Jacke. Der klare Himmel versprach in der Kombination perfektes Laufwetter.

Für Schrödinger galt es jetzt aber, sich zu konzentrieren. Gewohnheitsgemäß hatte er sein Mobiltelefon im Hotel zurückgelassen, schließlich ging es niemanden etwas an, wo er sich gerade bewegte. Dadurch hatte er allerdings auch keine freundliche Stimme, die ihm den Weg wies. Ein ausgedruckter Kartenausschnitt musste reichen.

Bald schon hatte er jedoch gefunden, wonach er gesucht hatte. Auch analog konnte man eben finden, wohin man wollte! Das Einfamilienhaus an der angegebenen Adresse wirkte ungepflegt und heruntergekommen. Vom angrenzenden Wald waren Blätter und Nadeln in den Garten geweht worden, die die Regenrinnen verstopften und auch sonst muffige Feuchtigkeit verströmten. In der Einfahrt stand ein alter Volkswagen, von dem Schrödinger aufgrund all der Beulen und des Rosts die ursprüngliche Farbe nicht mehr erkennen konnte. Im Garten selbst hatte es wohl einst eine Rasenfläche gegeben, dort stapelte sich jetzt Altmetall. Immerhin: hinter einer verrosteten Gießkanne entdeckte Schrödinger eine Katze, die interessiert zu ihm herüberblickte.

Er stellte seinen Karton auf den steinernen Torpfeiler und drückte die eingelassene Klingel. Daraufhin passierte erst einmal nichts, obwohl Schrödinger davon ausgegangen war, erwartet zu werden. Immerhin hatte er seinen Besuch für den Tausch von Ware gegen Geld angekündigt. Jetzt fragte er sich, ob jemand da war und überhaupt eine Menschenseele dieses

Haus bewohnte. Schließlich bemerkte Schrödinger, noch bevor er ein zweites Mal geklingelt hatte, wie sich der hässliche Vorhang in dem dem Tor zugewandten Fenster bewegte. Daraufhin trat irgendwann ein alter Kauz mit ungesund aussehender grauer Haut aus der Eingangstür und schlurfte ohne ein Wort der Begrüßung auf ihn zu.

Weil Schrödinger für den Moment keinen Plan B gehabt hätte und erst einmal froh war, dass sein Vorhaben wohl klappen würde, ließ er seinem Gegenüber das unfreundliche Auftreten durchgehen. Manchmal brauchte es eben keine Worte, er kam auch damit zurecht, wenn er nur angegrunzt wurde. Kurz zuckte er zwar zusammen, als ihm das, weswegen er gekommen war, recht grob in die Arme geworfen wurde. Seine Reflexe funktionierten noch. Ganz behutsam hielt er es fest, Schrödinger spürte das Leben in seinen Armen pulsieren. Da würde sich die Ermittlerin aber freuen!

Einen Moment gönnte sich Schrödinger noch, um diesen Augenblick zu genießen, dann platzierte er seinen Kauf in seinem mitgebrachten Kasten. Dem alten Kauz, dessen Miene in keiner Weise eine Reaktion gezeigt hatte, übergab er die ausgemachten 50 Euro. Auch Schrödinger brauchte dafür keine Worte. Er nahm bloß seinen Kasten und ging zurück zur S-Bahn-Station, von wo aus er mit der S3 direkt bis zur Station Jannowitzbrücke fahren würde. Er würde genug Zeit haben, um sogar die ersten Läufer über die Michaelbrücke laufen zu sehen.

Zurück in der Hauptstadt fühlte er sich gut. Er hatte sein Leben definitiv wieder im Griff. Er hatte es geschafft, aus seiner passiven, destruktiven Phase auszubrechen. Von nun an würde er wieder aktiv am Leben teilhaben!

Fast schon beschwingt durch sein wieder erwachtes Lebensgefühl konnte er die Atmosphäre am Streckenrand so richtig genießen. Schon bevor die ersten Fahrzeuge die Schnellsten ankündigten, hatten sich die Zuschauer ihre Plätze gesucht. Es wurde gewunken und gelacht, Fahnen probeweise geschwenkt und Schilder hochgehalten. Ein kleines Kind freute sich ausgelassen, auf den Schultern des Vaters den besten Blick zu haben. Hin und wieder schallte eine Tröte. Und über ihnen kreiste bereits der Hubschrauber, der für die Fernsehübertragung die Luftbilder aufnahm.

Dann kamen sie, das Spektakel war eröffnet. Erst bewunderte Schrödinger neidlos die Läufer der Spitzengruppe. Während manche noch völlig entspannt wirkten, schienen andere bereits Probleme zu haben. Dahinter kamen weitere Gruppen, mal größer, mal kleiner. Und dann endlich kam sie angerannt. Versteckt hinter einem Schrank von Läufer, dennoch für Schrödinger unverkennbar mit dem rhythmisch von links nach rechts wippenden, blonden Haarschweif. Er meinte sogar, Kaisa kurz direkt in die Augen geschaut zu haben, als sie federleicht an ihm vorbeilief. Er klatschte nicht, weil er seinen Kasten fest umklammert hielt.

Kurz schaute er ihr noch hinterher, dann wandte er sich ab, um zur Halbmarathonmarke zu fahren. Dort wollte er sie erneut sehen.

Nachdem Schrödinger Kaisa auch kurz nach der Streckenhälfte gesehen hatte, war er zu Kilometer 35 gefahren. Für den Berlin-Marathon ganz untypisch hatte er damit eine Stelle erwischt, an der die Zuschauer nicht dicht gedrängt standen, er hatte auf beiden Seiten mehrere Meter Platz. Später, wenn die große Läufermasse kam, würde sich das wahrscheinlich ändern. Jetzt gerade allerdings, im Bereich der Schnellsten, waren nicht nur im Rennen große Lücken im Feld. Die meisten schauten wohl doch nach ihren Liebsten, da war mehr persönlicher Bezug als zu den Führenden. Schrödinger ging es ja genauso.

Ihm war es Recht, das Atmen fühlte sich gleich etwas freier an, wenn er nicht ständig von anderen Menschen angerempelt wurde. Außerdem hatte er so einen weiten Blick und konnte die Anlaufenden frühzeitig beobachten. Dennoch musste er länger warten als gedacht, bis Kaisa endlich angelaufen kam. Er war schon nervös geworden.

Kurz nach der Halbmarathonmarke, als er sie zuletzt gesehen hatte, hatte sie noch äußerst locker gewirkt. Man hatte ihr nicht angesehen, dass sie bereits über zwanzig Kilometer gelaufen war. Jetzt allerdings, als Schrödinger sie endlich ausmachte, sah ihr Laufstil schon deutlich mühsamer aus. Sie wirkte erschöpft und angespannt, fast schon verkrampft. Schade, sie war vor dem Rennen doch so optimistisch gewesen. Auch lief sie nicht mehr in einer Gruppe, sondern war ganz allein.

Doch obwohl er so frei stand und sie niemanden vor sich hatte, entdeckte sie ihn nicht. Sie sah ihn zwar, nahm ihn aber nicht wahr. Sie war voll im Tunnel. Dennoch, sie würde es sicher bis ins Ziel schaffen! Von hier aus war es doch gar nicht mehr weit.

Und während er so seinen Gedanken nachhing, hatte er den Hubschrauber über ihm zunächst gar nicht bemerkt. Auch nicht, dass nach Kaisa zwar noch ein paar andere gekommen waren, seitdem aber schon länger niemand mehr. Jetzt aber, als der Lärm anhielt, wunderte er sich doch, warum genau hier jetzt noch gefilmt werden sollte. Die spannenden Szenen des Rennens spielten sich doch anderswo ab. Außerdem musste sich just in diesem Moment zu allem Überfluss noch diese Großfamilie um ihn herum breitmachen. Eben noch hatte er sich über den Platz gefreut, schon war er wieder eingeengt. Er musste hier weg. Es war sowieso an der Zeit, seinen Plan anzugehen – es war an der Zeit, dass Kaisa Nieminen ihr Geschenk bekam.

Siebenundzwanzig

EIN GLÜCKSTREFFER

Zeitgleich. Sonntag, 25. September
Berlin, Berlin

Wie das Leben manchmal doch spielte! Da war Joshua extra nach Berlin gekommen, um Kaisa zu unterstützen und anzufeuern – und auch ein klein wenig, um Sympathiepunkte zu sammeln – und verpasste doch allen Ernstes den Start sowie über die Hälfte ihres Rennens!

Der Grund war einfach. Er hieß Natalie. Oder besser: sie hieß Natalie. Die Zufallsbegegnung im Zug entpuppte sich für beide als absoluter Glückstreffer. Aus dem ersten, belanglosen Austausch von Höflichkeitsfloskeln war schnell ein Gespräch auf gleicher Wellenlänge geworden. Dann hatte es geknistert. Und gekribbelt. Joshuas Hände waren feucht geworden, sein Puls hatte sich beschleunigt. Und als sie schließlich in Berlin angekommen waren, war Joshuas Frage, ob sie mit ihm etwas essen wolle, fast schon obsolet.

Der Berlin-Ausflug hatte sich also definitiv bereits gelohnt. Nur die Prioritäten hatten sich verschoben. Am Abend zuvor war es nicht beim Essen geblieben, geschlafen hatten sie erst in den frühen Morgenstunden. Und sich einen Wecker zu stellen, hatte er dann doch glatt vergessen.

Am Morgen, als er realisiert hatte, wo er war und dass er den Start bereits verpasst hatte, wäre er am liebsten einfach im Bett liegen geblieben. An Natalies Lächeln konnte er sich einfach nicht sattsehen. Die hatte ihn allerdings mit Nachdruck von der Bettkante geschubst. Ihre süßen, kleinen Füße mit den türkis lackierten Fußnägeln hatten gegen seinen Rücken gedrückt. Er solle einfach später noch einmal vorbeikommen, die Marathonstrecke ginge schließlich nicht weit entfernt an ihrer Wohnung vorbei.

Also hatte Joshua auf den Live-Ticker geschaut, um zu sehen, wie Kaisa im Rennen lag und wo sie gerade unterwegs war. Tatsächlich: just hatte sie bereits die 30-Kilometer-Marke passiert. Wenn er zwei Straßen weiterlief, käme er etwa zu Kilometer 35. Das passte doch gut. Er war und blieb ein Glückspilz!

Kaum hatte er die Marathonstrecke erreicht, hatte er nicht lange Zeit, sich die Berliner Morgensonne ins Gesicht scheinen zu lassen oder die Vorbeilaufenden anzufeuern. Gegenüber, gar nicht weit entfernt, stand ihr Hauptverdächtiger Rudolf Schrödinger. Diesmal gab es keinen Zweifel!

Alle guten Gedanken der letzten 18 Stunden waren wie weggeblasen, Joshua war wieder voll im aktuellen Fall: Schrödinger! Rache! Bombe! Der Typ machte doch wirklich ernst und hatte einen Kasten dabei, der dessen kompletten Oberkörper verdeckte. Auffälliger ging es kaum, warum sah das sonst niemand?

Joshuas Gedanken rasten, kamen aber schnell zu einem Entschluss. Er musste die Kollegen informieren! Ohne Schrödinger aus den Augen zu lassen, zückte er sein Handy und wählte den Notruf.

Achtundzwanzig

EIN UMWEG

Zeitgleich. Sonntag, 25. September
Berlin, Berlin

Maria Di Lacht war der Verzweiflung nahe. Da hatte sie für diesen Tag, für diesen Lauf, wirklich alles in Bewegung gesetzt, außerdem so viel Zeit und Herzblut investiert – und dann lief nichts zusammen! Natürlich würde sie jetzt noch ins Ziel laufen, die Luft war aber eindeutig raus. Schon seit Kilometer 15 ging eigentlich nichts mehr, von Kilometer zu Kilometer war sie langsamer geworden.

Dabei hatte sie einiges in dieses Rennen investiert, sowohl Zeit als auch Geld, und hatte ihre komplette Saisonplanung auf den Berlin-Marathon ausgerichtet. Sie war so viel gelaufen wie noch nie – für die Langstrecke musste man schließlich Kilometer machen –, hatte gar jede Gassirunde mit ihrem Hund Ludwig genutzt, um neben den im Trainingsplan vorgegebenen Einheiten noch einen weiteren Lauf unterzubringen. Nebenbei bemerkt redeten die Leute mittlerweile über sie. Das hatten sie schon immer. Nicht, weil sie ihren sportlichen Ehrgeiz bewunderten, sondern weil sie Ludwig angeblich so ähnlich sah. Oder andersherum. Ein Kompliment war das sicher nicht, weshalb es die Leute auch nur hinter vorgehaltener Hand äußerten. Und ob sie nur deshalb keinen festen Partner habe. Im Dorf gehörte sich das noch so. Aber was wussten die schon, die anderen.

Nun, die Worte hatten sie zwar verletzt, umso verbissener wollte Maria es aber allen zeigen. Vielleicht hatte dieses Gerede auch den finalen Ausschlag gegeben, dass sie das Jobangebot angenommen hatte und vom Dorf in die Großstadt gezogen war. Dennoch hatte sie in der Vorbereitung Kilometer gemacht wie ein Profi. Doch mit der heutigen Leistung würde sie es niemandem zeigen können. Zu schnell war sie losgelaufen, zu früh waren ihr die Kräfte geschwunden. Natürlich würde sie trotzdem weit vorne im Feld landen. Zufrieden würde sie aber nicht mit sich sein. Verflixt und zugenäht!

Immerhin hatte die Tortur bald ein Ende. Dort vorne tauchte bereits die Markierung für Kilometer 35 auf. Nur noch sieben lange Kilometer bis ins Ziel. Dann würde sie ihre Wunden lecken können.

Das Schicksal schien es an diesem Tag jedoch ganz und gar nicht gut mit ihr zu meinen. Just, als sie die erwähnte Kilometermarke passiert hatte, sah sie, wie keine hundert Meter vor ihr Hektik ausbrach. Da schleppte doch glatt ein Streckenposten ein Absperrgitter mitten auf die Laufstrecke! War die denn nicht vorgegeben? Waren alle vor ihr falsch geleitet worden? Warum das denn? Immerhin lief sie nicht bei irgendeinem Dorflauf, bei dem die Helferinnen und Helfer nicht wussten, was alles geplant war, sondern beim großen Berlin-Marathon! Das hier hatte professionell zu sein!

Wenn aber all die anderen vor ihr hatten abkürzen dürfen, wollte Maria das auch. Keinen einzigen Meter würde sie in ihrem jetzigen Zustand mehr laufen, als sie zwingend musste. An den Absperrgittern angekommen wollte sie sich einfach durch die hastig aufgestellten Gitter mogeln, hatte die Rechnung aber ohne die aufmerksamen Ordnungshüter gemacht. In ihrem Delirium lief sie einfach in den Streckenposten, der sie entschieden zum Abbiegen anwies, hinein, prallte zurück und landete auf dem Hosenboden.

Autsch.

Das hatte wirklich weh getan. Tat es immer noch. Nahm ihr Elend denn gar kein Ende? Am liebsten hätte sie sich einfach in Luft aufgelöst. Leider funktionierte das nicht, sodass Maria sich mühsam aufrappeln musste, um anschließend folgsam der neuen Streckenführung zu folgen.

Für sie war es eindeutig ein gebrauchter Tag.

Neunundzwanzig

EINE LUFTAUFNAHME

Zeitgleich. Sonntag, 25. September
Im Luftraum über Berlin, Berlin

„Zentrale von Pirol 201, kommen."

„Hier Zentrale, Pirol 201, bitte kommen Sie."

„Pirol 201, sind auf dem Anflug und erreichen den Einsatzraum in etwa vier Minuten."

„Verstanden, Pirol 201."

„Achtung, Achtung! Hier ist Zentrale mit einer Bombendrohung für den Berlin-Marathon. Ich wiederhole. Bombendrohung für den Berlin-Marathon. An alle verfügbaren Kräfte, Statusaktualisierung! Eine Kräftesammelstelle wird gerade eingerichtet."

„Zentrale von Pirol 201, kommen."

„Hier Zentrale, Pirol 201, bitte kommen Sie."

„Pirol 201, sind auf dem Anflug und erreichen den Einsatzraum in etwa einer Minute. Ist die Lage nach wie vor die gleiche?"

„Zentrale, ja. Laut Kontaktperson bleibt die Situation aktuell stabil, dennoch ist Eile geboten."

„Pirol 201, verstanden. Haben den Einsatzraum erreicht."

„Verstanden! Haben Sie Sichtkontakt?"

„Die Zielperson wurde gesichtet. Es ist kein freier Sichtkontakt möglich, die Zielperson wird gerade von einer Gruppe in die Mitte genommen. Mindestens sechs Erwachsene, mindestens sechs Kinder. Wir senden jetzt live-Bilder."

„Verstanden, Pirol 201. Die Übertragung läuft. Wie beurteilen Sie die Lage mit Gesamtüberblick?"

„Nicht eindeutig zu sagen, aber wir bestätigen einen Kasten in den Armen der Zielperson. Die anderen Personen stehen zu nah für definitive Aussagen, dennoch schätzen wir die Größe des Kastens auf etwa einen Meter in der Breite sowie je einen halben Meter in Tiefe und Höhe."

„Verstanden, Pirol 201! Halten Sie die Position und beobachten Sie weiter. Wir führen Kräfte an die Stelle heran."

„Hier Zentrale, wer steht in der Nähe des Wittenbergplatzes und kann sich die Lage anschauen?"

„Hier Streckenposten 211. Ich habe Sichtkontakt zur Zielperson. Der Kasten ist ein verstärkter Pappkarton mit den Maßen von etwa einem klassischen Umzugskarton. Die Zielperson schaut konzentriert den Laufenden entgegen. Keine Entwarnung."

„Verstanden, Streckenposten 211! Halten Sie die Position und beobachten Sie weiter. Wir führen Kräfte an die Stelle heran."

„Hier ist Zentrale mit wichtiger Lageinformation: Der verdächtige Gegenstand befindet sich in Laufrichtung ausgangs des Wittenbergplatzes auf der linken Seite in den Händen eines Mannes mit schwarzen Haaren und dunkler Kleidung.

An alle Einsatzkräfte des Streckenschutzes Abschnitt H: beobachten Sie die Lage höchst aufmerksam. Der Marathon wird nicht unterbrochen, wir beraten uns mit der Laufleitung.

Einsatzleiter Abschnitt H, bereiten Sie den sofortigen Zugriff vor! Ich wiederhole: Einsatzleiter Abschnitt H: Vorbereitung für den Zugriff."

Stefan Friedrich war nicht nur das erste Mal als Helfer bei einer Großveranstaltung im Einsatz, für ihn war es auch das erste Mal, dass er Ausschnitte des Polizeifunks zu hören bekam. Nur hatte er Zauderer noch nie leiden können. Er hatte nichts dagegen, wenn Fehler gemacht wurden und half mit vollem Einsatz, diese wieder auszumerzen. Gar nichts zu tun war für ihn aber deutlich schlimmer, als sich ständig davor zu drücken, Entscheidungen zu treffen. Schon als Kind hatte er die Füße nie stillhalten können.

Sein Chef war auch so ein Zauderer. Statt einfach mal eine Entscheidung zu treffen und mit den Konsequenzen zu leben, wurden stets nur noch weitere Rückfragen gestellt. Durch das ganze Rumgeeiere verschenkte man nur Zeit und Geld, fand Stefan. Jetzt traute er seinen Ohren nicht, dass man sich sogar bei der Polizei davor drückte, den Tatsachen ins Auge zu schauen. Immerhin gab es eine Bombendrohung!

Stefan Friedrich war ein Schrank von einem Mann. Das mochte auch daran liegen, dass er nach dem Training im Fitnessstudio nicht nur Eiweißshakes einwarf, aber das war eine andere Geschichte. Dieser Schrank sah in seinem Verantwortungsbereich Menschenleben in Gefahr. Nun wäre es wahrscheinlich besser gewesen, hätte Stefan Friedrich den Polizeifunk gar nicht erst gehört. Er hatte die Statusaktualisierung fehlinterpretiert. Während sich im Hintergrund die Rädchen drehten und die Zentrale in Hochgeschwindigkeit sämtliche Informationen bündelte, hatte Stefan den Eindruck, dass schlicht nichts passierte.

Stefan Friedrich jedoch fällte eine Entscheidung. Er packte gleich zwei Absperrgitter auf einmal – die Dinger wogen in seinen Pranken schließlich so gut wie nichts – und sperrte in Eigenregie die Laufstrecke in Richtung Wittenbergplatz: die Läuferinnen und Läufer sollten einfach vom Kurfürstendamm kommend auf der Tauentzienstraße links auf die Nürnberger Straße abbiegen und dann rechts auf die Kurfürstenstraße laufen. So ergäbe sich kaum ein Umweg und er bewahrte viele Unschuldige vor schweren Verletzungen oder gar Schlimmerem.

Dachte er zumindest.

Dreißig

SCHNURZELCHEN

Zeitgleich. Sonntag, 25. September
Heusenstamm, Hessen

Für Josef Krawczyk kam an diesem Sonntag erst das Vergnügen, und dann die Arbeit. Er war von seiner Frau nach Offenbach geschickt worden, um Erledigungen zu machen. Im Normalfall hätte ihm das gar nicht gefallen, Sonntage waren ihm heilig. Da wurde nichts erledigt, da aß man mit seiner Familie zu Mittag und ging anschließend gemeinsam spazieren.

Im Normalfall hätten sonntags die Geschäfte allerdings auch geschlossen gehabt. Wegen der Bundestagswahl hatte man sich in Offenbach jedoch etwas ganz Besonderes ausgedacht: um die Leute aus ihren Häusern zu locken, konnte man auf dem Wilhelmsplatz, wo sonst dienstags, freitags und samstags der Wochenmarkt für eine tolle Atmosphäre sorgte – auch dorthin begleitete Josef seine Frau sehr gerne – etwas Essen und Trinken sowie allerlei Handwerkskunst erstehen. Außerdem konnte man dort wählen. Wer schon einmal dort war, hatte also für seine Stimmabgabe keinerlei Mehraufwand. Die Praxis würde zeigen, ob sich der Planungsaufwand gelohnt hatte.

Josef zumindest hatte die ihm gebotene Chance genutzt, um sich am Wilhelmsplatz mit seinem alten Kumpel Karl zu treffen. Dass ihn seine Frau für Erledigungen in die Stadt geschickt hatte, kam ihm an diesem besonderen Sonntag also zupass.

Nachdem Josef schließlich einen Kaffee zu viel getrunken und mit Karl genügend alte Kamellen aufgewärmt hatte, wählten beide noch kurz, dann machte er sich auf den Rückweg. Passenderweise würde seine S-Bahn in einer knappen Viertelstunde abfahren. Gutes Timing!

Unten in der S-Bahn-Station war nicht viel los. Ein später Sonntagvormittag eben. Josefs gelangweilte Blicke blieben an der Info-Tafel hängen, obwohl er grundsätzlich nichts auf Tratsch gab und ständig nervige Werbung eingeblendet wurde. Die letzte Info hatte er aber interessant gefunden: *300 Muskeln sind am Lachen beteiligt*, hatte es da geheißen. Käme nach dem nächsten Werbeblock also ein Witz, um lachend Kalorien zu verbrennen? Aber nein, den Witz würde er verpassen, denn sein Handy klingelte. Seine Frau! Noch vor dem zweiten Klingeln drückte er auf das grüne Symbol auf seinem Handydisplay.

„Ja, hallo?"

„Hallo Schnurzelchen! Schön, dass du so schnell rangehst. Ich dachte schon, du hörst dein Handy bestimmt wieder nicht. Hör mal, hier steht so ein Mann vor der Tür…"

„Aber Liebling, bist du noch zuhause?", unterbrach sie Josef.

„Ja, bin ich, aber gerade auf dem Sprung. Wie du weißt, wollte ich doch zu Annalena. Und ich rufe dich auch nicht wegen des Schnittmusters an", sie machte wieder eine Pause, in der sich Josef siedend heiß daran erinnerte, dass er die Schnittmuster natürlich vollkommen vergessen hatte. Gut, dass sie angerufen hatte und ihn nebenbei daran erinnerte. Sonst würde sie sich nachher bei seiner Rückkehr wieder beschweren, dass er ihr nie zuhören würde.

„…sondern weil hier wie gesagt geklingelt wurde“, fuhr seine Frau fort. „Und zwar von der Polizei!“

Obwohl Josef sich nie etwas zu Schulden hatte kommen lassen, fuhr im doch ein Schreck in die Glieder. Was konnte denn die Polizei von ihnen wollen?

„Was will denn die Polizei von uns?“, erwiderte er deshalb schroffer, als er eigentlich mit seiner Frau sprechen wollte.

„Schnurzelchen, beruhige dich“, bremste ihn seine Frau auch direkt, die die veränderte Stimmlage sofort gehört hatte. Darin war sie Meisterin. „Es geht nicht um uns. Der nette Herr möchte gerne wissen, ob uns bei unserem Herrn Nachbarn etwas ungewöhnliches aufgefallen ist. Ob er anders war als sonst.“

„Du meinst Herrn Schrödinger?“

„Genau, unseren Nachbarn von oben, Rudolf Schrödinger“, bestätigte ihm seine Frau.

Auf der einen Seite war Josef erleichtert, dass die Polizei sich nicht für sie interessierte, auf der anderen war es ihm jedoch auch sehr unangenehm, dass nach ihrem Nachbarn gefragt wurde.

War Herr Schrödinger deshalb gestern verreist? Er hatte sich gewundert, es grundsätzlich aber begrüßt, dass der wortkarge Eigenbrötler, der sich seit dem Tod seiner Frau noch weiter zurückgezogen hatte, endlich wieder etwas unternahm. Jetzt erschien dessen Abreise in einem ganz anderen Licht.

Und – Moment! Was hatte gestern noch gleich auf dem Päckchen gestanden, dass Josef für seinen Nachbarn entgegengenommen hatte? Er hatte sich definitiv über den Absender gewundert, erinnerte sich nun aber zu vage. Er brauchte Gewissheit. Falls die Polizei seine Hilfe brauchte, würde es an ihm sicherlich nicht scheitern. Prompt räusperte er sich, um seiner Frau Anweisungen zu geben.

„Schnurzelchen, bist du noch da?"

„Ja, Liebling. Ich war in Gedanken", erwiderte er fahrig. Josef redete jetzt hektischer. Durch das viele Koffein konnte er viel schneller sprechen als sonst, während seine Hand sein Telefon leicht zittern ließ. „Nur ganz kurz, das ist wichtig: Geh mal bitte ins Treppenhaus, hoch zu Herrn Schrödinger. Ich habe ihm ein Päckchen vor die Tür gelegt, das unser Paketbote noch loswerden wollte."

Die Aufschrift des Pakets war eigentlich klar gewesen: NUR AN EMPFÄNGER PERSÖNLICH ÜBERGEBEN. Dem Paketboten schien das aber egal gewesen zu sein, diese armen Kerle hatten schließlich keine Zeit zu verschwenden, bei dem Stress und der miserablen Bezahlung. Josef hatte dazu mal eine erschreckende Reportage gesehen und daraufhin ihrem Paketboten aus Mitleid schon mehrmals Trinkgeld gegeben. Der wiederum hatte sich sichtlich gefreut und war seitdem ausnehmend freundlich. Auch wirkte er nicht mehr ganz so gehetzt, aber das könnte auch Josefs Einbildung sein.

„Für den nimmst du Pakete an? Der ist doch immer so unfreundlich, besonders, seit seine Frau…"

„So bin ich eben. Gehst du jetzt bitte kurz ins Treppenhaus? Das ist wichtig!"

„Ja, Schnurzelchen. Eine alte Frau ist schließlich kein D-Zug. Bin schon unterwegs."

Dumpf hörte er im Hintergrund: „Entschuldigen Sie, Herr Gendarm. Mein Mann möchte unbedingt, dass ich in den ersten Stock zu unserem Nachbarn gehe. Das scheint wichtig zu sein. Ich bin gleich wieder da!"

Anschließend schnaufte es am anderen Ende der Telefonverbindung. Josef wartete ungeduldig.

„So, da ist es, jetzt bin ich da", meldete sich seine Frau schließlich. „Was willst du denn wissen? Und warum überhaupt?"

„Weil ich durch deinen Anruf daran erinnert wurde, dass ich mich gestern über den Absender gewundert habe."

„Du weißt schon, dass der Paketbote dir das gar nicht hätte übergeben dürfen? Da steht: Nur an den Empfänger persönlich übergeben!"

„Jahaa. Liebling, bitte! Was steht auf dem Paket? Also außer dem Hinweis?"

„Als Absender ist Military World SRL angegeben. Das klingt wirklich merkwürdig."

„Sollten wir das der Polizei gegenüber erwähnen?", fragte Josef noch, während seine Frau das Telefon schon längst hatte sinken lassen. Er hörte sie durchs Treppenhaus nach unten rufen: „Herr Gendarm? Kommen Sie mal bitte? Dieses Paket sollten Sie sich ansehen, denke ich."

Einunddreißig

NERVEN WIE DRAHTSEILE

Zeitgleich. Sonntag, 25. September
Berlin, Berlin

Die Berliner Einsatzkräfte, stellte Joshua beeindruckt fest, hatten es wirklich drauf. Während er dem Kollegen am Telefon ihren aktuellen Fall geschildert hatte, war er sich nicht sicher gewesen, ob er sich selbst verstanden hätte. Wegen der Aufregung hatte er sich verhaspelt und hatte außerdem nicht wirklich chronologisch erzählt. Doch sein Ansprechpartner hatte gleich nach seinen einleitenden Worten, bei denen er sich nicht nur als Kollegen vorgestellt, sondern außerdem seine Bombenvermutung angesprochen hatte, einen Kollegen hinzugezogen. Und ihm dann durch gezielte Zwischenfragen eine einigermaßen schlüssige Geschichte entlockt. Gemeinsam hatten sie daraufhin in aller Eile entschieden, zu versuchen, Klarheit in die Angelegenheit zu bekommen, um anschließend weitere Schritte einzuleiten – oder eben Entwarnung zu geben. Wegen des Marathons war sowieso bereits viel Personal in Alarmbereitschaft. Seit dem Terroranschlag 2001 galten andere Maßstäbe als früher.

Noch während Joshua den Kollegen weitere Hintergründe ihres Falls schilderte – Schrödinger immer im Blick behaltend, der nur nach den ankommenden Läuferinnen und Läufern schaute – hörte er bereits, wie der Polizeihubschrauber angeflogen kam. Beeindruckend, wie schnell das ging. Während die anderen Zuschauerinnen und Zuschauer weiter begeistert klatschten, riefen und lärmten, um die Vorbeilaufenden anzufeuern, ohne etwas zu bemerken, fiel Joshua sofort auf, dass nun ein Polizeihubschrauber über ihnen schwebte und nicht etwa wie zuvor derjenige des rbb. Hier wurden andere Aufnahmen gemacht.

Fast hätte er, als er den Blick vom Hubschrauber löste, in seiner Aufregung Schrödinger aus den Augen verloren. Der wurde nämlich gerade unfreiwillig Mittelpunkt einer Großfamilie, die Aufstellung nahm, um den lokalen Lärmpegel noch einmal deutlich zu erhöhen. Die hatten sogar eine Trommel dabei!

Schrödinger war das sichtlich unangenehm. Würde er Hemmungen wegen der Kinder bekommen? Doch obwohl Joshua eben noch von der Schnelligkeit der Kollegen beeindruckt gewesen war, ging ihm jetzt alles viel zu langsam. Kaisa kam immer näher, ohne dass Joshua etwas anderes unternehmen konnte, als ihren Hauptverdächtigen im Blick zu behalten. Wenn er hektisch auf diesen zustürmen würde, würde er sicher nur alles schlimmer machen und im Extremfall eine Kurzschlussreaktion auslösen. Langsam aber sicher kroch ihm die Panik in die Gedärme.

Joshua hatte Angst wie selten zuvor im Leben. Oder wörtlich gesprochen: ihm ging der Arsch auf Grundeis. Schrödinger hatte nämlich den Hals gereckt. Und Joshua wusste, nachdem er dessen Blick gefolgt war, warum: dort hinten kam Kaisa angelaufen!

So kam es, dass Kriminalhauptkommissar Joshua Grimm, der einst zur Polizei gegangen war, um die Schwachen zu beschützen und die Bösen ihrer gerechten Strafe zuzuführen, der schon im Kindergarten gewusst hatte, dass er einmal Polizist werden wollte, der sich selbst immer für groß, stark und durchsetzungsstark gehalten hatte und behauptete, weder vor körperlichen noch verbalen Auseinandersetzungen zurückzuschrecken, der sich immer als Mann der Tat gegeben hatte und sich jeher für einen klasse Typ gehalten hatte, eine neue Seite an sich kennenlernte: er war ein Feigling!

Denn als es jetzt hart auf hart kam, tat Joshua… nichts.

Er hätte lossprinten sollen, um sich wie ein Filmheld aufopferungsvoll auf Rudolf Schrödinger und dessen Kasten zu werfen, um alle Umstehenden vor größerem Schaden durch die Explosion zu bewahren. Er hätte zumindest Kaisa vor Schrödinger und dessen Bombe abschirmen sollen, auch wenn sie sich in diesem Moment sicher mit aller Kraft gewehrt hätte, ihm später aber dankbar gewesen wäre. Oder er hätte Schrödinger mit einem einzigen gezielten Schlag KO hauen sollen – wäre schlussendlich nicht jede Handlung besser gewesen als nichts zu tun?

Joshua war jedoch wie versteinert, brachte es nicht einmal fertig, ein Wort der Warnung zu rufen oder die Hand zu heben. Er schaute lediglich, dafür mit sehr gequältem Gesichtsausdruck, zu, wie Kaisa ohne nach links oder rechts zu gucken und somit weder ihn noch Schrödinger wahrzunehmen, an ihnen vorbeilief. Trotz seiner Panik konnte er nicht umhin bewundernd festzustellen, wie schnell sie lief, obwohl sie bereits 35 Kilometer in den Beinen hatte.

Husch, schon war sie vorbei. Im wahrsten Sinne des Wortes war Kaisa an Schrödinger und ihm vorbeigehuscht. Einfach so, und nichts war passiert.

Joshuas Anspannung löste sich ein wenig. Wobei Schrödingers Handeln – wenn er so darüber nachdachte – doch irgendwie auch Sinn ergab. Oder etwa nicht? Schließlich wollte Schrödinger Rache an denen, die für den Tod seiner Frau verantwortlich waren. Und nicht an seiner laufenden Lieblingsermittlerin. Womöglich hatte er Kaisa noch ein letztes Mal bewundern wollen, bevor er zu drastischeren Maßnahmen griff?

Somit war die Gefahr also keinesfalls gebannt, sondern größer denn je. Er musste etwas unternehmen. Menschenleben waren in Gefahr, vor allem wollte er auch für Natalie kein Feigling sein! Und bis die Zentrale ein Sondereinsatzkommando anforderte und dieses dann auch noch vor Ort war, würde viel zu viel Zeit vergehen. Vielleicht war er in der aktuellen Situation auch der Einzige, der in der Lage war, die volle Tragweite der Entwicklungen zu erfassen. Was gab schon ein Einsatzleiter auf die Gefahrenmeldung eines einzigen Kollegen, der noch dazu von weit her kam und als Privatperson an der Strecke stand?

Fürwahr: jetzt tat sich etwas! Schrödinger hatte genug von Kaisa gesehen und löste sich aus der lärmenden Gruppe, die ihn umstellt hatte. Und das nicht ohne grimmig zu schauen!

Allzu weit lief er allerdings nicht. Kaum hatte er sich aus dem Körpergewirr befreit und sah ein freies Fleckchen Erde, schon war er im Begriff, seinen Kasten auf dem Boden abzustellen. Würde es jetzt gleich zum Supergau kommen?

Schrödinger zumindest bückte sich derart vorsichtig, dass es Joshua wie in Zeitlupe erschien. Und da fiel es ihm wie Schuppen von den Augen, weil die Mühlen der Polizei in einem Akutfall einfach zu langsam mahlten: jetzt war sein Einsatz gefragt!

„Zentrale von Streckenposten 211, bitte kommen."

„Hier Zentrale, Streckenposten 211, bitte kommen."

„Streckenposten 211, ich habe Sichtkontakt zur Zielperson und beobachte, wie angeordnet. Jetzt kommt Bewegung in die Sache. Bisher stand die Zielperson nur als passiver Zuschauer am Streckenrand, jetzt ist er im Aufbruch begriffen. Er hat sich bereits abgewendet und löst sich aus der Gruppe, in der er steht."

„Zentrale, verstanden. Fahren Sie fort. Wir sehen alles nur von oben."

„Die Zielperson ist nur ein paar Schritte gegangen und hat mit dem Rücken zur Strecke angehalten. Es sieht so aus, als wollte er seinen Kasten jetzt abstellen. Er geht dabei sehr behutsam vor. Und – Moment! Von rechts, also von der anderen Streckenseite kommt ein Unbekannter angesprintet, ganz eindeutig in Richtung der Zielperson! Was soll ich tun?"

„Halten Sie den Mann auf!"

Zweiunddreißig

DIE FRAU DI LACHT

Etwas später. Sonntag, 25. September
Berlin, Berlin

Maria Di Lacht hatte es ungeachtet des Umwegs und aller Widrigkeiten zum Trotz schließlich doch noch ins Ziel geschafft. Noch war sie frustriert und haderte mit ihren Entscheidungen des letzten Halbjahres, später würde sie aber froh sein, bis ins Ziel gelaufen zu sein. Aufgeben war nun mal nicht ihre Art.

Nachdem sie sich ausgeruht und umgezogen sowie allerlei Formen von Flüssigkeit und Kohlenhydraten verzehrt hatte, war sie schließlich zur nächstgelegenen U-Bahn-Station gehumpelt. Leider stand ihr noch zweimaliges Umsteigen bevor, was ihr bereits am Morgen auf dem Hinweg wie eine Odyssee vorgekommen war. Jetzt, mit schmerzendem Hinterteil und Oberschenkeln sowie einer großen Blase am rechten großen Fußzeh, wollte sie gar nicht an die nächsten anderthalb Stunden denken.

Obwohl sie sich mehr darauf gefreut hätte, wäre das Rennen in ihrem Sinne verlaufen, zückte sie aus Langeweile schließlich doch ihr Smartphone. Irgendwann musste man schließlich eine

Statusmeldung abgeben, wenn man im Vorfeld Gott und der Welt erzählt hatte, welch heroisches Unterfangen man für diesen Sonntag geplant hatte.

Zu ihrer Verblüffung hatte sie bereits 13 ungelesene Nachrichten von unterschiedlichen Absendern in ihrer Messenger App – und durchweg wurde ihr zu ihrem tollen Marathondebüt gratuliert. Ihr wurde ein wenig warm ums Herz. Ein bisschen ärgerte sie sich allerdings auch, dass scheinbar nicht mehr von ihr erwartet wurde. Schließlich war sie durchweg langsamer geworden. Die Enttäuschung saß noch zu tief. Dass sie einen kleinen, ungeplanten Umweg hatte laufen müssen ließ sie sich selbst gegenüber nicht als Ausrede gelten.

Als letztes öffnete sie dann jedoch den Chatverlauf mit Teng Teng Sha, ihrem Nachbar aus dem ersten Stock. Wenn sie sich hin und wieder im Treppenhaus sahen, hatte er immer ein Lächeln für sie übrig, ab und an fragte er sie auch nach ihrem Befinden und klang dabei stets ehrlich interessiert. Maria mochte Teng Teng, auch wenn sie ihn bisher nie richtig wahrgenommen hatte. Das sollte sich jetzt ändern, denn nach ihrem gebrauchten Tag bot er ihr Gelegenheit, doch noch einmal herzhaft zu lachen: Teng Teng hatte nämlich nicht nur rührenderweise an der Strecke gestanden und nach ihr Ausschau gehalten, wie es der Zufall wollte, hatte er sie außerdem genau in dem Moment gefilmt, als sie gegen den Streckenposten gelaufen war. Im Chat hatte er ihr lediglich das kurze Video und als Bezeichnung die Comicfigur Roadrunner gesendet. Das passte wie die Faust aufs Auge, sah es doch zu herrlich aus, wie sie ohne eine Schutzreaktion zu zeigen frontal gegen die breite Brust des hünenhaften Muskelmannes gelaufen war. Während ihr Gegenüber, ohne eine Regung zu zeigen, einfach stehen blieb, war Maria wie in einem Comic einfach abgeprallt und auf dem Hosenboden gelandet. Würde man den Zusammenprall in Dauerschleife mehrmals hintereinander schneiden, gäbe das sicher einige Lacher in den Social Media.

Dass Teng Teng am Ende des Videos auf sie zugerannt war, wie sie am verwackelten Bild leicht feststellen konnte, sicher um nach ihr zu sehen und ihr aufzuhelfen, hatte Maria in ihrem Delirium nicht mitbekommen. Sie hatte sich schnell aufgerappelt und war einfach weitergehumpelt, der neuen Streckenführung folgend. Wahrscheinlich hatte Teng Teng sogar noch Ärger mit dem Streckenposten bekommen, schließlich hatte er auf der Laufstrecke nichts zu suchen!

Wenn Maria jetzt so an ihn dachte, fiel ihr zum ersten Mal auf, was für ein tolles Lächeln Teng Teng hatte. Vielleicht sollten sie mal einen Kaffee trinken gehen, sie war gespannt, was Ludwig zu ihrem Nachbarn sagen würde. Was antwortete sie ihm denn jetzt am besten?

Auf der gegenüberliegenden Seite des Bahnsteigs war Max an diesem Sonntagnachmittag mit seiner Mutter unterwegs. Er sah Maria Di Lacht gleichzeitig humpeln und lachen und wunderte sich.

„Schau mal, Mama! Die Frau, die lacht, humpelt!"

„Du hast Recht, da ist Frau Di Lacht. Die kenne ich aus der Kirche."

Max war verwirrt. Eigentlich legte seine Mutter viel Wert auf die Sprache, war sie doch Deutschlehrerin. Jetzt war sich Max ziemlich sicher, dass sie einen Artikel vergessen hatte.

„Aber woher kennst du eigentlich Frau Di Lacht?“, wurde Max gefragt.

Er schaute seine Mutter irritiert an, jetzt war er noch mehr verwirrt. Er kannte die Frau, die eben gelacht hatte, doch gar nicht. Und schon wieder hatte seine Mutter den Artikel vergessen! Da war sich Max ganz sicher.

„Ich frage mich, wo Ludwig ist, den hat sie doch sonst immer dabei!“

Nun war Max vollends verwirrt. Welche Frage sollte er zuerst stellen?

Dreiunddreißig

KEIN MITLEID

Kurz zuvor. Sonntag, 25. September
Berlin, Berlin

Joshua sprintete wie von der Tarantel gestochen aus dem Stand heraus los. Schneller noch als bei jedem Football-Spiel, schneller noch als bei jedem Sprint im Training, schneller noch als damals bei den Bundesjugendspielen. Das Adrenalin, das sein Herz durch seine Blutbahnen pumpte, wirkte Wunder. Erquickend, aufputschend, energetisierend.

Bis zu Schrödinger, der von ihm abgewandt weiterhin damit beschäftigt war, seinen Kasten abzustellen, waren es gut 150 Meter. Anders als der aus der Form geratene Lars Klingauf hatte Joshua allerdings kein Problem, seine volle Geschwindigkeit zu halten. Beim Kreuzen der Strecke hatte er Glück, dass gerade niemand angelaufen kam. Als Joshua dann jedoch nur noch knappe 30 Meter bis zu Schrödinger und dessen Kasten fehlten, nahm er schräg vor sich einen anderen Mann wahr, der ebenso wie er losgerannt war. Dieser wiederum wurde auch von Schrödinger entdeckt, der seinen Kasten gerade endlich abgestellt hatte und sich verwundert aufrichtete. Eine glückliche Fügung für Joshua, der dadurch von seiner Zielperson gänzlich unbemerkt blieb und weiterhin eine große Angriffsfläche bot: aus dem vollen Sprint heraus tackelte er Schrödinger wie auf dem Footballfeld, was jedoch durch die fehlende Schutzausrüstung und den harten Berliner Bordstein wesentlich schmerzhafter war als sonst.

Joshuas rechte Schulter knallte mit voller Wucht in die Nierengegend von Rudolf Schrödinger, mit seinem Arm riss Joshua sein Gegenüber mit, sodass beide in sicherem Abstand von Schrödingers Kasten hart auf dem Boden landeten. Beim Zusammenstoß hörte Joshua etwas knacken, dann schlugen sie schon auf dem Boden auf.

In Schrödingers Lungen blieb keine Luft mehr für einen Schmerzensschrei.

Noch während die beiden zu Boden gegangenen nach Atem rangen und versuchten festzustellen, was ihnen akut am meisten weh tat, hatte auch Streckenposten 211 – mit weltlichem Namen Polizeikommissaranwärter Tobias König – Schrödingers ehemaligen Standpunkt erreicht. Er versuchte sofort Kontrolle über die Situation zu erlangen und funkte nach Verstärkung, die aufgrund der Luftaufnahmen schon auf dem Weg war. Noch bevor er sich um die Zusammengestoßenen kümmerte, versuchte er sicherzustellen, dass sich niemand der Umstehenden dem Kasten näherte. Der zentrale Schauplatz hatte sich gerade von der Marathonstrecke wegverlagert. Weg von den Laufenden, hin zu den Liegenden. Und deren Kasten.

„Vorsicht mit dem Kasten!“, ächzte Joshua vom Boden aus.

„Ruhe und keine Bewegung!“, wurde er von PKA König zurechtgewiesen.

„Es ist nicht das, wonach es aussieht“, meldete sich jetzt auch Schrödinger mit leidendem Unterton zu Wort. Viel mehr als ein Krächzen bekam er nicht heraus.

„Ruhe habe ich gesagt!“

Kurz darauf waren Joshua und Schrödinger voneinander separiert und aufs Gröbste medizinisch versorgt worden. Während Joshua mit einer Schürfwunde davongekommen war, hatte man Schrödinger einen Kopfverband verpasst, weil er sich beim unsanften Aufprall eine Platzwunde zugezogen hatte. Auch zwei Rippen waren angeknackst, da verzichtete man aber auf einen weiteren Verband. Nach seinem jüngsten Krankenhausaufenthalt sah Schrödinger wahrlich mitgenommen aus. Seine Miene spiegelte sein Elend, Joshua hatte allerdings keinerlei Mitleid.

Auf der Straße hatte man großzügig um Schrödingers Kasten abgesperrt. Während Zuschauer und Passanten weitergeschickt worden waren, wurden Joshua und Schrödinger am Ort des Geschehens festgehalten. Beide durften – beziehungsweise mussten – mitansehen, wie sich nun ein Spezialist der Polizei dem Kasten näherte. Joshua, weil er sich als Kollege hatte identifizieren können und bleiben wollte, und Schrödinger als Besitzer des Kastens, der weiterhin konsequent und nachdrücklich beteuerte, dass es sich um ein großes Missverständnis handle. Wirklich zuhören wollte ihm aber niemand. Auch Joshua hatte im Moment die Geduld mit ihm verloren. Vielleicht hätte es jetzt Kaisa gebraucht, die sicherlich mehr auf Schrödinger zugegangen wäre.

In den vorangegangenen Minuten, die für Joshua aus einer schier endlosen Reihe angespannter Momente des Wartens bestanden hatten, hatte man aus der Entfernung allerlei Messgeräte bemüht und Diskussionen geführt. Schließlich war der Spezialist losmarschiert.

Jetzt war der Moment der Wahrheit gekommen.

Aus der Entfernung – Joshua saß etwa 100 Meter abseits – sah es aus dessen Sicht sehr entspannt aus, wie der Spezialist dort auf den Kasten zuschritt. Hatten ihm die Voruntersuchungen bereits wichtige Hinweise gegeben? Joshua hatte nichts mitbekommen, sich den Weg zu einer Bombe allerdings deutlich spannungsgeladener vorgestellt.

Immerhin handelte es sich um Schrödingers Kasten: solange sie nicht hineinschauten, war gleichzeitig eine Bombe im Kasten und keine Bombe im Kasten. Man musste nachschauen, um Gewissheit zu haben.

Während der Spezialist weiter forsch voranschritt, konnte Joshua nicht anders, als nervös mit dem Bein zu wippen. Sein linkes Knie brannte, er hatte vom Aufprall eine mächtige Schürfwunde davongetragen. Außerdem war seine Lieblingshose kaputt. Den langen Riss würde man nur schwer wieder flicken können. Zumindest verliehen die Verletzungen und das beschädigte Kleidungsstück seiner Erzählung Natalie gegenüber mehr Glaubwürdigkeit. Dass er auch direkt mit einem solch verrückten Fall in die neue Beziehung starten musste!

Jetzt war der Spezialist endlich fast am Kasten angekommen. Doch just mit knappen fünf Metern Restweg blieb dieser abrupt stehen. Für Joshua sah es fast so aus, als lege er seinen Kopf schräg, um zu lauschen. Schon war dann die Pause vorbei, der Spezialist hatte den Kasten erreicht und öffnete ihn ohne viel federlesen. Sich vor den Kasten kniend griff er behutsam, fast schon liebevoll, hinein, und hantierte kurz darin herum. Dann drehte er sich zu seinen Kollegen um und winkte. PKA König schien sich angesprochen zu fühlen und eilte zu Kasten und Experte. Dort angekommen fiel die Unterhaltung recht kurz aus.

„Kollege, Sie können Entwarnung geben."

„Entwarnung. Verstanden."

„Nun schauen Sie nicht so perplex."

„Hätten sie nicht Entwarnung funken können?"

„Nein, hätte ich nicht. Wegen der möglichen Strahlung habe ich nie ein Funkgerät dabei, wie Sie wissen sollten. Im Kasten befindet sich keine Bombe, wie erwartet. Dennoch ist der Inhalt sehr ungewöhnlich. Ich zumindest hatte das noch nie. Holen Sie mir doch mal unseren hessischen Kollegen, dass der sich das anschauen kann. Das sollte er sehen."

„Was ist denn im Kasten?"

„Schauen Sie einfach kurz rein. Und dann holen Sie bitte den Kollegen."

Es war also doch keine Bombe in Schrödingers Kasten, sonst wäre nicht der junge Kollege hinzugerufen worden. Joshua war erleichtert. Aber in gewisser Weise fühlte er auch Enttäuschung. Er hatte komplett danebengelegen. Vor allem war Schrödinger unschuldig, er hatte ihm Unrecht getan. Was für einen Wirbel er ausgelöst hatte, alles wegen eines harmlosen Kastens!

Dennoch war er weiterhin von der Richtigkeit seines Handelns überzeugt. Er war sich absolut sicher gewesen, dass Schrödinger mit einer Bombe an die Strecke gekommen war, um seine Idee, die er Kaisa gestanden hatte, in die Tat umzusetzen.

Etwas trotzig schaute Joshua entsprechend Tobias König entgegen, der gerade auf ihn zugelaufen kam. Ob er sich jetzt endlos würde rechtfertigen müssen? Ein bisschen peinlich war es schon, den Kollegen all die Arbeit gemacht zu haben. Aber nein, sein Handeln wurde in keiner Weise hinterfragt oder angezweifelt. Der junge Beamte kam nicht, um ihn zur Einsatzleitung zu zitieren, sondern überbrachte nur eine Botschaft.

„Herr Grimm? Sie sollen bitte vor zum Kasten gehen. Sie dürfen sich den Inhalt anschauen."

„Äh… okay", erwiderte Joshua leicht perplex. Damit hatte er nicht gerechnet, obgleich es ihn brennend interessierte, was Schrödinger denn nun durch die ganze Stadt getragen hatte.

Also setzte er sich in Bewegung und kam sich sofort komisch vor, wie er von sämtlichen Augenpaaren verfolgt wurde. Ruderte er immer so mit seinen Armen? Aber er konnte doch jetzt nicht seine Hände in die Hosentaschen stecken! Er legte stattdessen einen Zahn zu, um endlich anzukommen. Hundert Meter konnten allerdings ganz schön lang sein.

Schließlich – endlich! – hatte er sein Ziel erreicht. Mit einem freundlichen Nicken wurde er vom Experten begrüßt, der geduldig auf ihn gewartet hatte. Noch hielt er den Kasten zu und fragte, Joshua anblickend: „Bereit?"

Ohne dessen Antwort abzuwarten, klappte der Experte den Deckel des Kastens auf. Joshua erkannte zunächst nur eine karierte Decke, seine Mutter hätte Kolter gesagt, auf dem Boden und musste sich vorbeugen, um mehr zu erkennen.

Was er dann sah, war wirklich eine Überraschung.

Vierunddreißig

EIN CHAT

Eine halbe Stunde später. Sonntag, 25. September
Berlin, Berlin

Hi Kaisa, Glückwunsch zum Rennen!
Ganz stark!
Wie war es?

Hi Joshua.
Boah.
Danke der Nachfrage.
Richtig hart. Aber ich bin angekommen.

Habe es live verfolgt
Die Zeit ist doch klasse. Bist du nicht zufrieden?

Irgendwie nicht so richtig
Im Fernsehen sieht das leichter aus
Ein bisschen weniger Leiden hätte auch gereicht

Na, der Stolz kommt sicher noch
Immerhin bist du durchgelaufen!

Stimmt
Minimalziel erreicht, haha

Siehste.
Sag mal, bist du im Hotel?

Ja, bin ich
Mir war so kalt, dass ich noch im Bett liege
Trotz der heißen Dusche
Dann kam der Hunger, also habe ich mir Pizza bestellt
Willst du ein Foto?

Nein, das schaue ich mir persönlich an
Bin in Berlin

Echt jetzt?
Du bist extra nach Berlin gekommen?

Jep.

Warst du an der Strecke?
Habe dich nicht wahrgenommen

Haha
Das habe ich gemerkt
Voll im Tunnel!

Puh
Da kommst du extra nach Berlin und ich sehe dich nicht!

Kein Ding
Mein Ausflug hat sich auch ohne dein Rennen gelohnt
Erzähle ich dir ein andermal

Nein, jetzt
Du kannst doch nicht nur Andeutungen machen

Na gut
Weil du es bist
Ich habe auf der Zugfahrt jemanden kennengelernt

Wohoo
Wie heißt sie?

Natalie

Das freut mich total, Joshua!
War sie mit an der Strecke?

Danke
Nein, aber sie hat mich hingeschickt
Wollte eigentlich gar nicht gehen

Hihi
Kann ich verstehen
Unglaublich, dass ich dich unterwegs nicht gesehen habe

So viele Menschen!
Aber ob du es glaubst oder nicht:
Ich meine zwischendurch blaue Augen gesehen zu haben!

Joah.
Da habe ich noch eine Überraschung für dich
Dürfen wir vorbeikommen?

Klar dürft ihr
Aber wer ist wir?
Bringst du Natalie mit?

Nein, die nicht.
Lass dich überraschen
Bis gleich!

Mensch, Joshua
Das geht doch auch einfacher!
Aber egal, bis gleich

Fünfunddreißig

ÜBERRASCHUNGSKASTEN

Zwei Stunden später. Sonntag, 25. September
Berlin, Berlin

Für Saskia Kupferschmidt, die kompetente, stets hilfsbemühte und professionell lächelnde Hotelfachfrau, die an diesem Sonntagmittag am Empfang von Kaisas Hotel Dienst hatte, war völlig klar, dass die beiden Herren, die gerade durch die Drehtür in den Empfangsbereich traten und dabei recht mitgenommen aussahen, am Berlin-Marathon teilgenommen hatten. Es passte einfach, wie die beiden bei jedem Schritt gequält das Gesicht verzogen. Beide humpelten und wirkten auf Saskia auch ziemlich erschöpft. In dem Kasten, den der kleinere und ältere der beiden etwas verkrampft in den Armen trug, war sicher ihre Wettkampfkleidung, die sie beim Laufen getragen hatten. Nur die Medaillen fehlten, aber die hatten die Zwei sicher auch im Kasten verstaut.

Während die beiden sich in der Lobby kurz suchend umschauten, fragte Saskia sie nach ihrem Rennen und lud sie ein, sich am vom Hotel eigens für die Marathonis vorbereiteten

Büffet mit Nudeln, Obst, Müsliriegeln und Getränken zu bedienen. Dafür bekamen sie Jahr um Jahr in den diversen Hotel-Bewertungsportalen von ihren Gästen Bonuspunkte. Von den beiden Herren erntete Saskia allerdings sehr irritierte Blicke. Sie machte sich nichts daraus, sie schob es auf die offensichtliche völlige Erschöpfung. Ohne ihr Lächeln zu verlieren bot sie an, dass sich die beiden gerne auch später noch einen Müsliriegel oder eine Banane nehmen könnten. Immerhin bedankte sich der größere freundlich mit einem Kopfnicken, als die beiden in den Aufzug humpelten. Das waren wohl zwei der introvertierten Sorte Läufer gewesen!

Oben angekommen hielten sich Joshua und Schrödinger nach rechts, immer den aufsteigenden Zimmernummern folgend, bis sie vor Kaisas Zimmer standen.

Joshua klopfte. Von weit entfernt hörte er Kaisas gedämpfte Stimme, die „Moment!“ rief. Einige Augenblicke später öffnete sie die Tür, die sie scheinbar mit aller Kraft aufziehen musste.

„Joshua, hi! Schön dich zu sehen!“, stieß sie als erstes hervor, dann bemerkte sie Schrödinger hinter seinem Kasten. „Und... Herr Schrödinger“, sie blickte fragend zu Joshua, „na, das ist aber eine Überraschung!“

„Lass dich erst einmal drücken“, erwiderte Joshua aber nur. Die Erklärung hatte noch einen Moment Zeit. „Glückwunsch nochmal zu deinem Marathon!“

Jetzt, als ihm Kaisa nach diesem aufregenden Wochenende gegenüberstand, war ihr Zauber wie verflogen. Obwohl Joshua ihr Lächeln noch immer wunderhübsch fand, wusste er doch, dass er zu Natalie gehörte. Wie die Liebe doch spielte! Er mochte Kaisa immer noch sehr, aber eindeutig freundschaftlich.

„Entschuldigung!“, trug Kaisa derweil weiter zu ihrer Entzauberung bei. Während Joshuas Tagträumereien hatte sie aufstoßen müssen. „Zur Feier des Tages habe ich mir eine vegane Salamipizza gegönnt. Die kann man immer doppelt genießen“, erklärte sie, während sie ihre beiden Besucher ins Zimmer führte. Nachdem sie die beiden Stühle ihres Hotelzimmers von bunten Laufklamotten befreit hatte, sodass sich Joshua und Schrödinger setzen konnten, ließ sich Kaisa wieder aufs Bett fallen. Sie griff sich eine Pflaume und biss herzhaft hinein. Die Pizza hatte offensichtlich nicht gereicht. Außerdem lagen zwei Bananen, ein Apfel, zwei Apfelsinen und drei Müsliriegel auf dem Bett. Im Gegensatz zu ihrem Besuch hatte sie augenfällig keine Hemmungen gehabt, über das Marathoni-Büffet des Hotels herzufallen.

„Eben dachte ich mir noch: Wie dünn sie ist! Nur Haut und Knochen. Aber bei deinem Appetit brauche ich mir wohl keine Sorgen zu machen“, kommentierte Joshua die Situation.

„Ihr hättet mir gerne noch ein paar Nudeln mit Tomatensauce von unten mitbringen können!“, erwiderte Kaisa lapidar, um daraufhin fortzufahren: „Jetzt erklärt mir aber doch bitte mal, was ihr hier in Berlin macht! Herr Schrödinger – Sie haben noch gar nichts gesagt. Hallo erstmal. Und: was machen Sie hier?“

Es schien fast, als würde der so direkt Angesprochene leicht erröten.

„Nun“, begann Schrödinger zögernd, „ich war ziemlich begeistert von Ihnen, Frau Nieminen.“ Er hob beschwichtigend die Hände, seinen Kasten hatte er auf dem Zimmerboden abgestellt. „Das wirkt hoffentlich nicht übergriffig, ich will Sie nicht belästigen. Aber wie ich Ihnen beiden ja bereits im Krankenhaus erzählt habe, hatte ich mein Leben zuletzt so ganz und gar nicht im Griff. So, wie es seit Januar bei mir läuft, kann es nicht weitergehen. Das ist mir jetzt klar. Aber mir hat der Anstoß gefehlt, ich war im destruktiven Denken gefangen. Bin immer nur hinaus, wenn ich es gar nicht mehr ausgehalten habe."

Er zögerte, fuhr dann aber fort: „Aber dann kamen Sie. Sie natürlich auch, Herr Grimm, aber vor allem hat mich ja Frau Nieminen auf den Boden der Tatsachen zurückgeholt. Erst wortwörtlich, dort am Bahndamm vor der Kläranlage in Dietzenbach, dann auch mit Ihren Worten."

Wieder eine kurze Pause, in der Schrödinger durchatmete. Kaisa und Joshua ließen ihm die Zeit.

„Erst im Nachhinein, das ist oft so bei mir", Schrödinger schluckte, „ist mir dann klar geworden, wie wahr Ihre Worte waren und sind, Frau Nieminen. Die haben mich im Kern getroffen: Auch Erika hätte etwas zum Positiven ändern wollen. Dieser Anstoß war mir wirklich Gold wert. Vielleicht werde ich Streetworker, vielleicht fällt mir noch etwas Besseres ein."

„Das freut mich wirklich sehr", Kaisa war gerührt. Und auch ein bisschen stolz.

„Und deshalb", übernahm Schrödinger wieder das Wort, „wollte ich Ihnen etwas zum Dank schenken." Jetzt deutete er auf seinen Kasten. Kaisa war gespannt, was sie nun erwartete. Was schenkte ihr jemand wie Schrödinger – und wie würde sie reagieren müssen?

Zunächst aber hakte Joshua ein: „Dazu musst du wissen, dass ich ganz kurz meinte, Herrn Schrödinger schon im Zug gesehen zu haben. Da bin ich allerdings davon ausgegangen, dass er noch im Krankenhaus sei. Hattest du eigentlich schon mit Frau Dr. Kühnast wegen des psychologischen Erstgesprächs telefoniert?"

„Oh, Mist! Sorry! Das habe ich durch Michis Männergrippe völlig verschwitzt."

„Geht es um mich? Ich brauche doch keine Psychotherapie!", fragte der etwas außen vor gelassene Rudolf Schrödinger. Kaisa und Joshua ließen diese Selbsteinschätzung unkommentiert.

„Macht ja nichts", antwortete Joshua Kaisa, als hätte es keinen Einwurf seitens Schrödinger gegeben. „Aber ich hatte das irgendwie im Gefühl und die angebliche Bombe, die Herr Schrödinger bei unserer letzten Befragung so nebenbei erwähnt hatte, immer im Hinterkopf. Deswegen habe ich vorhin eventuell auch leicht übertrieben reagiert. Für mich war aber sofort klar, dass du auf der Strecke in Gefahr schwebst!"

„Ich hatte nur ziemlich viele ziemlich aufgeregte Nachrichten auf meinen Smartphone. Was genau ist denn eigentlich passiert?"

Also fasste Joshua den auf vielen Ebenen aufregenden Vormittag zusammen. Im Prinzip war schnell erzählt, wie er Herrn Schrödinger mit dem Kasten an der Strecke gesehen und dann die Berliner Polizei alarmiert hatte sowie schließlich selbst zur Tat geschritten war. Um dann damit zu enden, wie er in den Kasten geschaut und beschlossen hatte, diesen zusammen mit Herrn Schrödinger an Kaisa zu übergeben. Der hatte, ohne mit der Wimper zu zucken oder auch nur einmal zum Sprechen anzusetzen, still zugehört.

Jetzt griff er nach besagtem Kasten, zu dem Kaisa nun alle Hintergründe hatte und welcher immer noch ungeöffnet vor Schrödinger stand.

Schrödinger hatte den Kasten feierlich vor Kaisas Bett gestellt, Kaisa wiederum saß ganz am Rand ihrer Matratze und war im Begriff, nun selbst einen Blick hinein zu wagen.

„Herr Schrödinger, ich bedanke mich schon mal im Vorfeld, wobei ich mir nicht so ganz sicher bin, ob ein Geschenk überhaupt angebracht ist. Außerdem muss ich zugeben“, sie lächelte zu Joshua herüber, „dass ich, wenn ich Sie am Streckenrand wahrgenommen hätte, eventuell die gleiche Schlussfolgerung gezogen hätte wie Herr Grimm. Dass Sie eine Bombe bauen, war für uns nicht ausgeschlossen.“

„Aber Frau Nieminen!“, Rudolf Schrödinger war ganz außer sich. „Ihnen würde ich doch nie etwas tun! Nicht so, wie diesen Taugenichtsen, die genau das bekommen haben, was sie verdienen!“

„Oh!“, Kaisa war sofort klar, was Schrödinger damit gerade zugegeben hatte.

„War das ein Geständnis?“, hakte Joshua direkt nach.

Gespannte Stille. Kaisa und Joshua schauten Schrödinger eindringlich an, dessen Blicke zwischen beiden hin- und herhuschte. Schließlich schaute er Kaisa an, suchte einmal mehr in ihren Augen die eigene Courage, um dann schließlich zuzugeben: „Ja“, er schüttelte über sich selbst den Kopf. „Ihnen gegenüber rede ich einfach zu viel.“

Joshua blickte triumphierend zu Kaisa: sie hatten den Fall gelöst!

„Wie geht es jetzt mit mir weiter?“, fragte der Geständige, der sich mit seinem Blick noch immer an Kaisa festhielt.

Joshua schob ein: „Zunächst einmal öffnet Frau Nieminen endlich ihren Kasten. Obwohl ich weiß, was drin ist, halte ich die Spannung nicht mehr aus! Alles Weitere wird sich fügen.“

„Aber welche Strafe erwartet mich?“, insistierte Schrödinger. Leichte Panik schlich sich in seinen Blick, der nun zwischen Joshua und Kaisa hin- und herglitt.

„Da kann ich Ihnen sehr kompetent Auskunft geben“, schaltete sich jetzt Kaisa ein, „immerhin habe ich die einschlägige Literatur in den letzten Jahren sehr intensiv bearbeitet: Es kommt darauf an!“

Andere Juristen hätten nun vielleicht gelacht, Schrödinger schien den Witz jedoch nicht zu verstehen – oder konnte nicht lachen, solange seine Zukunft so unsicher war.

„In Ihrem speziellen Fall“, fuhr Kaisa also fort, nachdem klar war, dass niemand mit ihr lachte, „kann ich mir vorstellen, dass Ihnen Ihr Schuldeingeständnis sowie Ihre Absicht, sich sozial zu engagieren, wahrscheinlich angerechnet wird. Vielleicht kommen Sie mit einigen – aber nicht wenigen – Sozialstunden davon. Das liegt aber auch am Richter.“

„Ich bin ein wenig beruhigt, werde aber vermutlich dennoch nicht schlafen können, bis das Urteil gefällt ist. Was aber natürlich keinen großen Unterschied zum jetzigen Zustand macht“, überlegte Schrödinger. Dann fuhr er fort: „Da nun alles raus ist, möchte ich wiederum denjenigen anzeigen, der mich in

Waldhof so zugerichtet hat. Das war eines meiner Opfer, der sich gerächt hat, ich kann ihn genau beschreiben."

„Die Aussage nehme ich gerne nächste Woche auf dem Revier auf. Gleich morgen früh muss ich mich auch darum kümmern, dass unser lieber Kollege nicht weiter Klinken putzt", antwortete Joshua.

„Schade eigentlich, dass wir darüber keine sachdienlichen Hinweise erhalten haben", fügte Kaisa an.

„Die wären noch gekommen", war sich Joshua sicher. „Sie brauchen sich keine Vorwürfe machen, dass Sie sich verplappert haben, Herr Schrödinger! Wir hätten Ihnen die Taten noch nachgewiesen, da besteht für mich keinerlei Zweifel. Es war also nur zu Ihrem Vorteil, weil Ihnen Ihr Geständnis jetzt positiv ausgelegt werden kann.

Die Frage ist", überlegte Joshua laut weiter, „wie wir Sie jetzt zurück nach Offenbach kriegen. Im Grunde muss ich Ihnen Fluchtgefahr unterstellen, obwohl Sie geständig waren. Immerhin haben Sie niemanden, so Leid es mir tut, der auf Sie angewiesen ist. Oder umgekehrt. Ich fürchte, wir müssen im Anschluss auf eine Berliner Wache für ein offizielles Geständnis. Das gefällt weder Ihnen noch mir, und ganz bestimmt auch nicht Natalie. Ich rufe am besten direkt den zuständigen Staatsanwalt an, wie wir am geschicktesten vorgehen.

Oder was denkst du?", fragte er an Kaisa gewandt.

„Ich denke, ich will jetzt endlich in diesen Kasten schauen!"

Damit waren die Überlegungen vorerst auf Eis gelegt.

„So, dann wollen wir mal. Wegen dieses Kastens wurde also der große Hauptstadt-Marathon umgeleitet, fast sogar abgebrochen!", sagte Kaisa, während sie sich wieder ihrem Geschenk zuwandte.

„Ich kann mir vorstellen, dass wir später einmal darüber lachen werden, auch wenn es heute sehr aufregend war. Mein Michi war ganz außer sich!"

Dann verstummte sie, um sich voll und ganz darauf zu konzentrieren, den Deckel des Kastens behutsam anzuheben.

Zunächst sah sie nur, sich der gespannten Blicke von Joshua und Schrödinger nur allzu bewusst, eine flauschige Decke am Boden des Kastens, die für Gemütlichkeit sorgte. Schließlich war der Deckel vollends geöffnet und sie konnte den ganzen Inhalt sehen. Ihr ging das Herz auf: „Ach herrjemine, ist die niedlich!"

Sechsunddreißig

DAS GLÜCK HAT VIER PFOTEN

Montag, 26. September
Neu-Isenburg, Hessen

Den Montag hatten sich sowohl Kaisa als auch Michi frei genommen, um in aller Ruhe zurück nach Hause fahren zu können. Beide waren sich nicht sicher gewesen, wie Kaisa den Marathon verkraften würde und ob sie noch am gleichen Tag würde nach Hause fahren können. Nun war Kaisa ein wenig traurig, sich so ganz allein – Joshua und Schrödinger hatten eine andere Verbindung gewählt – auf den Weg zum Bahnhof machen zu müssen. In Momenten wie diesen vermisste sie ihren Michael ganz besonders. Bald wäre sie aber daheim, zur Überraschung hatte sie ihm sogar extra einen Flachwitz mitgebracht. Außerdem war sie sehr gespannt darauf, was Michi zu Schrödingers Geschenk sagen würde.

Wie auf dem Hinweg gab es auch jetzt keinerlei Probleme mit ihrer Verbindung. Mit dem ICE, der direkt bis nach Frankfurt fuhr, war sie somit mittags bereits wieder in heimatlichen

Gefilden. Die S-Bahn brachte sie schließlich zurück nach Neu-Isenburg.

Umgekehrt war sie wohl auch vermisst worden, sie wurde nämlich direkt am Bahnsteig empfangen. Fast hätte sie ihren Freund gar nicht erkannt, war dieser doch in einem Berg von Tulpen verborgen.

Nachdem sie sich begrüßt hatten und Michi gleich mehrfach betont hatte, wie froh er sei, sie unversehrt wiederzusehen, nahm er ihr Tasche und Kasten ab, um ihr die frischen Blumen zu geben, die er ihr scheinbar extra gekauft hatte. Kaisa freute sich sehr, wunderte sich aber dennoch: „Warum denn Tulpen?"

„Damit ich dich fragen kann, was ein Florist sagt, wenn ihm ein Fehler unterläuft."

„So ein Mist vielleicht?"

„Nein: Mea Tulpa!"

Sie lachte: „Wenn du für deine Flachwitze jetzt immer Requisiten kaufst, wird dieses Hobby aber ganz schön teuer! Außerdem hatte ich dir doch extra einen aus Berlin mitgebracht!"

„Ehrlich? Du bist ja ein Schatz!", Michi strahlte.

„Wie nennt man den Schutzpatron von Spielplätzen?"

„Ich warte."

„Den heiligen St. Kasten."

Michi lachte. „Ok, der ist besser als Mea Tulpa!"

Dann schaute er zum Kasten, der ihm selbstverständlich fremd war. „Was hast du denn hier eigentlich noch mitgebracht?"

Den Bahnhof hatten sie mittlerweile hinter sich gelassen, sie spazierten durch die Bahnhofsstraße den knappen Kilometer zurück nach Hause. Kaisa war ganz froh, nur die Blumen tragen zu müssen, sie fühlte sich noch sehr unrund, weil die Oberschenkel schmerzten.

„Der Kasten beziehungsweise der Inhalt ist ein Geschenk von unserem Täter, Rudolf Schrödinger. Ist eine lange Geschichte. Schau am besten einfach mal vorsichtig hinein", antwortete Kaisa.

Also stellte Michi den Kasten auf der nächstgelegenen Sitzbank ab, Kaisas Tasche legte er daneben. Dann hob er den Deckel an, genau wie Kaisa am Vortag.

„Das gibt's doch nicht! Die ist ja süß!", Michi blickte ungläubig, aber dennoch breit strahlend, zu Kaisa.

„Er, um genau zu sein. Nimm ihn mal heraus, er ist ganz zutraulich!", freute sie sich.

Also griff Michi ganz behutsam in den Kasten und hob sehr liebevoll einen kleinen, weißen Kater heraus. Der Kleine streckte sich verschlafen, fing aber leise an zu schnurren. Michi war ganz verzaubert, noch mehr ging ihm das Herz jedoch auf, als er seine Freundin anschaute: So glücklich hatte er seine Kaisa lange nicht gesehen.

Während Michael die kleine Katze streichelte, bat Kaisa: „Michi, bitte lass ihn uns behalten. Das kommt jetzt natürlich sehr überraschend, aber er ist einfach so niedlich! Und einen Mitbewohner haben wir uns doch schon länger gewünscht."

„Natürlich. Wie könnte ich bei diesem Strahlen in deinen Augen überhaupt auf die Idee kommen, zu widersprechen?"

„Du bist ein Schatz!", was sie mit einem Kuss untermauerte. „Ich habe sogar schon einen Namen: lass ihn uns Erwin nennen! Schließlich ist er Schrödingers Katze!"

Eine Viertelstunde später, zurück in ihrer Wohnung, war etwas anders als sonst, das merkte Kaisa sofort. Und es war definitiv nicht der Umstand, dass sie jetzt zu dritt dort wohnten. Kurzerhand machte sie sich auf die Suche, ihre Tulpen ließ sie zunächst einfach im Flur auf der Kommode liegen.

Im Wohnzimmer war offensichtlich, dass sich ihr Michi alle Mühe gegeben hatte, sie daheim willkommen zu heißen. Auf dem Weg zum Esstisch lagen Startnummern statt Rosenblätter auf dem Boden verteilt, die er zu Herzen gefaltet hatte. Der Esstisch wiederum war bereits eingedeckt. Er hatte eine Picknickdecke auf den Tisch gelegt und darauf Rohkost, Obst sowie Pizzateilchen angerichtet. Wie früher, ganz zu Beginn ihrer Beziehung, als sie regelmäßig im Grünen gepicknickt hatten.

„Ich habe auch noch eine Überraschung für dich", grinste Michael hinter ihr und nahm sie in den Arm. Klang er irgendwie aufgeregt? Das Herz in seiner Brust konnte Kaisa durch die Kleidung pochen spüren.

„Alles nur wegen des Marathons? Du bist ein Schatz!", freute sich Kaisa.

Doch die vorbereitete Überraschung war noch nicht vorbei. Nachdem Kaisa kräftig zugelangt hatte, während Michi keinen allzu großen Appetit zu haben schien, reichte er ihr das gemeinsame Tablet: „Ich habe dir eine Fotogalerie vorbereitet."

Dort bekam Kaisa vielerlei Bilder von Michi und ihr zu sehen, die sie zum Lachen brachten und rührten. Es waren schöne Erinnerungen: Fotos etwa vom gemeinsamen Picknick, Fotos von einem Besuch im Zoo, ein Foto, als sie sich im Kino Popcorn in die Münder stopften und ein Foto vom romantischen

Abendessen bei Kerzenschein bei ihrem Lieblingsitaliener. Sogar ein Foto vom Training, auf dem Kaisa sehr entspannt aussah, während Michi kämpfen musste, war dabei. Kaisa war ganz in der Vergangenheit versunken.

„Du bist wirklich süß! Hast du mich so sehr vermisst?", fragte Kaisa, noch versonnen auf das Tablet blickend.

Doch Michi saß ihr nicht mehr gegenüber, stattdessen hatte er sich neben den Tisch und vor Kaisa gekniet. Das hatte Kaisa, ganz in den Bildern vertieft, gar nicht mitbekommen. Er wartete, mehr und mehr nervös werdend, wohl schon einige Augenblicke.

Deshalb also all der Aufwand.

„Kaisa mein Schatz", seine Stimme klang belegt, „willst du meine Frau werden?"

ENDE.

Danke

Auch wenn dem Laufsport oft das Stigma anhaftet, etwas für Alleingänger zu sein, ist doch das genaue Gegenteil der Fall. Wie auch Kaisas Training für den Berlin-Marathon zeigt, klappt alles viel besser, wenn man Unterstützung hat. Und mehr Spaß macht es obendrein!

Genauso verhielt es sich beim Schreiben dieses Buches. Natürlich könnte man, wenn die Idee erst einmal durchdacht ist, im stillen Kämmerlein am besten Worte zu Papier bringen. Zum einen wird die Geschichte aber runder, wenn man sie einmal durchgesprochen hat, zum anderen braucht es immer wieder Input, um kreativ voranzukommen – ganz abgesehen davon, dass es durchgängig ExpertInnenwissen braucht, um möglichst nah an der Realität zu bleiben. Es steht zwar also nur ein Name auf dem Buchdeckel, umso größer ist mein Dank für die Unterstützung.

Allen voran möchte ich Jesper danken, der uns zwar hat warten lassen, dafür aber viele Freiräume geschaffen hat, in denen Zeit zum Schreiben war. Für dich lohnt sich jeder Aufwand!

Besonderer Dank gilt außerdem meiner Frau Svenja, die nicht nur über meine Witze lacht, sondern außerdem zu jeder Tages- oder Nachtzeit Szenen diskutiert. Vielen Dank für die Ideen und den Rückhalt!

Ohne meine lieben Freunde Johannes, Kate und Timo wäre Kaisas Geschichte an einigen Stellen eher eine Fantasiegeschichte als ein Krimi geworden. Vielen Dank für die Einsicht in die Polizeiarbeit sowie die Rechtsprechung in Deutschland. Luisa danke ich für die Einblicke in ihr Referendariat. Sollten sich Fehler eingeschlichen haben, bin allein ich dafür verantwortlich.

Guido danke ich dafür, dass er mich bei Ampelpublishing unter seine Fittiche genommen und in der finalen Phase mit Rat und Tat zur Seite gestanden hat. Der Dank für das tolle Cover geht an Lars.

Für Inspiration – in diesem Fall besonders für Schrödingers Katze – sowie tolle Wissenschaftskommunikation danke ich Dr. Nicolas Wöhrl und Dr. Reinhard Remfort von meinem Lieblingspodcast Methodisch inkorrekt!

Zu guter Letzt geht mein großer Dank an meine Familie und insbesondere meine Eltern, „bei deren Auswahl man nie vorsichtig genug sein kann", wie mein Vater zu sagen pflegt. Vielen Dank nicht nur für die Korrektur des ersten Entwurfs dieser Geschichte, sondern außerdem für all die Möglichkeiten, die ihr mir eröffnet habt.

Außerdem bin ich sehr dankbar darüber, laufen zu können. Denn beim Laufen kommen mir nicht nur die besten Ideen, ohne das Laufen wäre ich schlichtweg ein anderer

Nachbemerkung

Die Geschichte entstand und spielt zur Zeit der Covid-19-Pandemie. Ich hoffe, dass die maskentragende Kaisa nicht allzu sehr irritiert oder den Lesefluss stört. Freuen wir uns darüber, dass wir wieder auf dem Weg zurück zur Normalität sind.
All denjenigen, die noch mit Nachwirkungen zu kämpfen haben, wünsche ich von Herzen baldige Genesung.

Markus Heidl

Bitte laufen Sie rechts ran!

Träume eines Läuferlebens

Wie schön ist doch der Sonnenschein, der sich in Pfützen spiegelt, sind die Rehe, die im Wald verschwinden, die Nebelschwaden auf den Feldern sowie die Aussicht von erklommenen Hügeln und Bergen. Wie wunderbar lebendig man sich auf der atemberaubenden Strecke des Jungfrau Marathons fühlt. Wie angenehm die nette Gesellschaft während eines gemeinsamen Laufs ist und wie natürlich dadurch feste Freundschaften entstehen. All dies sind Erlebnisse, die das Laufen ausmachen, sie alle sind Bestandteile unseres wunderbaren Sports! "Bitte laufen Sie rechts ran!" ist ein Buch über Träume und die Schönheit des Laufsports in allen Facetten, das Lust macht, die Schuhe zu schnüren und hinauszugehen: hinaus in unsere wunderbare Welt, um Abenteuer zu erleben.

Kurzgeschichten über das Laufen, mit der Vorgeschichte von Kaisa und Michi.

Weitere Informationen finden Sie auf
www.laufenhilft.de
oder im Buchhandel.

Guido Lange

Abenteuer Baltikum, Abenteuer Transkaukasien und Abenteuer Atlantik

Europa entdecken mit Guido Lange bei Ampel Publishing

Guido lief bis ins Baltikum, radelte die Atlantikküste entlang, tourte durch Georgien und Aserbaidschan und umrundete Island mit dem Rad. Dabei entdeckte er die Natur, die Menschen und die Genüsse aus der Nähe. Mit vielen Fotos und Geschichten, die man nur erlebt, wenn man auf sich gestellt die Welt bereist. Er erzählt von enthaltsamen und genussvollen Momenten, von den Strapazen mancher Tage und dem großartigen Gefühl, auf dem Weg zu sein.

Guidos Bücher, eBooks und Hörbücher sind mit vielen Bildern und wertvollen Tipps zu Land, Leuten und dem Reisen mit schmalem Gepäck gespickt. Die Bücher sind für alle, die gern individuell unterwegs sind. Es ist spannende und unterhaltsame Abenteuer- und Reiseliteratur für all jene, die sich für unsere Welt interessieren!

Weitere Informationen finden Sie auf

www.ampelpublishing.de

oder im Buchhandel.